EDITORA CHARME

Um romance que se passa em lugares apertados.

EGO
maníaco

AUTORA BESTSELLER DO NEW YORK TIMES
VI KEELAND

EGO
maníaco

TRADUTORA: ALLINE SALLES

AUTORA BESTSELLER DO NEW YORK TIMES
VI KEELAND

Copyright © 2017. Egomaniac, by Vi Keeland.
Direitos autorais de tradução© 2018 Editora Charme.

Todos os direitos reservados.
Nenhuma parte desta publicação pode ser reproduzida, distribuída ou transmitida sob qualquer forma ou por qualquer meio, incluindo fotocópias, gravação ou outros métodos mecânicos ou eletrônicos, sem a permissão prévia por escrito da editora, exceto no caso de breves citações consubstanciadas em resenhas críticas e outros usos não comerciais permitido pela lei de direitos autorais.

Este livro é um trabalho de ficção.
Todos os nomes, personagens, locais e incidentes são produtos da imaginação da autora. Qualquer semelhança com pessoas reais, coisas, vivas ou mortas, locais ou eventos é mera coincidência.

2ª Impressão 2021

Produção Editorial - Editora Charme
Modelo da capa - Clément Becq
Designer da capa - Sommer Stein, Perfect Pear Creative
Fotógrafo - Fred Goudon, www.fredgoudon.com
Imagens do miolo - Depositphotos
Criação e Produção Gráfica - Verônica Góes
Tradução - Alline Salles
Revisão - Equipe Editora Charme

Esta obra foi negociada por Bookcase Literary Agency e Brower Literary & Management.

FICHA CATALOGRÁFICA ELABORADA POR
Bibliotecária: Priscila Gomes Cruz CRB-8/8207

K26e	Keeland, Vi
	Egomaníaco / Vi Keeland; Tradução Alline Salles; Foto: Fred Goudon; Revisão: Equipe Charme; Criação e Produção Gráfica: Verônica Góes – Campinas, SP: Editora Charme, 2021. 2ª Impressão. 312 p. il.
	Título original: Egomaniac
	ISBN: 978-85-68056-59-2
	1. Ficção norte-americana | 2. Romance Estrangeiro - I. Keeland, Vi. II. Salles, Alline. III. Goudon, Fred. IV. Equipe Charme. VII. Góes, Verônica. VIII. Título.
	CDD - 813

www.editoracharme.com.br

Às vezes, você encontra o que procura mesmo quando não está procurando.

— Desconhecido

CAPÍTULO 1
Drew

Odeio véspera de Ano-Novo.

Duas horas no trânsito para andar apenas quinze quilômetros de LaGuardia até em casa. Havia passado das dez da noite. Por que todas essas pessoas já não estavam em alguma festa? Qualquer que fosse a tensão que duas semanas no Havaí tinham feito desaparecer, já estava de volta se retorcendo cada vez mais forte dentro de mim, conforme o carro se movia lentamente.

Tentei não pensar em todo o trabalho para o qual estava voltando — a lista infinita de problemas das outras pessoas para se juntar aos meus próprios:

Ela traiu.

Ele traiu.

Consiga custódia integral das crianças para mim.

Ela não pode ficar com a casa no Vale.

Ela só quer dinheiro.

Ela não me faz um boquete há três anos. Olha, babaca, você tem 50 anos, é careca, pomposo e sua cabeça tem formato de ovo. Ela tem 23, é gostosa e tem peitos tão firmes que quase batem no queixo. Quer consertar esse casamento? Chegue em casa com dez mil em notas vivas e novas e diga a ela para ficar de joelhos. Você terá seu boquete. Ela terá o dinheiro para gastar. Não vamos fingir que era algo mais do que isso. Assim não funciona para você? Diferente da sua futura ex-mulher, eu vou aceitar um cheque. Faça um para Drew M. Jagger, Advogado.

Esfreguei a nuca, me sentindo um pouco claustrofóbico no banco de trás do Uber, e olhei para fora pela janela. Uma idosa com um andador nos ultrapassou.

— Vou descer aqui — anunciei para o motorista.

— Mas você está com mala.

Eu já estava saindo do carro.

— Abra o porta-malas. Não vamos nos mover mesmo.

O trânsito estava completamente parado, e eu estava a apenas dois quarteirões do meu prédio. Joguei uma nota de cem dólares de gorjeta para o motorista, peguei minha mala e inspirei profundamente o ar de Manhattan.

Eu amava essa cidade tanto quanto a detestava.

Park Avenue, 575, era um edifício de antes da guerra restaurado na esquina da Rua 63, uma localização que dava noções preconceituosas sobre você para as pessoas. Alguém com meu sobrenome havia ocupado o edifício antes de o lugar ser convertido em apartamentos superfaturados de sócios-inquilinos. Esse era o motivo de o meu escritório ter tido permissão para ficar no térreo, enquanto outras salas comerciais foram expulsas anos atrás. E eu morava no último andar.

— Bem-vindo de volta, sr. Jagger — o porteiro uniformizado me cumprimentou ao abrir a porta do lobby.

— Obrigado, Ed. Perdi alguma coisa enquanto estava fora?

— Não. Mesma coisa de sempre. Mas dei uma espiada na sua reforma outro dia. Está indo bem.

— Eles estão usando a entrada de serviço na rua de baixo como foram instruídos?

Ed assentiu.

— Com certeza. Quase não os ouvi nos últimos dias.

Deixei a mala no chão do apartamento, depois desci de elevador para ver como as coisas estavam. Nas duas últimas semanas, enquanto eu estava de folga em Honolulu, meu escritório passava por uma reforma completa. As rachaduras rebocadas no teto receberiam remendos e pintura, e seria instalado novo piso, a fim de substituir os tacos antigos e gastos.

Um plástico grosso continuava grudado em todas as portas quando entrei. O pouco da mobília que eu não tinha guardado no depósito também estava coberta com lonas. *Merda. Eles ainda não haviam terminado.* O empreiteiro tinha me assegurado de que só faltaria o acabamento quando eu retornasse. Eu estava certo em me manter cético.

No entanto, quando acendi as luzes, fiquei feliz ao ver a recepção totalmente finalizada. Finalmente, uma véspera de Ano-Novo sem surpresas horríveis, para variar.

Dei uma rápida olhada em tudo, satisfeito com o que vi, e estava prestes a sair quando notei uma luz debaixo da porta de uma salinha de arquivo no fim do corredor.

Sem pensar, fui apagá-la.

Veja bem, eu tenho 1,88m, 102 quilos e, talvez, tenha sido meu estado de espírito, minha expectativa de não ver ninguém, mas, quando abri a porta da salinha e a encontrei lá, levei o maior susto da minha vida.

Ela gritou.

Eu dei um passo para trás.

Ela se levantou, ficou em pé na cadeira e começou a gritar para mim, balançando o celular no ar.

— Vou ligar para a polícia! — Seus dedos tremiam quando ela apertou o um, depois o nove e parou sobre o último número. — Saia agora, e não ligo!

Eu poderia ter ameaçado ir para cima dela, e o celular estaria fora da sua mão antes de ela perceber que não tinha digitado o último número. Mas ela parecia tão assustada que voltei mais um passo e ergui as mãos como se me rendesse.

— Não vou te machucar. — Usei minha melhor voz calma e tranquilizadora. — Não precisa ligar para a polícia. Este escritório é meu.

— Eu pareço idiota para você? Você acabou de invadir o *meu* escritório.

— *Seu* escritório? Acho que você virou na rua errada na esquina entre a Loucura e a Maluquice.

Ela oscilou em cima da cadeira, erguendo ambos os braços a fim de recuperar o equilíbrio, e, então... sua saia caiu aos seus pés.

— Vá embora! — Ela se abaixou e segurou a saia, puxando-a para cima até sua cintura, e virou de costas para mim.

— Você toma algum remédio, senhora?

— *Remédio? Senhora?* Está brincando?

— Sabe de uma coisa? — Apontei para o celular que ela ainda estava segurando. — Por que não digita o último número e faz a polícia vir até aqui? Eles podem te levar de volta para qualquer que seja o hospício do qual fugiu.

Ela arregalou os olhos.

Para uma pessoa doida — agora que eu estava realmente olhando —, ela era bem bonita. O coque ruivo cor de fogo no topo da cabeça parecia combinar com sua personalidade forte. No entanto, pelo olhar em chamas vindo dos seus olhos azuis, fiquei contente por ter me segurado e não dito isso a ela.

Ela apertou o zero e prosseguiu, a fim de denunciar meu crime de entrar no meu próprio escritório.

— Eu gostaria de denunciar um roubo.

— Roubo? — Arqueei uma sobrancelha e olhei em volta. Uma única cadeira de dobrar e uma mesa barata de metal dobrável eram os únicos móveis no espaço inteiro. — O que estou roubando exatamente? Sua simpatia?

Ela complementou sua reclamação à polícia.

— Um arrombamento e uma invasão. Gostaria de denunciar um arrombamento e uma invasão na Park Avenue, 575. — Ela parou e ouviu. — Não, acho que ele não está armado. Mas ele é grande. *Realmente grande.* No mínimo, um e oitenta. Talvez mais.

Dei um sorrisinho.

— E forte. Não se esqueça de dizer também que sou forte. Quer que eu mostre meus músculos para você? E talvez deva dizer que tenho olhos verdes. Não gostaria que a polícia me confundisse com todos os outros ladrões *realmente grandes* que estão andando pelo *meu escritório.*

Depois que ela desligou, ficou parada em pé na cadeira, ainda olhando para mim.

— Também tinha um rato? — perguntei.

— Um rato?

— Considerando que você pulou em cima da cadeira. — Dei risada.

— Você acha isso engraçado?

— Estranhamente, sim. E não tenho a mínima ideia do porquê. Deveria ficar irritado por chegar em casa depois de duas semanas de férias e encontrar uma posseira no meu escritório.

— Posseira? Não sou posseira. Este escritório é meu. Me mudei há uma semana.

Ela oscilou de novo em cima da cadeira.

— Por que não desce daí? Vai cair e se machucar.

— Como sei que não vai me machucar quando eu descer?

Balancei a cabeça e contive uma risada.

— Querida, olhe o meu tamanho. Olhe o seu. Ficar em cima da cadeira não está adiantando merda nenhuma para te manter segura. Se eu quisesse te machucar, você já estaria fria no chão.

— Eu faço aula de Krav Maga duas vezes por semana.

— Duas vezes por semana? Sério? Obrigado pelo alerta.

— Não precisa me ridicularizar. Talvez eu *pudesse* te machucar. Para um invasor, você é bem mal-educado, sabe.

— Desça.

Depois de um minuto me encarando, ela desceu.

— Viu? Está tão segura no chão quanto estava lá em cima.

— O que quer de mim?

— Você não chamou a polícia, não é? Por um segundo, quase me enganou.

— Não. Mas eu posso.

— Por que faria isso? Para que eles te prendam por arrombamento e invasão?

Ela apontou para sua mesa improvisada. Pela primeira vez, notei papéis espalhados por todo o lugar.

— Eu te disse. Este escritório é meu. Estou trabalhando até tarde porque a equipe de reforma fez tanto barulho hoje que não consegui terminar o que precisava. Por que alguém iria arrombar e invadir para *trabalhar* às dez e meia da noite na véspera de Ano-Novo?

Equipe de reforma? *Minha equipe de reforma?* Estava acontecendo alguma coisa.

— Você estava aqui com a equipe de reforma hoje?

— Estava.

Cocei o queixo, acreditando parcialmente nela.

— Qual é o nome do contramestre?

— Tommy.

Merda. Ela estava dizendo a verdade. Bom, pelo menos alguma coisa era verdade.

— Você disse que se mudou há uma semana?

— Isso mesmo.

— E alugou o espaço com quem, exatamente?

— John Cougar.

Ergui ambas as sobrancelhas ao mesmo tempo.

— John Cougar? Ele tirou o sobrenome Mellencamp por acaso?

— Como posso saber?

Isso não estava soando bem.

— E você pagou para esse John Cougar?

— Claro. É assim que funciona quando se aluga um escritório. Dois meses de calção, o primeiro e o último aluguel.

Fechei os olhos e balancei a cabeça.

— Merda.

— O que foi?

— Você foi enganada. Quanto tudo isso custou para você? Dois meses de calção, o primeiro e o último aluguel? Quatro meses no total?

— Dez mil dólares.

— Por favor, não me diga que pagou em dinheiro.

Alguma coisa finalmente fez sentido, e a cor foi drenada do seu lindo rosto.

— Ele disse que o banco dele estava fechado à tarde e que não conseguiria me dar as chaves até meu cheque cair. Se eu desse em dinheiro, poderia me mudar imediatamente.

— Você pagou *quarenta mil dólares* em dinheiro para John Cougar?

— Não.

— Graças a Deus.

— Paguei dez mil dólares em dinheiro.

— Pensei que tivesse dito que pagou quatro meses.

— Paguei. Eram dois mil e quinhentos por mês.

Foi a gota d'água. De toda aquela maluquice de merda que tinha ouvido até então, ela pensar que poderia alugar um espaço na Park Avenue por dois mil e quinhentos por mês foi o fim. Comecei a gargalhar.

— O que é tão engraçado?

— Você não é de Nova York, não é?

— Não. Acabei de me mudar de Oklahoma. O que isso tem a ver?

Dei um passo adiante.

— Detesto ter que dar a notícia, Oklahoma, mas você foi enganada. Este escritório é meu. Estou aqui há três anos. Meu pai ficou aqui trinta anos antes disso. Eu estava de férias nas duas últimas semanas e mandei reformar o escritório enquanto estava fora. Alguém com nome de cantor te deu um golpe e fez você dar *dinheiro vivo* para alugar um escritório que ele não tinha direito de alugar. O nome do porteiro é Ed. Entre pela entrada principal, e ele irá confirmar tudo que acabei de dizer.

— Não pode ser.

— O que você faz que precisa de escritório?

— Sou psicóloga.

Ergui a mão.

— Sou advogado. Deixe-me ver o contrato.

Ela baixou a cabeça.

— Ele não trouxe ainda. Disse que o proprietário estava de férias no Brasil e que eu poderia me mudar, e ele voltaria no dia primeiro para receber o aluguel e me trazer o contrato para assinar.

— Você sofreu um golpe.

— Mas eu paguei dez mil dólares!

— Que é outra coisa que deveria ter acionado um alerta. Você não conseguiria alugar nem um *closet* na Park Avenue por dois mil e quinhentos por mês. Não achou estranho conseguir um lugar como este por uma mixaria?

— Pensei que fosse um bom negócio.

Balancei a cabeça.

— Você conseguiu um negócio, sim. Um mau negócio.

Ela cobriu a boca.

— Acho que vou vomitar.

CAPÍTULO 2
Emerie

Me senti uma perfeita idiota.

Uma batida leve soou à porta do banheiro.

— Tudo bem aí?

— Estou bem. — Envergonhada. Idiota. Ingênua. *Falida.* Mas bem.

Lavei o rosto e me olhei no espelho. O que eu iria fazer agora? Minha linha de telefone finalmente seria instalada esta semana, e meus artigos de escritório seriam entregues. *Meus lindos artigos de escritório.* Com o logo bonito e o novo endereço chique da Park Avenue. *Ugh.* Baixei a cabeça e olhei para a pia, sem conseguir mais olhar para minha cara de burra.

Em certo momento, abri a porta do banheiro e saí. O inquilino legítimo estava encostado na parede, me esperando. Claro que ele tinha que ser lindo. Porque eu não podia simplesmente me humilhar diante de um homem feio. *Não, definitivamente, não.*

— Tem certeza de que está bem?

Evitei contato visual.

— Não estou. Mas vou ficar. — Hesitei antes de continuar. — Será que tem problema se eu voltar para o meu escritório... quero dizer... *seu* escritório... e pegar minhas coisas?

— Claro que não. Demore o tempo que precisar.

Não havia muita coisa para guardar. Toda a minha mobília também seria entregue esta semana. Assim como arquivos do meu depósito. Eu teria que cancelar isso também. Onde eu iria colocar tudo? Meu apartamento não era muito maior do que a sala de arquivo onde eu estava sentada.

Enquanto guardava o que restava das minhas coisas na caixa em que as trouxera, o inquilino legítimo veio e ficou parado na porta. Falei antes dele.

— Me desculpe... por cair no golpe e por ameaçar chamar a polícia.

— Não esqueça de que me ameaçou com suas habilidades de Krav Maga.

Olhei para cima e o vi sorrindo ironicamente. Era uma boa visão. *Boa demais.* Seu rosto lindo me deixava nervosa, embora não do tipo nervosa em que me sentia obrigada a subir em uma cadeira e chamar a polícia. Não, o sorriso daquele homem era convencido e me acertava nos joelhos — entre outros lugares.

— Eu faço mesmo aulas de Krav Maga, sabe.

— Bom para você. Me assustou um pouco quando entrei. Aposto que consegue bater em alguma garotinha.

Parei de guardar as coisas.

— Garotinha? Meu professor é um homem.

Ele cruzou os braços à frente do peito. Do seu *peito largo e grande.*

— Há quanto tempo faz aula?

— Quase três meses.

— Você não derruba um homem do meu tamanho com três meses de treinamento de Krav Maga.

Talvez fosse o horário, ou a percepção de que eu havia perdido todas as minhas economias e não tinha escritório para atender os pacientes, mas minha sanidade desapareceu. Ataquei o pobre e inocente homem. Literalmente, subi na cadeira, pulei na mesa dobrável e mergulhei nele. *Mergulhei nele.*

Apesar de tê-lo pego de surpresa, ele me deixou completamente imóvel em menos de um minuto. Eu nem sabia qual golpe ele tinha aplicado. De alguma forma, ele conseguiu me girar para que minhas costas ficassem grudadas em sua frente e meus braços, presos atrás de mim, entre nós.

O fato de ele não estar nem sem fôlego na hora de falar me irritou. Sua respiração fazia cócegas em meu pescoço enquanto ele me segurava, e sua voz era baixa e calculada.

— O que foi isso?

— Eu estava tentando te mostrar meus golpes.

Senti seu corpo chacoalhar atrás de mim, embora não emitisse som.

— Está rindo de mim? *De novo?*

Ele riu ao responder.

— Não.

— Eu sei alguns golpes. Juro. Só estou um pouco desconcentrada hoje por causa de tudo que aconteceu.

Ele ainda não tinha me soltado. Em vez disso, inclinou-se para a frente, colocando a cabeça sobre meu ombro, e disse:

— Se estamos exibindo golpes, eu ficaria feliz em demonstrar alguns também.

Cada pelo do meu corpo chegou ao céu conforme minha pele se arrepiou.

— Humm... eu... eu...

Ele me soltou, e demorou um minuto para eu me orientar. Em vez de encará-lo com o rubor que sentia no rosto, me mantive de costas para ele enquanto juntava as últimas coisas e puxava meu carregador da parede.

— Tenho entregas agendadas e uma linha de telefone para ser instalada na terça. — Meus ombros caíram novamente. — Paguei o dobro para a empresa de armazenamento entregar esta semana também. Vou cancelar tudo assim que amanhecer, mas caso eles apareçam... se você estiver aqui, se não se importar, mande-os de volta.

— É claro.

— Obrigada. — Ergui minha caixa e não tive outra escolha a não ser encará-lo.

Ele deu a volta na mesa para onde eu estava em pé e pegou a caixa das minhas mãos, depois me levou até a recepção. Todo o resto do espaço estava escuro, mas a luz de onde eu pensei que fosse minha sala de arquivo iluminava suficientemente o salão para nos enxergarmos. Paramos em frente à porta de serviço que eu estive usando na última semana. Percebi que o falso corretor de imóveis provavelmente me fez usar aquela entrada para evitar ser descoberto muito rápido. Ele tinha me falado para não usar a entrada principal da Park Avenue porque o edifício não queria rastro de poeira dos nossos sapatos durante a reforma. Eu tinha acreditado em tudo que aquele mentiroso havia dito.

— Tem um nome, Oklahoma? Ou devo te chamar apenas de posseira?

— Emerie. Emerie Rose.

— Nome bonito. Rose é seu último nome ou o do meio?

— Último.

Ele passou a caixa que estava carregando com as duas mãos para uma e estendeu a que estava livre para mim.

— Drew. Drew Michael.

Semicerrei os olhos.

— Último nome ou do meio?

Seu sorriso iluminou o escuro quando coloquei minha mão na dele. Ele não tinha covinhas. Ele tinha rachaduras na bochecha.

— Do meio. Jagger é meu último nome.

— É um prazer conhecê-lo, Drew Jagger.

Ele não soltou minha mão.

— Sério? Prazer em me conhecer? Você é bem mais educada do que eu seria sob essas circunstâncias.

— Tem razão. Neste momento, poderia estar desejando que você fosse realmente um assaltante, afinal de contas.

— Você tem carro? Está tarde, e esta caixa está bem pesada.

— Está tudo bem. Vou pegar um táxi.

Ele assentiu.

— Melhor tomar cuidado na hora de entrar e sair. Essa saia parece ter vontade própria.

Naquele momento, nem o escuro conseguiu esconder minha vermelhidão.

— Com toda a humilhação que sofri esta noite, você não podia deixar essa passar? Fingir que nunca aconteceu?

Drew sorriu tolamente.

— É impossível fingir que não vi *essa* bunda.

Eu era magra, mas minha bunda era um pouco grande. Sempre fui autoconsciente disso.

— O que quer dizer com isso?

— Foi um elogio.

— Ah.

— Por que sua saia caiu, a propósito? Você perdeu peso recentemente ou algo assim?

Àquele ponto, nada podia me envergonhar mais do que eu já tinha feito comigo mesma, então dei risada ao lhe contar a verdade.

— Comi um hambúrguer grande no jantar, e minha saia estava apertada, então abri o zíper. A porta estava trancada. Achei que ninguém fosse entrar.

— Uma mulher que come hambúrguer grande e tem essa aparência? Não deixe as nova-iorquinas saberem. Elas vão te colocar de volta em um ônibus para Oklahoma. — Ele deu uma piscadinha. E, Deus, eu era muito patética, porque senti meu coração tamborilar e acelerar.

Fomos para fora, e Drew esperou comigo, segurando minha caixa até um táxi aparecer. Ele se apoiou na porta depois que entrei.

— Véspera de Ano-Novo é sempre uma merda. Amanhã será melhor. Por que não fica na cama, pede outro hambúrguer grande e tenta descansar um pouco? Te encontro na delegacia depois de amanhã. Distrito dezenove na rua 67. Pode ser às oito da manhã? O primeiro dia do ano estará uma loucura na delegacia... ainda processando babacas bêbados da noite anterior.

Eu nem tinha pensado na polícia. Acho que precisava preencher um B.O.

— Não precisa vir comigo. Já me intrometi bastante na sua vida.

Drew deu de ombros.

— Eles vão querer minha declaração para o B.O., de qualquer jeito. Além disso, sou amigo de alguns dos caras. Vai te ajudar a entrar e sair mais rápido.

— Ok.

Ele bateu os nós dos dedos duas vezes no topo do táxi e se inclinou para dentro a fim de falar com o motorista.

— Cuide bem dela. Ela teve uma noite de merda.

Assim que entramos no trânsito, tudo que tinha acontecido na última hora desmoronou sobre mim. Minha adrenalina tinha passado, e comecei a cair em mim.

Fui enganada e perdi todas as minhas economias.

Não tenho mais escritório.

Dei meu novo endereço a todos os meus pacientes.

Minha cabeça girava.

Para onde eu vou?

O que vou fazer para pagar um depósito-calção mesmo se encontrar algum lugar novo rapidamente?

Sentindo-me enjoada de novo, apoiei a cabeça no banco de couro e fechei os olhos, respirando profundamente algumas vezes. Estranhamente, a primeira coisa que veio à minha mente foi o homem lindo de cabelo escuro com lábios carnudos apoiado na porta do meu escritório. A porta do escritório *dele.* E, com aquela imagem em mente, no meio da minha decaída e de um ataque massivo de ansiedade, não consegui impedir o sorrisinho que curvou meus lábios.

CAPÍTULO 3
Drew

Girei o mostrador do meu relógio. *Vinte minutos atrasada*. Ela era sexy, e aquele pontinho fraco que permaneceu no meu coração, na verdade, se sentia mal por ela ter sido enganada. Mas *vinte minutos*? Eu cobrava 675 dólares por hora. Tinha acabado de perder 225 dólares parado em frente à maldita delegacia de polícia. Olhei uma última vez para o fim da rua e estava prestes a voltar para meu escritório quando um flash de cor virou a esquina.

Verde. Sempre gostei de verde. Como não gostar? Dinheiro, grama, aqueles sapos com olhos esbugalhados que eu adorava perseguir quando criança, mas hoje "gostar" foi promovido a "preferir" quando vi os peitos de Emerie balançarem para cima e para baixo em sua blusa. Para uma moça pequena, ela tinha uma comissão de frente e tanto; combinava bem com sua bunda redonda.

— Desculpe pelo atraso.

Seu casaco estava aberto e suas faces pálidas, cor-de-rosa por ela ter corrido o quarteirão. Ela estava diferente da outra noite. Seu cabelo comprido e ondulado estava solto, e a luz do sol iluminava algumas mechinhas douradas em sua cor acobreada. Ela tentava domá-lo enquanto falava.

— Peguei o trem errado.

— Eu estava quase indo embora. — Olhei para baixo, para meu relógio, e flagrei minúsculas gotas de suor em seu decote. Limpei a garganta e disse há quanto tempo estava esperando. — Trinta e cinco minutos. Serão 350 dólares.

— O quê?

Dei de ombros e mantive minha expressão estoica.

— Cobro 675 por hora. Você me fez perder mais de meia hora do meu tempo. Então serão 350 dólares.

— Não posso te pagar. Estou falida, lembra? — Ela ergueu as mãos, desesperada. — Enganada ao alugar seu escritório chique. Não deveria ter que te pagar esse dinheiro todo só porque perdi a hora.

— Relaxe. Estou brincando com você. — Pausei. — Espere. Pensei que tivesse pego o trem errado.

Ela mordeu o lábio, parecendo culpada, e apontou para a porta da delegacia.

— Deveríamos entrar. Te deixei esperando por muito tempo.

Balancei a cabeça.

— Você mentiu para mim.

Emerie suspirou.

— Desculpe. Perdi a hora. Não consegui dormir de novo ontem à noite. Isso tudo ainda parece um pesadelo para mim.

Assenti e, atipicamente, deixei passar.

— Vamos. Vamos ver se há uma chance de eles pegarem esse cara.

Dentro da delegacia, o sargento da recepção estava falando ao telefone quando entramos. Ele sorriu e ergueu dois dedos. Depois que terminou de dizer à pessoa que ligou que circulares de supermercado roubadas seriam uma questão para o fiscal do correio e não a Polícia de NY, ele estendeu a mão, inclinando-se sobre o balcão.

— Drew Jagger. O que o traz até a escória? Baixando o nível hoje?

Sorri e apertei a mão dele.

— Algo assim. Como está indo, Frank?

— Nunca estive mais feliz. Vou para casa à noite, não tiro os sapatos na porta, deixo o assento da privada levantado depois de dar uma mijada e uso pratos de papel para não ter que lavar a merda toda. A vida de solteiro é boa, meu amigo.

Virei para Emerie.

— Este é o sargento Frank Caruso. Ele me mantém empregado com a forma como troca de esposa. Frank, esta é Emerie Rose. Ela precisa preencher um B.O. Alguma chance de Mahoney estar trabalhando hoje? Talvez ele possa ajudá-la.

— Ele ficará fora por algumas semanas. Torceu o tornozelo perseguindo um criminoso por invasão. Mas vou dar uma olhada de quem é o turno e chamar alguém bom. O que aconteceu? Problema doméstico? Marido dando trabalho para ela?

— Nada disso. Emerie não é uma cliente comum. Ela alugou um espaço no meu edifício há algumas semanas.

Frank assobiou.

— Espaço na Park Avenue. Bonita e rica. Você é solteira, querida?

— Você nunca vai aprender, velhote?

— O que foi? Só testei feias e falidas. Talvez esse seja o meu problema.

— Tenho quase certeza de que não é isso.

Frank acenou para me fazer parar de falar.

— O que te traz aqui? O senhorio está causando problemas para ela ou algo parecido?

— Ela alugou minha sala por 2.500 dólares por mês. Pagou 10 mil adiantado. O problema é que ela não alugou com o senhorio. Foi enganada por alguém fingindo ser um corretor de imóveis enquanto eu estava fora da cidade e meu escritório era reformado.

— Por 2.500 por mês? No seu edifício?

— Ela é de Oklahoma.

Ele olhou para Emerie.

— Não tem Monopoly em Oklahoma? Não conseguiu perceber que aquele lugar era cinco vezes o preço dos condomínios luxuosos normais?

Cortei o sargento Espertalhão antes de ele fazer Emerie se sentir pior do que já se sentia. Afinal de contas, eu tinha ridicularizado seu julgamento na outra noite quando ela me surpreendeu com as boas-vindas que eu não estava esperando. Era suficiente. Frank deu a ela alguns papéis para começar a preencher e nos levou a uma sala privada para aguardar. No caminho, parei para conversar com um velho amigo, e Emerie tinha quase acabado de preencher os formulários quando me juntei a ela.

Fechei a porta. Ela olhou para cima e perguntou:

— Você trabalha com casos criminais?

— Não. Só matrimoniais.

— Parece que todo policial te conhece.

— Meu amigo costumava trabalhar nesta delegacia. Alguns dos meus primeiros clientes foram policiais. Quando se é amigo de policial e faz um bom trabalho para um, você pega os casos da delegacia inteira e mais um pouco. Eles são leais. Pelo menos, uns aos outros. Mas é o emprego com taxa mais alta de divórcio na cidade.

Um minuto mais tarde, um detetive que eu nunca tinha visto entrou e anotou a declaração de Emerie, depois a minha. Quando terminou, disse que havia terminado comigo, se eu quisesse ir.

Eu não fazia ideia do porquê ainda estava ali meia hora depois enquanto Emerie pegava seu segundo livro grosso de fotos de criminosos.

Ela virou a página e suspirou.

— Não acredito no quanto muitos criminosos se parecem com pessoas comuns.

— Teria sido mais difícil para você entregar 10 mil em dinheiro se o cara *parecesse* um criminoso, não é?

— Acho que sim.

Cocei o queixo.

— Como você carrega esse tanto de dinheiro, a propósito? Um saco marrom de papel cheio de notas de cem?

— Não. — Seu tom foi defensivo, mas ela não disse mais nada. Então a encarei, aguardando. Ela revirou os olhos. — Certo. Mas não era um saco marrom de papel. Era branco. E tinha Wendy's escrito nele.

Ergui uma sobrancelha.

— Wendy's? O restaurante de fast-food? Tem mesmo uma queda por hambúrgueres, né?

— Coloquei o hambúrguer que tinha acabado de comprar para almoçar na minha bolsa e enchi o saco com o dinheiro porque não queria tirar as mãos dele no metrô. Pensei que seria mais provável alguém tentar roubar minha carteira do que meu almoço.

Ela tinha razão.

— Bem pensado para uma garota de Oklahoma.

Ela semicerrou os olhos para mim.

— Eu sou da cidade de Oklahoma, não da fazenda. Você acha que sou ingênua só porque não sou de Nova York, e por isso tomo decisões ruins.

Não consegui me controlar.

— Mas você deu 10 mil para um corretor falso em um saco do Wendy's.

Parecia que estava prestes a sair fumaça de suas orelhas. Felizmente, uma batida na porta me impediu de levar um sermão do estilo Oklahoma de novo. Frank colocou a cabeça para dentro.

— Tem um segundo, advogado?

— Claro.

Frank abriu mais a porta, esperou que eu passasse por ela e a fechou antes de falar.

— Temos um probleminha, Drew.

Ele tinha sua expressão de sargento ao apontar para a porta fechada onde Emerie estava atrás, sentada.

— O procedimento padrão de operação é verificar a ficha do solicitante.

— Sim, e daí?

— A Oklahoma ali tem passagem. Tem um mandado pendente.

— Está me zoando?

— Queria estar. O novo sistema nos faz reportar o motivo de estarmos procurando o nome. O detetive que pegou a declaração dela já tinha relatado que ela estava no recinto. Não é como nos velhos tempos. Tudo pode ser rastreado agora. Ela terá que cuidar do mandado. Meu turno acaba em uma hora. Vou pegar o mandado e levá-la para a corte para que responda às acusações e para que não precisemos algemá-la, se quiser. É crime de menor potencial ofensivo. Tenho certeza de que ela pode entrar com um apelo e cuidar disso facilmente.

— Qual é a acusação?

Frank deu um sorrisinho.

— Atentado ao pudor.

— Então, me conte a história toda, do começo. — Nos sentamos em um banco do lado de fora da corte, esperando pela audiência da tarde começar.

Emerie baixou a cabeça.

— Preciso mesmo?

Menti.

— Você terá que contar sua história para o juiz, então, como seu advogado, preciso ouvi-la primeiro.

Sem dúvida, ela ficaria brava quando visse que audiência de crimes de menor potencial ofensivo não exigia que ela recontasse os eventos em questão. Nós entraríamos, a declararíamos culpada, pagaríamos uma multa e sairíamos em uma hora. Mas meu dia todo foi perdido, então eu merecia um pouco de divertimento. Além disso, eu gostava do lado feroz de sua personalidade. Ela ficava ainda mais sexy brava.

— Ok. Bom, eu estava aqui em Nova York no verão, visitando minha avó. E conheci um cara. Nós saímos algumas vezes, estávamos nos conhecendo, e essa noite específica de agosto estava muito quente e abafada. Tinha acabado de me formar no Ensino Médio e nunca tinha feito nada nem remotamente rebelde em casa. Então, quando ele sugeriu que nadássemos nus na piscina pública, pensei: *Por que não? Ninguém nunca vai saber.*

— Continue.

— Fomos ao hotel na rua 82 que tem uma piscina a céu aberto e pulamos a cerca. Estava tão escuro quando nos despimos que pensei que nem o cara conseguiria me ver.

— Então você se despiu? Que cor eram seu sutiã e calcinha? — *Sério*? Eu era um doente por perguntar nesse tipo de coisa. Mas, em minha imaginação distorcida, eu a via em uma calcinha pequena branca combinando com o sutiã de laço.

Ela pareceu momentaneamente em pânico.

— Você precisa mesmo saber de tudo isso? Foi há dez anos.

— Eu deveria. Quanto mais detalhes, melhor. Vai mostrar ao juiz que você se lembra bem da noite, e ele vai achar que você está com remorso.

Emerie mordeu seu polegar, refletindo.

— Brancos! Eles eram brancos.

Legal.

— Fio-dental ou normal?

Suas bochechas ficaram cor-de-rosa, e ela cobriu o rosto com as mãos.

— Fio-dental. Deus, isso é tão embaraçoso.

— Esclarecer tudo agora vai facilitar as coisas.

— Ok.

— Você se despiu ou o cara te despiu?

— Eu me despi.

— Ok. O que aconteceu depois? Me conte todos os detalhes. Não deixe nada de fora. Você pode pensar que não é relevante, mas pode ajudar no seu caso.

Ela assentiu.

— Depois de me despir, deixei minhas roupas em uma pilha perto da cerca que pulamos. Jared, o cara com quem eu estava, tirou as roupas dele, deixou-as perto das minhas e foi para a prancha alta de mergulho e pulou.

— E depois?

— Depois a polícia chegou.

— Você ainda nem tinha entrado na água? Não brincou na piscina nem nada?

— Não. Nunca entrei na piscina. Logo depois de Jared subir para respirar, as sirenes estavam brilhando.

Senti como se eu tivesse sido trapaceado. Toda aquela história e era isso? Nem passadas de mão? Antes de eu poder perguntar mais coisas a ela, um oficial da corte anunciou uma lista de nomes. Escutei-o chamar Rose, então guiei Emerie para onde ele estava parado do lado de fora da corte com uma prancheta.

— Sala 132, no fim do corredor à sua direita. A assistente da corte irá encontrá-los lá para discutir seu caso antes de você ver o juiz. Espere do lado de fora. Ela vai chamar seu nome quando for sua vez.

Eu sabia onde era a sala, então acompanhei Emerie até o fim do corredor e nos sentamos no banco do lado de fora. Ela ficou quieta por um minuto. Quando falou, sua voz estava um pouco trêmula, como se estivesse lutando contra o choro.

— Sinto muito por tudo isso, Drew. Provavelmente, te devo uns cinco mil dólares por todo o seu tempo, e não posso nem te pagar quinhentos.

— Não se preocupe com isso.

Ela esticou o braço e tocou o meu. Eu tinha colocado a mão em suas costas quando caminhamos e também ao ajudá-la a sair do carro de polícia do sargento Caruso, que nos levou, mas era a primeira vez que ela me tocava. Gostei. *Droga*. Eu não a conhecia bem, mas sabia o suficiente para saber que Oklahoma não era o tipo de mulher com quem se brinca. Eu precisava acabar com isso e dar o fora.

— Sério mesmo. Sinto de verdade, e não sei como te agradecer por vir comigo hoje. Eu estaria destruída se você não estivesse aqui. Vou te pagar de algum jeito.

Consigo pensar em algumas formas.

— Tudo bem. De verdade. Não se preocupe com isso. Tudo será bem tranquilo, e estaremos fora daqui em vinte minutos.

Nesse instante, uma voz chamou de trás da porta.

— *Rose. Número do caso 18493094. Advogado de Rose?*

Presumi que fosse a assistente da corte. Eu não pegava muitos casos criminais, apenas tráfico comum ou acusação de violência doméstica para um cliente de divórcio que valesse a pena. Mas a voz da mulher era vagamente familiar, embora não conseguisse reconhecer.

Até abrir a porta.

De repente, ficou claro o motivo de ter soado familiar.

Já a tinha escutado antes.

Na última vez, ela estava gritando meu nome enquanto eu a estocava por trás no banheiro do escritório de uma firma de advocacia concorrente.

De todos os advogados no condado de Nova York, Kierra Albright tinha que ser nossa assistente.

Talvez *tranquilo* não fosse exatamente a palavra certa para como as coisas estavam prestes a acontecer.

CAPÍTULO 4
Drew

Porra.

— Não entendi. O que está havendo? — A voz de Emerie estava cheia de pânico.

E eu não podia culpá-la. Todo mundo sabe que cobras, tigres e tubarões são perigosos. Mas o golfinho? Parece tão doce e amável, e seus sons tocam uma harmonia quando você faz carinho na cabeça deles. Mas se, sem querer, machucar um, ele *vai* atacar. É verdade. Meu hobby, além de foder e trabalhar, é assistir ao canal National Geographic.

Kierra Albright é um golfinho. Ela tinha acabado de recomendar trinta dias na cadeia para o juiz, apesar da multa que ela nos disse que ofereceria há menos de meia hora.

— Me dê um minuto. Sente-se com todo mundo que eu já vou. Preciso falar com a assistente. Em particular.

Emerie assentiu, embora parecesse estar à beira das lágrimas, e tomei um tempo para deixá-la se recompor. Então, abri o portão que separava os espectadores dos jogadores na corte e a levei para uma fileira vazia no fundo. Quando comecei a me afastar, vi uma lágrima rolar por sua face, e isso me paralisou.

Sem pensar, ergui o queixo dela para que nossos olhos se encontrassem.

— Confie em mim. Você vai para casa esta noite. Ok? *Apenas confie em mim.*

Minha voz assustou Kierra no banheiro feminino em frente à corte.

— O que foi aquilo? — Tranquei a porta quando ela se virou para me encarar.

— Você não pode entrar aqui.

— Se alguém perguntar, estou me identificando com meu lado feminino hoje.

— Você é um babaca.

— *Eu* sou um babaca? O que foi aquela baboseira de "Prazer em vê-lo, Drew"? "Vou recomendar uma multa de cinquenta dólares, e você estará fora daqui a tempo de jogar golfe."

Ela se virou de costas para mim e andou até o espelho. Tirou um batom do bolso do terninho, inclinou-se e pintou seus lábios de vermelho-sangue, sem dizer nada até acabar. Então me lançou o maior e mais amplo sorriso que já vi.

— Pensei que seu novo brinquedinho precisasse se acostumar a ouvir uma coisa e receber outra quando ela menos espera.

— Ela não é meu brinquedinho. Ela é uma... amiga que estou ajudando.

— Vi o jeito como olhou para ela, a forma como colocou a mão nas costas dela. Se ainda não está transando com ela, vai transar logo. Talvez ela precise de uma noite presa por você não conseguir se controlar na corte. Quem sabe, isso a azede para seu charme. Pense nisso, estou fazendo um favor a ela. Ela deveria me agradecer.

— Está louca se acha que vou deixar você se safar com isso. Emerie não tem nada a ver com o que houve entre nós. Se for preciso, vou pedir ao juiz Hawkins que se retire.

— Que se retire? Com base em quê?

— Com base em que seu pai joga golfe com ele toda sexta, e você mesma me disse que ele lhe dá tudo que você quer. Esqueceu o quanto gostou de falar depois que te fodi?

— Você não ousaria.

Eu estava parado a uma distância — três metros diante da porta trancada —, mas andei lentamente até onde ela estava em pé, chegando bem perto.

— Duvida?

Ela me encarou por um longo período.

— Certo. Mas vamos fazer isso da forma como adversários devem fazer. Sem ameaças. Vamos fazer um acordo.

Balancei a cabeça.

— O que você quer, Kierra?

— Você quer sua cliente em casa esta noite. Eu quero algo em troca.

— Certo. O que você quer?

Sua língua lambeu o lábio superior como se ela estivesse faminta e olhando para um bife suculento.

— Você. E não em um banheiro ou no banco de trás de um Uber. Quero você, um encontro adequado em que me leva para sair, beber um vinho e jantar comigo antes de fazer o meia-nove.

— Ah, meu Deus. Não sei como te agradecer.

— Vamos só pagar logo a multa e sair daqui.

Quando a apressei para sair da corte, Emerie pareceu interpretar minha pressa como se fosse por ela tomar muito tempo do meu dia. Mas não era nada disso. Eu tinha quase saído quando Kierra nos chamou.

— Drew, você tem um minuto?

— Agora não. Preciso estar em outro lugar. — *Qualquer lugar, menos aqui.*

Mantive a mão nas costas de Emerie e continuei andando, mas minha cliente tinha outras ideias. Ela parou de andar.

— Precisamos ir.

— Deixe-me pelo menos agradecer à assistente.

— Não é necessário. A cidade de Nova York a agradece quase toda sexta quando lhe paga.

Os olhos de Emerie me repreenderam.

— Não vou ser mal-educada só porque você é. — Com isso, ela se virou e esperou que Kierra nos alcançasse.

Ela estendeu a mão.

— Muito obrigada por tudo. Eu estava destruída esta manhã quando pensei que poderia ser presa.

Kierra olhou para a mão de Emerie e a desprezou. Ela virou o corpo na minha direção e falou comigo enquanto respondia.

— Não agradeça a mim. Agradeça ao seu advogado.

— Farei isso, sim.

— Mas não agradeça demais. Não o quero cansado. — Kierra se virou e acenou por cima do ombro. — Vou te ligar para marcar nosso compromisso, Drew.

Emerie olhou para mim.

— Isso foi esquisito.

— Ela deve estar sem seus remédios. Vem, vamos tirar você daqui.

Quando pagamos a multa e pegamos as cópias do mandado encerrado de Emerie, eram quase quatro horas.

Nos degraus de fora da corte, ela se virou para mim.

— Espero que não seja contra demonstração de afeto em público, porque eu preciso te dar um abraço.

Na verdade, eu não era uma pessoa de demonstrar muito afeto em público, mas, bem, eu não seria pago por esse dia perdido, então talvez pudesse tirar algo bom disso. Aqueles peitos empurrados para cima contra mim seriam definitivamente melhor do que nada; talvez fosse até melhor que um dia inteiro a 675 dólares a hora.

— Se insiste.

O sorriso que ela me lançou foi a coisa mais próxima da perfeição que eu já tinha visto. Então veio o abraço. Foi um abraço demorado — aqueles peitos e corpo minúsculo e flexível me envolveram em mais do que um abraço de cortesia. Ela até cheirava bem.

Quando ela se afastou, manteve as mãos em meus braços.

— Vou te pagar por hoje. Nem que demore anos.

— Não se preocupe com isso.

— Não, eu falo sério.

Passamos mais alguns minutos conversando, trocando números caso algumas entregas aparecessem para ela, e nos despedimos. Ela estava indo para a parte de cima da cidade, e eu, para baixo, então partimos em direções opostas. Depois que dei alguns passos, olhei para trás por cima do ombro e observei sua bunda rebolar. Ela parecia tão boa indo quanto chegando.

Isso me fez pensar... Aposto que ela era ainda mais incrível quando estava *chegando lá*. Quando eu estava prestes a virar de volta, Emerie se virou em minha direção e me flagrou observando-a se afastar. Ela sorriu amplamente e deu um último aceno antes de virar a esquina e desaparecer de vista.

Eu queria, sim, que ela me pagasse por hoje.

E conseguia pensar nas muitas formas de como eu queria receber.

CAPÍTULO 5
Emerie

Levei meu celular tocando ao ouvido, olhando a hora ao mesmo tempo. Quase onze da noite, tarde para alguém ligar.

— Alô?

— Emerie?

Aquela voz. Não precisava perguntar quem era. Ao vivo, sua voz era grave e rouca, mas era muito mais grossa no telefone.

— Drew? Está tudo bem?

— Está. Por quê?

— Porque está um pouco tarde.

Ouvi o telefone se movimentar e então:

— Merda. Desculpe. Não fazia ideia. Acabei de ver a hora. Pensei que fossem umas nove.

— O tempo voa quando você passa a maior parte do dia na corte com criminosos, não é?

— Acho que sim. Voltei para casa, comecei a fazer umas coisas do trabalho, depois passei em meu escritório. Devo ter perdido a noção do tempo.

— Eu voltei para casa, bebi umas taças de vinho e fiquei mais um pouco com pena de mim mesma. Sua noite parece ter sido muito mais produtiva. Ainda está no escritório?

— Estou. Foi o que me fez te ligar. Estou sentado aqui pensando que, quando você encontrar um escritório novo, vai ficar muito legal.

Que coisa esquisita de se dizer.

— Obrigada. Mas o que o faz dizer isso?

— Vidro e madeira escura. Gostei. Mas eu teria pensado em algo mais feminino para você.

— O que você está... Ah, não. Eles entregaram os móveis do meu escritório hoje?

— Entregaram.

— Como? Como conseguiram entrar se você esteve comigo o dia inteiro?

— Meu contramestre estava aqui finalizando tudo, e eu ainda não tinha contado a ele o que aconteceu. Ele pensou que eu estivesse fazendo um favor deixando você ficar aqui.

Bati a cabeça no balcão da minha cozinha, depois pressionei a testa contra ele para me impedir de me bater. Mas não consegui impedir o gemido que emiti.

— Sinto muito. Vou lidar logo com isso. Será a primeira coisa que farei amanhã.

— Faça no seu tempo. Minhas coisas ainda estão guardadas. Posso manter tudo aqui por um tempo.

— Obrigada. Sinto muito mesmo. Vou fazer ligações amanhã cedo e pedir para que voltem e peguem tudo. Então vou aguardá-los no seu escritório para que você não tenha que cuidar de tudo, se não se importar.

— É claro.

— Desculpe.

— Pare de se desculpar, Emerie. Ex-condenados são frios. Não se desculpam. Te vejo de manhã.

Ri para não chorar.

— Olá? — Bati na porta entreaberta e escutei minha voz ecoar de volta. A porta se abriu, e fiquei surpresa em ver a recepção ainda vazia. Pensei que minha mobília tivesse sido entregue.

Ao longe, ouvi uma voz, mas não consegui reconhecer. Entrei e gritei um pouco mais alto.

— Olá? Drew?

Passos rápidos soaram no novo piso de mármore, cada passo ficando mais alto até Drew aparecer no corredor. Estava com o celular na orelha e ergueu um dedo enquanto continuava sua ligação.

— Não queremos a casa em Breckenridge. Meu cliente odeia frio. Ela pode ficar com a casa, mas será a única propriedade com a qual sairá desse casamento. — Fez uma pausa, então: — Não, não estou maluco. Depois de desligar, vou enviar algumas fotos da propriedade de Breckenridge. Acho que elas vão te convencer de que a sra. Hollister *gosta mesmo* daquela casa.

Nesse instante, um entregador da FedEx apareceu com um carrinho de mão cheio de caixas. Drew tirou o celular da orelha e falou com ele:

— Só um minuto.

Decidindo que o mínimo que eu poderia fazer era ajudá-lo, assinei pela entrega e pedi ao gentil entregador que empilhasse as caixas em cima do balcão da recepção coberto de plástico. Drew gesticulou com a boca dizendo *obrigado* e continuou na ligação.

Enquanto ele estava semi-gritando com quem quer que fosse do outro lado da linha, tirei um minuto para analisá-lo. Ele estava usando o que eu presumia, pela costura, ser um terno bem caro. A manga no braço segurando o celular estava arregaçada, revelando um relógio grande e luxuoso. Seus sapatos estavam brilhantes e sua camisa, muito bem passada. Seu cabelo era escuro e muito comprido para um homem que tinha os sapatos brilhando, e sua pele estava bronzeada por suas férias recentes, o que deixava seus olhos verde-claros ainda mais brilhantes.

Mas eram seus lábios que eram impossíveis de não encarar — tão volumosos e perfeitamente moldados. *Ele é muito gracioso.* Eu não sabia se já tinha pensado em um homem como gracioso. Lindo, sim. Gostoso, talvez. Mas *gracioso* se encaixava bem para descrever Drew Jagger; nenhuma outra palavra faria jus a ele.

Ele terminou a ligação.

— Sério, Max, em quantos casos você já esteve do outro lado da mesa encarando meu rosto bonito? Ainda não sabe quando estou blefando? Olhe as fotos, depois me fale sua resposta quanto à oferta. Acho que verá que é mais do que justo depois que as coisas estiverem na sua frente. O instrutor de 20 anos dela estava ensinando um novo jeito de tirar a neve. A oferta ficará ativa por 48 horas. Então, terei que ligar de novo para você, o que significa que meu cliente será cobrado novamente e sua oferta vai por água abaixo.

Drew apertou um botão no celular e olhou para mim, prestes a falar, quando começou a tocar em sua mão.

— *Merda.*

Ele suspirou, voltando os olhos para o celular e depois para mim.

— Desculpe. Preciso atender essa também.

Um entregador da Poland Spring carregando galões enormes de água bateu à porta da frente. Olhei para Drew.

— Eu recebo. Vá atender sua ligação.

Pelos quinze minutos seguintes em que Drew ficou no telefone, mandei um representante embora, atendi ao telefone do escritório enterrado sob uma lona — duas vezes — e assinei pela entrega de alguns documentos legais que pertenciam ao Escritório de Advocacia de Drew M. Jagger. Eu estava dando meu jeito em uma ligação de um possível cliente quando Drew reapareceu.

— Teremos que agradecer ao sr. Aiken por recomendar você. — Escutei por um instante e, então, complementei: — Nossos honorários são... — Vi Drew me olhando. — Setecentos por hora.

O canto de sua boca se curvou.

— Claro. Por que não marcamos uma reunião para uma consulta inicial? Vou colocá-lo na espera só por um minuto para poder verificar a agenda do sr. Jagger.

Apertei o botão e ergui a mão, com a palma para cima.

— Sua agenda está sincronizada com seu celular?

Drew tirou o celular do bolso e o entregou para mim.

— Está.

Abrindo sua agenda no Outlook, procurei a próxima hora vaga. Não havia nenhuma durante um mês inteiro.

— Pode trocar seu jantar com uma pessoa chamada Monica de 18h para 20h, e agendo o sr. Patterson para 16h30 na próxima quarta? Ele disse que é urgente. Pode precisar de uma ordem de restrição para proteger seus bens como você fez para o sr. Aiken.

— Posso.

Reconectei a ligação.

— Que tal às 4h30 da próxima quarta, no dia oito? Perfeito? Ótimo. E nosso honorário para emergência é... — Olhei para Drew, e ele ergueu dez dedos. — Doze mil... Certo, obrigada. Estamos ansiosos para encontrá-lo. Tchau.

Drew pareceu estar se divertindo quando desliguei.

— Eu aumentei meus honorários por hora de 675 para 700?

— Não. Esses 25 extras são meus. Para cada hora que cobrá-lo, pode tirar do que eu lhe devo. Vi que minha conta por oito horas de ontem está em 5.400 dólares... Claro que pago os honorários padrões, não os inflacionados do sr. Patterson... Então, se puder cobrar do sr. Patterson algumas centenas de horas, seria ótimo.

Drew deu risada.

— Aí está a pessoa irascível que me atacou com suas habilidades de Krav Maga há algumas noites. Sua falta de garra me preocupou ontem.

— Eu fui presa e quase jogada na cadeia.

— Estou arrasado. Você não acreditava que eu poderia te soltar?

— Aquela mulher ontem estava querendo meu sangue no começo. O que disse a ela para que mudasse o tom?

— Fizemos um acordo.

Semicerrei os olhos.

— O que precisou dar em troca para ela pegar leve comigo?

Drew me olhou nos olhos.

— Nada importante.

O telefone do escritório começou a tocar de novo atrás de mim.

— Quer que eu...

Ele acenou para eu ignorar.

— A secretária eletrônica vai atender. Venha, vou te mostrar sua mobília.

— Pensei que estaria na recepção.

— Tom achou que estivesse ajudando, então os fez colocarem em meu escritório.

Segui Drew para o fim do corredor, e ele abriu a porta do escritório grande ao lado da sala de arquivo em que eu estivera trabalhando. No outro dia, quando estive ali, não estava terminado, ainda precisavam pendurar as molduras e fazer o gesso, e tudo estava coberto por lonas. O contramestre deve ter trabalhado o dia anterior inteiro para terminar.

— Uau. Está lindo. Só... — Achei melhor não compartilhar meu pensamento e balancei a cabeça. — Nada. Está lindo.

— Só que o quê? O que ia dizer?

— O escritório está lindo. Lindo mesmo... Teto alto, gesso bem trabalhado, só que... é tudo branco. Por que não pintou de alguma cor? Tudo branco é um tédio.

Ele deu de ombros.

— Eu gosto das coisas simples. Preto e branco.

Dei risada.

— Que bom que você voltou na hora certa, então. Eu já tinha escolhido um amarelo vibrante para o seu escritório. A sala de cópias seria vermelha.

Minha linda mesa, na verdade, ficava maravilhosa em seu escritório gigante, mesmo com a tinta branca entediante. O topo era um vidro grosso temperado, e a base tinha pernas de madeira mogno escura entalhada à mão. Normalmente, eu não era uma pessoa de mobília moderna, porém a mesa era tão linda e com aparência serena que tive que comprá-la.

— A empresa dos móveis não queria, mas é para eles virem pegar tudo hoje. Queriam me cobrar uma taxa de quarenta por cento para coleta e armazenagem. Demorei uma hora no telefone com um gerente para explicar que eles violaram o próprio contrato de entrega ao deixar uma pessoa não autorizada assinar a entrega.

— Você é boa no telefone.

— Trabalhei como representante de serviço ao consumidor para uma empresa de impressoras durante a faculdade. Lembro do que me fazia realmente escutar e obedecer às regras por um cliente depois de um longo dia de ligações de reclamações.

O celular de Drew começou a tocar novamente. Ele olhou para baixo e decidiu não atender.

— Atenda. Vou te deixar em paz. Deus sabe que tomei muito tempo seu. E você parece realmente ocupado.

— Está tudo bem. Não preciso atender.

— É só você neste grande espaço?

— Normalmente, tenho uma assistente e uma secretária. Mas minha secretária saiu de licença-médica por meses há duas semanas, e minha assistente decidiu ir à faculdade de Direito em outro estado.

— Parece que você estará bem ocupado.

Seu celular tocou de novo e, dessa vez, falou que precisava atender. Drew me disse para me sentir à vontade, mas... não havia muito o que fazer. Ele entrou na sala de arquivo e se sentou à mesa que eu estava usando e eu voltei para a recepção, encontrei alguns produtos de limpeza no banheiro e limpei o lugar em que colocaria meu laptop.

Além de responder e-mails, atendi ao telefone do escritório e anotei alguns recados.

Quando Drew voltou uma hora mais tarde, ele parecia irritado.

— Meu celular desligou. Posso pegar o seu emprestado por alguns minutos? A outra bateria está guardada com o resto das minhas coisas, e eu estava quase batendo o martelo em um acordo. Não quero dar tempo para o promotor reconsiderar todas as coisas estúpidas com as quais ele acabou de concordar.

Ergui meu telefone.

— É todo seu.

Drew deu alguns passos para longe e parou.

— Qual é a senha?

— Hummm. Porra.

— Não quer me falar sua senha?

— Não. Minha senha é porra.

Drew deu risada.

— Você é das minhas. — Então ele digitou e desapareceu de novo.

Quando o meio do dia estava chegando, meu estômago roncou, já que acordara tarde e não tinha tomado café da manhã. Mas não podia sair do escritório e não estar de novo quando a empresa dos móveis chegasse. Quando ouvi Drew dar uma pausa de falar ao celular, me arrisquei a entrar na sala de arquivo.

— Você geralmente pede almoço? Estou com medo de sair e perder a coleta.

— Às vezes. O que você quer?

Dei de ombros.

— Não me importo. Não sou exigente.

— Que tal comida indiana? Curry House é a algumas quadras daqui e entrega rápido.

Franzi o nariz.

— Não gosta de comida indiana?

— Não muito.

— Certo. Que tal chinesa?

— Muito sódio.

— Sushi?

— Sou alérgica a peixe.

— Mexicana?

— Muito pesada para o almoço.

— Você entende mesmo o significado da frase "não sou exigente", certo?

Semicerrei os olhos para ele.

— Claro. É que você está escolhendo coisas esquisitas.

— O que gostaria de comer, Emerie?

— Pizza?

Ele assentiu.

— Então será pizza. Viu? *Eu* não sou exigente.

Após terminarmos de almoçar, Drew tirou seu celular do carregador. Então pegou o meu.

— Posso olhar suas fotos?

— Minhas fotos do celular? Por quê?

— A melhor forma de conhecer alguém é olhar suas fotos do celular quando eles menos esperam.

— Nem sei o que tenho aí.

— Essa é a ideia. Se tiver chance de limpar suas fotos, não vou ver quem você é de verdade. Vou ver o que você quer que eu veja.

Tentei me lembrar se havia alguma coisa vergonhosa ou incriminadora no celular quando Drew o deslizou de perto de mim para ele sobre a mesa com um sorrisinho no rosto. No último segundo, cobri sua mão com a minha, fazendo-o parar.

— Espere. Quero olhar as suas se vai olhar as minhas. E é melhor ter alguma coisa vergonhosa, porque tenho certeza de que eu tenho.

— É todo seu. Não me envergonho com facilidade. — Drew deslizou o celular dele pela mesa de dobrar.

Observei quando ele digitou a senha e começou a passar minhas fotos. Depois de um instante, ele pausou, e ergueu as sobrancelhas.

— Essa me diz muito sobre você.

Peguei o celular, mas ele tirou de mim muito rápido.

— O quê? Qual foto?

Drew virou o celular para que a tela ficasse virada para mim. *Ah, Deus!* Que vergonha. Era uma foto minha de perto da semana anterior enquanto estava trabalhando. Tivera um dia cheio de sessões de terapia por telefone, e meu viva-voz tinha resolvido parar de funcionar bem cedo naquela segunda de manhã. Não tinha tempo de sair e comprar um novo telefone para o escritório, e, no início da tarde, estava frustrada por não conseguir ser multitarefas porque tinha que segurar o telefone na orelha com uma mão. Então fui criativa. Peguei duas faixas grandes alaranjadas de borracha e as coloquei em volta do telefone e da minha cabeça, amarrando com eficácia o telefone no lugar para que não precisasse mais segurá-lo. Uma das faixas de borracha ficou trespassada na minha testa, levemente acima das sobrancelhas, e empurrou tudo para baixo, me deixando com uma expressão esquisita e franzida. A outra faixa de borracha envolvia meu queixo, fazendo a pele enrugar em um queixo bem torto e com covinha que eu normalmente não tinha.

— Meu viva-voz parou de funcionar, e eu tinha um monte de ligações naquele dia. Precisava conseguir usar as mãos.

Ele deu risada.

— Criativa. Não há uma boa atualização de iPhone desde que Steve Jobs morreu. Pode ser que queira vender para eles sua nova tecnologia.

Amassei meu guardanapo e joguei na cara dele.

— Cale a boca.

Ele deslizou o dedo mais algumas vezes, depois parou. Dessa vez, não consegui decifrar no que ele estava pensando.

— O quê? Em que foto você parou?

Ele encarou a foto por um bom tempo e engoliu em seco antes de virar o celular para mim. Era uma foto de corpo inteiro tirada na noite em que fui a um casamento com Baldwin. Era, sem dúvida, a melhor foto que eu já tinha tirado. Havia feito meu cabelo e minha maquiagem no salão, e o vestido que usava caía como uma luva. Era simples — preto e sem manga com um decote ousado em V que mostrava meu peito e as curvas. O vestido era mais provocante do que eu normalmente usaria, e tinha me sentido confiante e bonita. Embora tivesse durado apenas quinze minutos depois que Baldwin tirou a foto, até a hora em que atendi à porta do seu apartamento e percebi que ele iria levar *uma pessoa* para o casamento para o qual nós dois havíamos sido convidados. E essa pessoa não era eu.

Ao me lembrar da tristeza que senti naquela noite, eu disse:

— Casamento.

Drew assentiu e encarou a foto de novo antes de olhar de volta para mim.

— Você estava maravilhosa. Sexy pra caralho.

Senti o rubor rastejar por meu rosto. Detestava ter pele clara por esse exato motivo.

— Obrigada.

Ele deslizou mais algumas vezes e virou o celular de novo para mim.

— Namorado?

Aquela tinha sido tirada alguns minutos depois de Baldwin dizer o quanto eu estava linda e tirar minha foto de corpo inteiro. Seu braço estava em volta da minha cintura, e eu estava sorrindo e olhando para ele quando tirou a *selfie*. A pessoa que ele convidara havia tocado a campainha logo depois daquela foto. O resto da noite foi apenas de sorrisos forçados.

— Não.

— Ex-namorado?

— Não.

Ele olhou para baixo de novo e voltou-se para mim.

— Tem uma história aí, não tem?

— Como você sabe?

— Sua cara. A forma como está olhando para ele.

É bem triste o fato de um estranho ser capaz de ver meus sentimentos depois de dez segundos olhando para nossa foto, e Baldwin nunca fora capaz disso.

Poderia ter mentido, mas, por algum motivo, não o fiz.

— Nos conhecemos na faculdade. Ele era o assistente da minha aula de psicologia enquanto trabalhava em seu doutorado. É um dos meus melhores amigos. Na verdade, moro no apartamento ao lado do dele.

— Não deu certo?

— Nunca tentamos. Ele não sente o mesmo que eu.

Pareceu que Drew ia falar mais, mas apenas assentiu e terminou de xeretar as fotos. Quando ele acabou, realmente tinha aprendido muito sobre mim. Tinha visto fotos das minhas duas irmãs menores, incluindo algumas *selfies* que tiramos com o cachorro antes de eu me mudar para Nova York. Soube sobre meus sentimentos por Baldwin, e tinha consciência do quanto podia ser criativa com a necessidade de ser multitarefas.

Quando ele deslizou o celular de volta para mim na mesa, perguntei:

— Então... você disse que olhar as fotos de outros diria muito sobre a pessoa. O que minhas fotos te disseram sobre mim?

— Bem família, de coração partido e um pouquinho maluca.

Queria me sentir ofendida pela última parte, mas era difícil quando ele estava completamente certo. Embora não fosse admitir que ele tinha razão. Em vez disso, peguei seu celular.

— Senha?

Ele sorriu irônico.

— Chupa.

— Pare com isso. Você acabou de mudar.

Ele balançou a cabeça.

— Não. É uma das minhas palavras favoritas por múltiplos motivos. Resmungo baixinho "chupa, seu merda" para as pessoas pelo menos uma vez por dia. E, é claro, quem não gosta de uma boa chupada?

— Você é um pervertido.

— Diz a mulher cuja senha é *porra*.

— Minha senha é *porra* porque eu nunca conseguia me lembrar da senha, e, toda vez que errava, resmungava *porra*. Baldwin sugeriu que simplesmente colocasse *porra* da última vez que bloqueei meu próprio celular.

— Baldwin?

Nossos olhos se encontraram.

— O cara da foto.

Drew assentiu.

Por alguma razão, ficava desconfortável em falar sobre Baldwin com Drew, então mudei de assunto. Digitei *chupa* em seu iPhone e disse:

— Vamos ver o que aprendo sobre você, advogado.

Drew entrelaçou as mãos atrás da cabeça e se recostou na cadeira, observando-me.

— Fique à vontade.

Encontrei o ícone de fotos e abri. Não tinha nada, então fui ao app da câmera e o abri. Também não tinha nada.

— Você não tem fotos? Pensei que esse fosse um exercício para aprender sobre o outro.

— Era.

— E o que exatamente acabei de aprender sobre você com uma câmera sem nada?

— Aprendeu que não jogo limpo.

CAPÍTULO 6
Drew

Que bundão.

Eu. Não o que eu acabara de ter sido pego olhando.

Apesar de que... *que bunda*.

Emerie estava apoiada no balcão da recepção para pegar o telefone do meu escritório que tocava quando me flagrou secando sua suculenta traseira. O educado seria desviar o olhar, fingir que não estava secando. Mas o que eu fiz? Dei uma piscadinha.

De novo. *Que bundão*.

E agora, Emerie me encarava enquanto continuava a falar ao telefone. As coisas acabam de um dos dois jeitos quando uma mulher te flagra secando-a: ela flerta de volta ou...

Emerie desligou o telefone e atravessou o corredor em minha direção com audácia. Sua expressão estava impassível, então eu não sabia o que esperar.

Ela parou na soleira e cruzou os braços à frente do peito.

— Você estava olhando para a minha bunda?

Então esse era o *outro* jeito, no qual quem está sendo secado te pergunta diretamente. Imitei sua postura, cruzando os braços à frente do peito também.

— Quer que eu minta?

— Não.

— É uma ótima bunda.

Suas bochechas ficaram cor-de-rosa.

— *Você* é um babaca, sabia disso?

— Então devo ser um grande babaca, porque precisa ser um para reconhecer uma bunda grande.

Sua expressão estoica se desfez, e ela deu risada. Eu gostava de como ela se divertia mais do que se irritava.

— As mulheres costumam achar seu comportamento atraente?

Dei de ombros.

— Sou bonito e rico. As mulheres costumam achar isso atraente. Ficaria surpresa com o tanto que consigo com isso.

— Você é *tão* cheio de si.

— Talvez, mas é a verdade. — Saí de onde estava parado detrás da minha mesa, deixando apenas em torno de cinquenta centímetros entre nós. — Me diga a verdade. Se eu fosse baixo, careca, falido, sem dente e com uma corcunda nas costas, você teria vindo brigar comigo depois de me flagrar olhando para sua bunda?

Ela abriu a boca e ficou adorável tentando pensar em uma resposta, embora sua expressão já tivesse me dito que eu tinha razão.

— Você é um egomaníaco.

— Talvez. Mas um atraente.

Emerie revirou os olhos e bufou, mas vi um discreto sorriso em seu rosto antes de seus quadris rebolarem para fora do meu escritório.

Que bunda.

Passei o restante da tarde preso ao telefone. Embora tivesse limpado minha agenda de consultas até a semana seguinte, ficaram sabendo que eu havia voltado, e todos os meus clientes miseráveis queriam me atualizar das últimas manobras de suas esposas. Eu trabalhava em um negócio feio pra burro, mas era muito bom no que fazia. Eles queriam vingança, e, toda vez que eu dava um golpe em uma esposa que merecia, mentalmente dava o troco na minha própria ex, Alexa, de novo. Provavelmente precisava de um terapeuta, mas a vingança era mais barata e muito mais satisfatória.

Tinha acabado de desligar com um cliente que queria uma ordem de restrição para impedir sua esposa alienada de queimar seu esconderijo pornô quando ouvi Emerie falando ao telefone na recepção. O escritório vazio ficou carregado com sua voz, e não consegui evitar ouvir.

— Queens? Esse é o mais próximo do centro que consegue por menos de mil e quinhentos por mês? E se eu quisesse um espaço menor? Sem recepção, apenas um simples escritório em um prédio em algum lugar? — Ela pausou por um minuto. — Não, não sou de Nova York. Mas... mas... Sabe de uma coisa? Esqueça. Vou ligar para outro corretor.

— Problemas para encontrar um local? — eu disse por trás dela.

Emerie se virou. O olhar em seu rosto era de puro desespero.

— O que estou fazendo em Nova York?

— Me diga você.

Ela suspirou.

— Longa história. Eu... — O telefone do meu escritório tocou, e ela ergueu um dedo e o pegou antes de eu poder tentar atender.

— Escritório de Drew Jagger... Quem fala, por favor?... Sr. London...

Ela olhou para mim, e eu ergui as mãos, fazendo o sinal universal de "não mesmo". Ela continuou tranquila.

— O sr. Jagger está em reunião com um cliente neste momento. Também há uma pessoa aguardando. Gostaria de deixar um recado detalhado?

Ela ficou quieta por um minuto enquanto segurava o telefone longe da orelha e erguia as sobrancelhas. Eu conseguia ouvir aquele mesquinho do Hal London mesmo parado a sessenta centímetros dela. Quando ele parou para respirar, ela conseguiu, educadamente, desligar.

— Ouviu tudo? — ela me perguntou.

— Ouvi. O cara é um imbecil. Eu quase preferiria representar a vadia traidora da esposa dele. Ele me segura no telefone por uma hora sempre que tem chance. É o dinheiro dele, mas mesmo assim não quero conversar com ele. Você conseguiu desligar bem rápido.

— Tente exagerar mais ainda. Isso sempre afasta as pessoas.

— Vou ter que me lembrar disso.

Emerie olhou no relógio.

— São quase quatro horas. Não acredito que a empresa dos móveis ainda não veio. Desculpe, fiquei aqui o dia todo.

— Sem problema. Vou apenas adicionar à sua conta do aluguel.

Ela sorriu.

— Certo. Mas então vou te cobrar por meus serviços de secretária. Não sou barata.

Um flash safado de Emerie brincando de secretária comigo como seu chefe passou por minha mente, e as palavras saíram antes que eu pudesse impedir.

— Eu pagaria muito por seus serviços.

Ela ruborizou, mas então retrucou.

— Você deve ser um babaca com quem trabalha para você, entre seu ego grande e seus comentários pervertidos. É bom que seja um advogado para quando é processado.

— Acabou de me chamar de babaca?

Ela mordeu seu lábio carnudo.

— Sim.

Dei risada.

— Descobriu isso bem rápido.

Um despertador em seu celular começou a tocar. Ela o desligou.

— Tenho uma ligação às quatro horas com um paciente que preciso atender. Vou lá para fora. Assim, não perco a empresa de móveis.

— Por que não usa meu escritório? Talvez também possa fazer um bom uso daquela mesa antes de a levarem de volta. Sou exigente com mobília. Não queria estragá-la e atrapalhar sua devolução. E tem mais privacidade para conversar com seu paciente.

— Não quero perder a empresa de móveis.

— Vou ficar de olho.

Ela hesitou.

— Não se importa?

Balancei a cabeça.

— Não. Vá em frente. Agora eu que vou brincar de ser seu secretário.

Não precisou de muito para convencê-la. Eu a observei ir até o fim do corredor — corrigindo, eu observei sua bunda ir até o fim do corredor. Quando ela chegou ao meu escritório, parou e olhou para trás por cima do ombro, me flagrando de novo. Então, dei uma piscadinha. Não sou outra coisa que não consistente.

Passava um pouco das quatro e meia quando a empresa de móveis finalmente apareceu. Emerie ainda estava em meu escritório, então bati à porta entreaberta para chamar sua atenção. Ela estava escrevendo em um caderno enquanto falava com o *headset* na cabeça. Estava com o cabelo acobreado em um coque bagunçado no topo e, quando olhou para cima, foi a primeira vez que a vi usando óculos. Eles tinham armação escura, retangular e gritavam *me foda, sou uma bibliotecária*.

Pelo menos, foi o que escutei quando olhei para eles. Encarei-a por um minuto, ficando preso na minha própria fantasia enquanto ela finalizava a ligação.

Ela baixou as sobrancelhas quando se despediu e tirou o *headset*.

— Está tudo bem?

Os olhos dela foram sempre daquele azul? Os óculos pretos devem ter realçado a cor ainda mais do que sua pele clara o fazia.

— Ãh, sim. A empresa de móveis está aqui.

Ela me olhou de um jeito engraçado, mas então foi para a recepção. Depois de assinar a papelada, os trabalhadores a seguiram para o meu escritório, envolveram a mesa em cobertores de mudança e os prenderam.

Emerie suspirou, observando.

— É uma linda mesa.

Eu a observava assistindo-os prepararem-na para ser carregada.

— Maravilhosa.

Nos últimos três dias, ela tinha percebido que fora enganada e perdera dez mil, foi presa e descobriu que seu escritório dos sonhos pertencia a outra pessoa. Mesmo assim, essa foi a primeira vez que a vi realmente entristecida. Parecia que ela tinha chegado ao seu limite. Quando vi seus olhos cheios de lágrimas, senti no meu peito. Me afetava mais do que eu conseguia explicar. E, obviamente, afetava mais do que apenas meu peito, afetava...

Minha sanidade.

Porque a *má ideia*, que me ouvi sugerindo, certamente não teria saído da minha boca se eu não tivesse tido um lapso momentâneo de sanidade.

— Fique. Você e sua mesa deveriam ficar. Tenho bastante espaço aqui.

CAPÍTULO 7
Drew

Véspera de Ano-Novo. Oito anos atrás.

Algumas das melhores fases da vida vêm das más ideias.

A loira alta com pernas compridas que se esticavam como uma escada para o paraíso? Ela era, definitivamente, uma má ideia. Fiquei de olho nela a noite toda. Ela tinha vindo com duas amigas, e as três mal pareciam ter 18 anos. Algum cara local que era amigo de um amigo de algum dos meus irmãos de fraternidade as tinha trazido com ele. O local estava de olho na loira e, às vezes, com as mãos, mas parecia que ela tinha mais interesse em conhecer alguns caras da Sigma Alpha do que em ficar com ele.

Eu deveria estar estudando para a prova. Deveria ter saído de Atlanta e ido para casa de férias como normalmente fazia. Mas, já que era nosso último semestre na casa, todos os veteranos da minha fraternidade decidiram ficar nas férias de inverno. Uma festa levou à outra por dez dias seguidos. E, naquela noite, já que era véspera de Ano-Novo, havia umas pessoas estranhas. A maioria dos alunos tinha ido para casa, o que abria espaço para os locais. E Daisy Duke e suas pernas compridas pareciam um pêssego.

Nossos olhares se encontraram quando dei um gole na minha cerveja. Ela deu um sorriso largo e, de repente, fiquei com vontade de comer uma fruta. Ela veio até mim; nem precisei me levantar.

— Tem alguém sentado aqui?

Temporariamente confuso, olhei para minha direita e esquerda. Eu estava sentado em uma cadeira no canto da sala de estar, observando a festa ao meu redor. O assento mais próximo era do outro lado da sala.

— Você pode se sentar onde quiser.

Ela fez exatamente isso: jogou sua bunda redonda no meu colo.

— Vi você olhando para mim.

— É difícil não ver alguém como você.

— Você também. É o cara mais bonito desta festa.

— É mesmo? — Bebi outro gole de cerveja, e a senhorita Pernalonga a pegou da minha mão quando acabei. Ela levou a bebida até seus lábios e secou metade da garrafa. Quando terminou, soltou um *ahhh*.

— Como se chama, Pernas?

— Alexa. E você?

— Drew. — Peguei a cerveja de volta e acabei com ela. — Quem é o cara com quem você veio?

— Ah, é o Levi.

— Não é seu namorado nem nada assim?

Ela balançou a cabeça.

— Não. É só o Levi. Ele mora em Douglasville, não muito longe de mim. É bom com carros. Às vezes, conserta o meu.

Só então, Levi, da porta, viu Alexa. Não pareceu feliz em vê-la sentada no meu colo.

Ergui o queixo na direção dele.

— Tem certeza de que Levi não pensa que vocês são mais do que amigos? Parece que ele está um pouco irritado agora.

Ela estava sentada de lado com as pernas cruzadas no meu colo, mas se mexeu para me encarar e passou uma por cima de mim para envolver meu quadril, efetivamente bloqueando minha visão do seu mecânico carrancudo.

— Agora você não consegue olhar para ele.

Coloquei as mãos nas costas dela.

— Minha vista ficou muito melhor.

Em menos de uma hora, ela pediu que eu lhe mostrasse meu quarto. Claro que obedeci. Gosto simplesmente de agradar mulheres lindas. Agora eu já estava na faculdade há quatro anos. Algumas mulheres eram diretas quando queriam algo. Eu estava ocupado e não procurava um relacionamento, e gostava de mulheres que não faziam joguinhos, que iam direto ao ponto.

Os dedos de Alexa estavam no zíper do meu short antes de eu fechar a porta do quarto. Eu a empurrei contra a madeira para bloquear a festa, também já fechando a porta — dois coelhos com uma cajadada só.

— Você vai se formar em Direito no ano que vem? — ela perguntou quando senti seus peitos. Deveria ter soado um alarme, já que eu não tinha mencionado meus planos para o futuro. Mas... ela tinha ótimos peitos. E pernas matadoras. Elas estavam em volta da minha cintura naquele momento. Eu também estava bebendo desde a tarde.

— Vou. Provavelmente vou ficar em Emory. Meu pai e meu avô têm um legado.

Depois disso, o Ano-Novo entrou com um estrondo.

Ótimas lembranças.

Má ideia.

CAPÍTULO 8
Drew

— Você o quê? — Roman Olivet me olhou como se eu tivesse acabado de lhe contar que matei a Rainha Elizabeth. Ele balançou a cabeça. — Má ideia, cara.

Olhei para meu uísque, mexendo o líquido âmbar no copo por um minuto antes de beber.

— Ela vai me ajudar enquanto Tess está fora por três meses, em troca do aluguel. Vou dar uma chance para ela encontrar um lugar que possa pagar e se recuperar.

Roman bebeu sua cerveja.

— Eu te pedi para alugar para mim o espaço há dois anos, e você me disse que não podia dividir com ninguém.

— Não posso. Isso é temporário.

Ele semicerrou os olhos para mim.

— Ela é gostosa, não é?

— O que isso tem a ver?

— Você é um babaca.

— Mas que porra! Emerie disse a mesma coisa.

As sobrancelhas de Roman saltaram.

— Ela te chamou de babaca, e você está deixando que compartilhe seu escritório? Deve ter uma bunda e tanto.

Tentei não expressar nada, mas Roman e eu éramos amigos desde sempre. Ele flagrou o discreto sorriso no canto da minha boca.

Ele balançou a cabeça e deu risada.

— Uma bunda boa é sua Kryptonita, meu amigo.

Para ser sincero, eu ainda estava tentando descobrir o que tinha acontecido comigo algumas horas antes. Não apenas convidei essa mulher — sim, ela tinha uma bunda espetacular — a se mudar para o meu escritório, mas a tinha *convencido* a aceitar minha oferta. Repito, disse para ela se mudar para o meu escritório na Park Avenue — o espaço que eu detestava dividir com alguém — de graça.

Bebi o restante do meu uísque e ergui a mão para pedir outro.

— Ela trabalha em que área da advocacia?

— Ela não é advogada. É psicóloga.

— Uma psicóloga? Você vai ter um monte de loucos andando por seu escritório?

Não tinha realmente pensado nisso. E se seus pacientes fossem psicopatas com uma variedade de problemas de múltipla personalidade? Ou ex-presidiários que cortam a garganta de velhinhas, mas têm suas sentenças reduzidas pela metade porque são considerados malucos? *Serei assassinado por causa de uma ótima bunda. Nenhuma bunda vale tanto a pena.*

Por outro lado... o quanto meus clientes são normais? Ferdinand Armonk, de 71 anos, que vale cem milhões de dólares, foi preso no ano anterior por atacar sua esposa de 23 anos com a bengala porque pegou a língua dela entre as pernas do seu fisioterapeuta. *Essa* é a loucura com a qual já preciso lidar todos os dias.

Dei de ombros.

— Os loucos dela não podem ser muito piores do que os meus.

Candice Armonk fez seu marido ser preso por bater nela com uma bengala e estava tentando levar metade de sua fortuna no divórcio. Roman não era somente meu melhor amigo, ele também era meu investigador particular e tinha trabalhado no caso Armonk. Ele encontrara um antigo pornô de mulher com mulher que Candice fez aos 18 anos enquanto ainda morava na França. O nome era *Candy em Cana*, e ela aparecia com as mulheres dando cano nela, mas aparentemente a bengalada do seu marido que não deixou marca valia cinquenta milhões. Quando ela veio ao escritório com seu advogado para uma reunião de acordo, se recusou a se sentar na sala com Ferdinand até eu colocar a bengala para fora do prédio.

O garçom trouxe minha nova bebida e eu dei um gole.

— A maluquice vai combinar.

Depois de uma reunião matutina do outro lado da cidade, cheguei e vi Emerie andando de um lado para o outro no escritório vago usando um *headset* enquanto falava ao telefone. Ela estava de costas para mim quando virei no corredor, o que me deu uma chance de analisá-la por um tempo. Ela vestia uma saia preta justa que a abraçava em todos os lugares certos e uma blusa de seda branca. Quando ouviu meus passos, se virou, e eu vi que ela estava descalça. O esmalte vermelho brilhante em seus dedos do pés combinava com seus lábios sorridentes. Um aperto esquisito no meu peito me fez sorrir de volta enquanto pensei se precisava tomar um antiácido ou algo parecido. Acenei e fui para minha sala, que estava preenchida com minha nova mobília, embora eu ainda não tivesse agendado sua entrega.

Dez minutos depois, Emerie bateu de leve na minha porta, apesar de estar aberta. Estava de sapatos — saltos vermelhos cobriam seus dedos vermelhos. *Legal.*

— Bom dia.

— Bom dia. — Assenti.

Ela ergueu um bloquinho e pegou um lápis de trás da orelha.

— Você teve uma manhã cheia. Seis ligações: Jasper Mason, Marlin Appleton, Michael Goddman, Kurt Whaler, Alan Green e Arnold Schwartz. Anotei os recados em um caderninho que encontrei no seu armário de suplementos de escritório. Espero que não se importe de eu ter mexido.

Acenei.

— Não se preocupe, pode mexer. Não sei onde está nada sem Tess por aqui mesmo.

Ela arrancou a cópia dos recados do caderninho carbonado e os colocou na minha mesa.

— Aqui estão.

— Obrigado. Aliás, sabe de alguma coisa sobre minha mobília estar de volta?

— Ah. Sim. Espero que não se importe. A empresa de armazenamento ligou de manhã e queria agendar a entrega para hoje, então marquei no primeiro horário que eles tinham disponível. O contramestre estava aqui limpando tudo quando cheguei esta manhã e disse que havia terminado tudo que faria sujeira. Ele vai mandar para cá um de seus homens depois para fazer as últimas coisas, como pendurar a tampa dos lustres e colocar a placa de volta na recepção. As caixas com os itens pessoais do seu escritório estão no chão. Eu ia arrumá-los e organizar para você, mas pensei que seria passar dos limites.

— Eu não teria ligado. Mas obrigado. Obrigado por cuidar de tudo esta manhã. Pensei que fosse entrar e me sentar na cadeira dobrável e naquela mesa de novo. Essa é uma boa surpresa.

— Sem problemas. — Ela olhou para seu relógio. — Tenho uma videoconferência em alguns minutos, mas estou livre do meio-dia e meia às duas hoje, se quiser ajuda para arrumar seu escritório. Posso pedir comida e fazermos um almoço de trabalho.

— Seria ótimo. Tenho uma ligação que deve acabar antes do meio-dia e meia.

— O que está a fim de almoçar?

— Me surpreenda.

— O que eu quiser?

— O que quiser. Diferente de você, eu não sou exigente.

Emerie sorriu e se virou para voltar à sua sala. Eu a fiz parar para fazer uma pergunta que estava em minha mente desde o jantar com Roman na noite anterior.

— Que tipo de psicóloga você é? É especialista?

— Sou. Pensei que tivesse te falado. Faço terapia de casal.

— Terapia de casal?

— Sim, trabalho para salvar casamentos problemáticos.

— Definitivamente não falamos sobre isso. Eu teria me lembrado, considerando que também trabalho com casamentos problemáticos... Para acabar com eles permanentemente.

— Isso é um problema?

Balancei a cabeça.

— Não deveria ser.

Famosas últimas palavras.

CAPÍTULO 9
Emerie

— Aqui estão mais alguns recados.

Drew tinha acabado de desligar o telefone e gesticular para eu entrar em sua sala. Coloquei o saco contendo nosso almoço na mesa dele e lhe entreguei os recados. Ele os folheou rapidamente e segurou um.

— Se esse cara ligar de novo, Jonathon Gates, tem minha permissão para desligar na cara dele.

— Posso xingá-lo primeiro?

Drew pareceu divertir-se.

— Do que queria xingá-lo?

— Depende. O que ele fez de errado?

— Ele bate na esposa.

— Ah, Deus. Certo. — Franzi os lábios enquanto pensava em um bom xingamento para o sr. Gates. — Eu o chamaria de animal desgraçado, depois desligaria na cara dele.

Drew deu risada.

— Você não xinga como uma nova-iorquina.

— O que quer dizer?

— Você pronuncia a palavra certinha. Des-gra-ça-do.

— Como deveria pronunciar?

— "Disgraçado". Com "i".

— "Disgraçado" — repeti.

— Parece forçado. Deveria praticar mais para soar natural.

Enfiei a mão na sacola e tirei a comida que havia pedido. Com um sorriso, entreguei a ele.

— Aqui está seu almoço "disgraçado".

— Legal. — Ele sorriu. — Continue treinando. Logo vai parecer a Tess.

— Tess?

— Minha secretária que está de licença porque fez uma cirurgia nas costas. Ela tem 60 anos e parece a Mary Poppins, mas xinga como um marinheiro.

— Vou praticar mais.

Havia pedido sanduíches para nós de um *delivery* que descobri no meu primeiro dia de aluguel falso. Já que parecia que Drew se cuidava, escolhi um de peito de peru com pão integral e abacate para ele e o mesmo para mim, embora eu geralmente comesse menos saudável. Drew devorou todo o seu lanche antes de eu estar na metade do meu, e eu não comia devagar.

Olhando seu guardanapo vazio, perguntei:

— Acho que gostou do sanduíche.

— Fui à academia às cinco da manhã e não tive tempo de comer antes de uma reunião hoje cedo do outro lado da cidade. Isso foi a primeira coisa que comi hoje.

— Cinco da manhã? Você foi à academia às cinco da manhã?

— Acordo cedo. Pelo tom chocado da sua voz, presumo que você não.

— Eu tento.

— Como está se saindo?

— Não muito bem. — Dei risada. — Tenho problemas para dormir, então as manhãs são difíceis.

— Você faz exercício?

— Comecei a fazer aulas de Krav Maga algumas vezes por semana à noite para ficar cansada, esperando que me ajudasse a dormir. Não ajudou muito. Mas gostei das aulas, de qualquer forma.

— Já tentou aquelas bebidas com melatonina?

— Já. E nada.

— Remédio para dormir?

— Fico grogue por 24 horas depois de tomar. Até analgésico me derruba.

— Prolactina, então.

— Prolactina? O que é? Uma vitamina ou algo parecido?

— É um hormônio que você libera depois do orgasmo. Te deixa sonolento. Já tentou se masturbar antes de dormir?

Eu estava engolindo e engasguei com o pedaço de sanduíche. Não daqueles engasgos de cuspir e tossir, que descem pelo lugar errado. Não. Eu engasguei. Literalmente. Um pedacinho de pão parou na minha garganta, bloqueando o ar. Em pânico, me levantei, jogando o guardanapo com o resto do meu sanduíche e meu refrigerante no chão, e comecei a apontar furiosamente para minha garganta.

Felizmente, Drew entendeu o sinal. Ele deu a volta correndo para o meu lado da mesa e bateu nas minhas costas algumas vezes. Quando permaneci sem respirar, ele me abraçou por trás e fez a manobra de Heimlich. No segundo aperto forte, o pão que bloqueava meu ar saiu e voou para o outro lado da sala. Embora o episódio provavelmente tenha durado apenas quinze segundos, me curvei e arfei como se tivessem se passado três minutos. Meu coração estava disparado, e a onda de adrenalina repentina, alta.

Drew não me soltou. Continuou com os braços apertados em volta de mim, logo abaixo do meu peito, enquanto eu dava respirações profundas.

Em certo momento, quando minha respiração tinha quase voltado ao normal, ele falou com uma voz baixa, hesitante.

— Você está bem?

Minha voz estava fraca.

— Acho que sim.

Ele me soltou, mas não se afastou. Em vez disso, apoiou a cabeça no topo da minha.

— Você me assustou pra caralho.

Segurei a garganta com uma mão.

— Foi uma sensação terrível. Nunca tinha realmente engasgado. — Por um breve instante em meu fim iminente, eu tinha me esquecido completamente do que tinha me feito engasgar. Mas me lembrei com rapidez. — Você quase me matou.

— *Te matei?* Acho que faltou oxigênio no seu cérebro. Acabei de salvar sua vida, linda.

— Você me fez engasgar. Quem fala sobre masturbação com um quase estranho enquanto almoça?

— Um quase estranho? Já te vi de calcinha, te tirei da prisão e te dei um lugar para sentar a bunda o dia todo. Tenho quase certeza de que sou seu melhor amigo na cidade a este ponto.

Me virei e o encarei.

— Talvez eu não precise me masturbar. Talvez eu tenha um namorado que cuida das minhas necessidades.

Drew deu um sorrisinho. Não apenas sorriu. Deu um *sorrisinho*.

— Se é esse o caso e você ainda está tendo problema para dormir depois que ele cuida de você à noite, então termine, porque ele não presta na cama.

— E presumo que todas as suas mulheres durmam rápido depois que você *cuida delas*.

— Com certeza. Sou como um super-herói. O Prolactinador.

Aquele homem tinha a bizarra capacidade de me fazer rir no meio de uma discussão. Dei risada enquanto me inclinava para pegar meu sanduíche do chão.

— Tá bom, Prolactinador. Que tal usar seus superpoderes para ajudar a limpar essa sujeira?

Depois que o desastre do almoço foi limpo, ofereci a Drew ajuda para desempacotar suas coisas. Ele tinha uma furadeira sem fio na primeira caixa que abrimos, e pendurou alguns de seus certificados emoldurados de forma elegante enquanto eu desembalava coisas e as limpava. Nossa conversa estava leve e fácil até ele me fazer uma pergunta que eu sempre temia responder.

— Então, você não me contou, o que a trouxe a Nova York?

— É uma longa história.

Drew olhou para seu relógio.

— Tenho vinte minutos até minha próxima reunião. Fale.

Por um breve instante, pensei em inventar uma história para que não precisasse falar a verdade. Mas, então, pensei que aquele cara tinha me visto na pior, me ajudou a me deixar fora da cadeia e testemunhou em primeira mão que eu caí no conto da Ponte do Brooklyn[1], só que na Park Avenue. Então fui honesta.

— No meu primeiro ano da faculdade, não tinha certeza de em que queria

---

1 O conto da Ponte do Brooklyn é bem conhecido na cultura americana e se originou de um homem chamado George Parker, um golpista que vendeu a ponte várias vezes por semana, por anos, para empresários de Nova York. (N.T.)

me especializar. Frequentei uma aula em Psicologia e o professor era maravilhoso. Mas ele também era um bêbado que faltava ou chegava faltando dez minutos para acabar a aula. Ele tinha um assistente que era de Nova York, mas trabalhava em seu doutorado na Universidade de Oklahoma, e ele acabou dando a maior parte das aulas do curso. O assistente era Baldwin.

Drew guardou uma pilha de arquivos em um armário e o fechou, virando-se para olhar para mim.

— Então se mudou para Nova York para ficar perto desse Baldwin? Pensei que tivesse falado que ele não correspondia aos seus sentimentos?

— E não corresponde. Baldwin e eu nos tornamos bons amigos nos quatro anos seguintes. Ele tinha uma namorada com quem morava junto, formada em História da Arte e fazia trabalhos de modelo à parte. — Revirei os olhos, pensando em Meredith... Ela se achava tanto. — Ele ficou na faculdade para lecionar depois que terminou o doutorado, e então decidiu voltar para Nova York, a fim de trabalhar e ensinar aqui. Mantivemos contato até me formar, e ele me ajudou muito a escrever minha tese pelo Skype por um ano.

— Estamos chegando à parte do sexo ou alguma coisa boa logo nessa história? Porque Baldwin está começando a me entediar bastante.

Drew estava ao meu lado, abrindo a última caixa, e eu bati em seu braço.

— Foi você que quis ouvir a história.

— Pensei que fosse ser mais interessante — ele zombou com um sorriso presunçoso.

— Enfim. Vou resumir para que você não durma...

Drew me interrompeu.

— Não se preocupe. Não estou com sono. Não me masturbei hoje de manhã.

— Obrigada por compartilhar isso. Quer que eu termine a história ou não?

— Claro. Não sei por quê, mas estou ansioso para ouvir o que há de errado com Baldwin.

— Por que acha que tem algo de errado com ele?

— Estou sentindo.

— Bom, está enganado. Não há nada de errado com Baldwin. Ele é uma ótima pessoa e é extremamente inteligente e culto.

Drew colocou as mãos na cintura e parou de desembalar para me dar toda a sua atenção.

— Você disse que ele *teve* uma namorada por quatro anos. Presumo que eles terminaram?

— Sim. Terminaram logo antes de ele voltar para Nova York.

— E ele não chegou em você, sabendo que estava apaixonada por ele?

— Como sabe que eu estava apaixonada por ele?

Ele me olhou como se a resposta fosse óbvia.

— Você estava?

— Sim. Mas... Eu não te disse isso.

— É fácil interpretar você.

Suspirei.

— Por que é tão fácil assim para você enxergar, mas Baldwin parece não ter noção?

— Não é que ele não tenha noção. Ele sabe. Mas, por algum motivo, não deixa você saber que ele sabe.

Era bem surpreendente que Drew tivesse descoberto tudo que eu suspeitava há muito tempo. Sempre senti que Baldwin sabia o que eu sentia por ele, mesmo que eu nunca tivesse dito. E uma parte de mim acreditava que Baldwin correspondia a alguns desses sentimentos, embora ele nunca tivesse agido como tal. E foi por isso que eu tinha decidido dar o primeiro passo — literalmente — e me mudar para Nova York. De alguma maneira, eu colocara na cabeça que, já que agora ele estava solteiro, a hora era essa. Mas tudo que consegui foi me torturar, enquanto ele levava mulheres diferentes para casa algumas noites por semana.

— Pensei que, se me mudasse para Nova York, talvez fosse nosso momento.

— Ele está solteiro agora?

— Não está saindo com ninguém mais sério, não. Apesar de parecer que já saiu com metade das mulheres de Nova York nos últimos meses. Ele chega em casa com uma mulher diferente quase toda semana. A mais nova se chama Rachel. — Revirei os olhos.

— Você mora com esse cara?

— Não. Aluguei o apartamento ao lado do dele enquanto seu vizinho está dando aula na África por um ano.

— Deixe-me ver se eu entendi. Ele entra com mulheres ao lado do apartamento em que você mora e nunca mostrou que sabe o que você sente por ele.

— É culpa minha. Nunca disse a ele o que sinto.

— Não é sua culpa. O cara é um imbecil.

— Não é, não.

— Abra os olhos, Emerie.

— Você não sabe do que está falando.

— Espero que esteja certa. Mas eu apostaria que não estou errado.

Pude sentir a raiva subindo por minha garganta e pensei em voltar para o meu escritório e não ajudar a desembalar o restante de suas caixas, mas eu estava ocupando um espaço na Park Avenue de graça. Então, em vez disso, fiquei quieta e terminei o que havíamos começado — até desembalar o último item.

Era um pequeno porta-retratos embalado com plástico-bolha. Drew tinha saído da sala para levar algumas caixas ao lixo da sala de manutenção. Tinha acabado de voltar quando tirei a última camada de fita. A foto era de um menininho lindo vestido com uniforme de hóquei. Devia ter uns 6 ou 7 anos, e um golden retriever lambia seu rosto enquanto ele dava risada.

Sorrindo, me virei para olhar para Drew.

— Ele é adorável. É seu filhinho?

Ele pegou a foto da minha mão. Sua resposta foi curta.

— Não.

Quando nossos olhos se encontraram, eu estava prestes a fazer outra pergunta quando ele me dispensou.

— Obrigado por me ajudar a desempacotar. Preciso me arrumar para um compromisso.

CAPÍTULO 10
Drew

Véspera de Ano-Novo. Sete anos atrás.

Eu estava em pé na salinha no fundo da igreja, olhando para fora. Garoava, e o céu tinha uma cor intensa de cinza sombrio. Combinava. Era como eu me sentia.

Sombrio.

O que provavelmente não era o sinal mais encorajador de que eu estava fazendo a escolha certa.

Roman abriu a porta.

— Aí está você. Quantas pessoas seu pai convidou? Deve ter umas quatrocentas aqui. Elas já começaram a se sentar no mezanino.

— Não faço ideia. Não perguntei. — A verdade era que eu tinha perguntado pouquíssima coisa em relação ao casamento. Achei que minha falta de interesse se desse por estar ocupado estudando Direito, mas, ultimamente, tinha percebido que era mais do que isso. Não estava empolgado para me casar.

Roman ficou ao meu lado e também olhando para fora pela janela. Ele colocou a mão no bolso do seu smoking e tirou um frasco, oferecendo para mim primeiro. Peguei porque precisava.

— O carro está nos fundos, se quiser fugir — ele disse.

Olhei-o de canto de olho enquanto bebia uma dose dupla de uísque do frasco.

— Não conseguiria fazer isso com ela. Ela vai ter um bebê, cara.

— Ela vai ter um bebê querendo ou não, em dois meses.

— Eu sei. Mas é a coisa certa a fazer.

— Foda-se a coisa certa.

Devolvi o frasco ao meu padrinho com um sorriso irônico.

— Você sabe que está em uma igreja.

Ele bebeu do frasco.

— Já vou para o inferno mesmo. Qual é a diferença?

Dei risada. Aos 24 anos, meu melhor amigo já tinha sido educadamente *convidado* a sair da Polícia de Nova York. *Convidado* era uma forma educada de se dizer *se demita ou eu te demito*. Ele não era exatamente um anjo.

— Eu gosto de Alexa. Vamos fazer dar certo.

— Ainda não ouvi a palavra *amor*. Se casaria com ela se não a tivesse engravidado como um idiota depois de transar por alguns meses?

Não respondi.

— Foi o que pensei. As pessoas podem ter um filho e não se casar. Não estamos mais nos anos 1960, sr. Certinho.

— Vamos fazer dar certo.

Roman me deu um tapa nas costas.

— É a sua vida. Mas as chaves estão no meu bolso, se mudar de ideia.

— Obrigado, cara.

CAPÍTULO 11
Emerie

— Só porque vocês estão fisicamente a milhares de quilômetros de distância, não significa que seus corações estejam. Cada um deveria falar para o outro o que pensa dele. Deixe-me te perguntar, Jeff: você mencionou que pensou em Kami hoje porque, quando saiu para correr, passou por uma loja de lingerie chamada Kami-solas. Tinha falado isso para Kami antes da nossa sessão de terapia de hoje? Talvez quando ela disse que sente que você não pensa nela?

A tela do meu monitor de 42 polegadas estava dividida: um vídeo era de Jeff Scott à esquerda e o de Kami Scott estava à direita. Os dois estavam casados há menos de um ano quando Jeff foi transferido para a costa oeste. Considerando que ele era o único que trabalhava, porque Kami estava no segundo ano de residência odontológica, isso o deixou sem escolha a não ser se mudar até ele conseguir encontrar um emprego mais perto da casa deles em Connecticut.

— Não. Eu não tinha falado isso para ela antes de hoje — Jeff disse. — Estou ocupado. Ela sabe que penso nela.

O rosto dele congelou na minha tela por alguns segundos, embora sua voz tenha continuado. Ele estava no meio da fala, e o vídeo paralisado o havia congelado em uma pose esquisita. Um olho estava completamente fechado, e eu conseguia ver somente o branco do olho no outro semiaberto. Sua boca estava aberta, e sua língua parecia manchada de café. Eu precisava encontrar um programa melhor de vídeo para minhas sessões. Só Deus sabia como eu aparecia na tela dos pacientes naquele momento.

Nossa sessão de terapia de casal de 45 minutos estava quase no fim.

— Esta semana gostaria de fazer um exercício. Pelo menos uma vez por dia, quando algo lembrar vocês um do outro, avise-o naquele momento. Se estiver correndo e vir alguma coisa, talvez tire uma foto e mande uma mensagem. Kami, se um paciente chegar com gripe e espirrar muito, fazendo-a lembrar da propensão de Jeff a espirrar de seis a oito vezes seguidas, avise-o. Essas pequenas coisas podem ser muito boas para lembrar ao outro que seu coração nunca está longe, mesmo que haja milhares de quilômetros entre vocês. A distância é apenas um teste para ver o quanto o amor viaja.

Ouvi o que parecia ser uma risadinha do lado de fora da minha porta parcialmente aberta. Então, depois que minha sessão terminou, estava curiosa e fui encontrar Drew. Ele estava parado na sala ao lado da que eu estava usando, fazendo cópias.

— Você disse alguma coisa para mim? — perguntei, dando-lhe o benefício da dúvida.

— Não. Meu pai sempre me ensinou que, se eu não tenho nada de bom a dizer para uma mulher, eu deveria guardar para mim.

Eu não estava imaginando coisas.

— Estava espiando minha sessão de terapia. Você *riu* do conselho que dei para os meus pacientes, não riu?

Drew estreitou os olhos.

— Eu não estava espiando. Sua porta estava aberta, e você fala alto no telefone. Sabe que não precisa gritar para a outra pessoa do outro lado da videoconferência para que ela te ouça, não sabe?

— Eu não estava gritando.

Drew terminou de fazer cópias, tirando uma pilha de papéis da copiadora.

— Que seja, mas pode fechar a porta se não quiser que eu ouça seu conselho ruim.

Meus olhos se arregalaram.

— Conselho ruim? Do que está falando? Sou formada em Psicologia e fiz minha dissertação em ultrapassar barreiras em relacionamentos abrindo as linhas de comunicação em terapias de casal.

Drew deu uma risadinha. De novo.

— Você é expert, então. Vou deixá-la fazer seu trabalho. — Ele voltou para sua sala.

Ele não fazia ideia do que estava falando. Meu conselho era sólido, baseado em anos de estudos de casais que *queriam* que as coisas dessem certo. Não consegui me segurar. Eu o segui, parando na sua porta.

— E qual conselho *você* daria para um casal obrigado a manter um relacionamento à distância?

— Eu daria um conselho mais realista do que "A distância é apenas um teste para ver o quanto o amor viaja". Isso é um monte de merda. Onde leu isso? Em um cartão?

Meus olhos se arregalaram.

— E qual é a *sua ideia* de conselho *realista*?

— Simples. Contratar um bom advogado de divórcio. Relacionamentos à distância *Não. Dão. Certo.*

— Presumo que tenha tido um e não deu certo, então acha que ninguém consegue?

— Nada disso. Nunca tive um relacionamento à distância. Sabe por quê? *Porque não dão certo.* E sei disso pela minha experiência. Que experiência você tem em relacionamentos à distância?

— Estudei casais por anos. Acho que tenho mais experiência do que você no assunto.

— É mesmo? — Drew foi para o arquivo dele e puxou uma pasta grossa que fechava com um elástico de borracha. Ele a jogou na mesa. — Morrison. Casamento feliz por catorze anos. Divorciados há dois. Três anos antes do divórcio, Dan Morrison aceitou um emprego como vendedor regional. Mais dinheiro... Sua esposa não precisaria mais trabalhar. Quatro noites por semana na estrada e, mesmo assim, Dan nunca faltou a um encontro com sua esposa às sextas ou deixou de dirigir sessenta quilômetros aos domingos, seu dia de folga, para dar banho em seu sogro idoso. Mas sabe o que ele perdia? Toda terça, quarta e quinta quando a sra. Morrison estava transando com seu professor de tênis, Laire.

Quando continuei olhando-o, ele abriu outra gaveta e pegou um segundo arquivo, jogando-o em cima da pasta de Morrison.

— Loring. Casamento feliz por seis anos quando seu escritório foi realocado de Nova York para Nova Jersey. Centro e trinta quilômetros. Não muito longe. Mas Al Loring trabalhava dezesseis horas por dia alguns dias da semana. A vadia da sua esposa, Mitsy, tinha sono leve, então ele passava as noites em que trabalhava até tarde no sofá do escritório, sem querer acordar sua preciosa esposa. Foi para casa uma noite em que era para ter dormido no escritório porque estava com saudade de Mitsy. Encontrou a esposa de quatro na cama deles com as bolas do vizinho dentro dela. O vizinho está com sua esposa e seu cachorro agora, e Al se tornou um alcoólatra e perdeu o emprego em Nova Jersey.

Ele procurou na mesma gaveta e tirou outro arquivo.

— McDune. Casado por seis anos. Erin foi morar em Dublin temporariamente para cuidar da mãe que ficou depressiva depois da morte do seu pai. Divorciou-se de Liam por um cara que parecia um duende porque encontrou sua *alma gêmea* na *terra de sua mãe*. Tanta distância para cuidar da alma da sua mãe.

Drew foi para o armário debaixo e o abriu. Desta vez, eu o fiz parar.

— Você poderia estar me contando essas coisas? Já ouviu falar em confidencialidade entre advogado e cliente?

— Mudei os nomes para proteger as nada-tão-inocentes. Acredite ou não, diferente das esposas dos meus clientes, eu tenho ética. — Ele apontou para o armário. — Quer ouvir mais? Acho que vai gostar muito da história do tenente O'Connor. É bem dramática. A esposa estava transando com o irmão dele enquanto ele estava no Iraque e ela...

Eu o interrompi de novo.

— Entendi o que quer dizer. Mas o que não vê é que talvez esses divórcios não tivessem acontecido se os casais tivessem procurado ajuda. Você vê pessoas quando estão na pior... pessoas que desistiram em vez de lutar pelo casamento.

Drew me encarou.

— Realmente acredita que todos os casamentos possam ser salvos?

Pensei na pergunta por um minuto antes de responder.

— Não todos. Mas acho que a maioria pode ser salva, sim. Abrindo as linhas de comunicação pode-se consertar muitas coisas.

Drew balançou a cabeça.

— Isso é ingênuo. Também tenho um espaço de verdade na Park Avenue que você pode alugar por dois mil por mês.

— Vá se ferrar — chiei e voltei para meu escritório.

Mantive minha porta fechada o resto da tarde. Uma batida que soou quase às 7 da noite me assustou enquanto eu passava a limpo meus garranchos que anotei nas sessões do dia. Tinha um arquivo para cada paciente.

— Entre.

A porta se abriu, mas só um pouco, o suficiente para um braço caber nela. E foi exatamente o que apareceu: o braço de Drew, balançando alguma coisa branca.

O que ele está balançando? São... cuecas?

Carreguei muita raiva toda a tarde depois da nossa discussão intensa, e isso estava começando a me deixar para baixo. O gesto dele me trouxe uma leveza da qual estava necessitando bastante.

— Entre — eu disse de novo.

Ele abriu a porta mais alguns centímetros. Desta vez, sua cabeça se juntou ao braço balançante.

— Não está irritada ainda e planejando usar suas habilidades de Krav Maga em mim, não é?

Dei risada.

— Deveria. Você merece uma boa surra. Mas vou me conter.

Drew sorriu e abriu a porta inteira, ficando na soleira.

— Acho que te devo um pedido de desculpa por algumas coisas que disse hoje.

Me recostei na cadeira.

— Deve.

Ele baixou a cabeça. A ação me lembrou de um menininho que tinha dado um banho — de tinta vermelha — no cachorro. Era fofo. *Ele* era fofo. Mas eu ia fazê-lo rastejar mesmo assim. Sua cabeça ainda estava um pouco baixa quando ele olhou para mim por debaixo de seus cílios pretos.

— Desculpe por hoje.

— Está se desculpando exatamente pelo quê?

Ele baixou a cabeça de novo.

— Você vai dificultar isso, não vai?

— Aham.

— Certo. Desculpe por te chamar de ingênua.

— Mais alguma coisa?

Observei sua expressão conforme as engenhocas trabalhavam em sua mente.

— Por escutar sua conversa com seu cliente.

— Só isso?

— É para ter mais? — Ele pareceu um pouco nervoso por um segundo.

— Tem mais.

Depois de mais trinta segundos pensando, ele estalou os dedos como se sentisse orgulho de si mesmo.

— Desculpe por olhar para sua bunda.

Minhas sobrancelhas se uniram.

— Quando você olhou para a minha bunda?

Ele deu de ombros.

— Sempre que pude?

Não consegui evitar dar risada.

— Desculpas aceitas.

Seus ombros baixaram um pouco, e ele pareceu aliviado. O homem era espinhoso por fora. Mas, às vezes, aqueles que passaram por dificuldades tinham uma armadura mais resistente.

— Que tal eu comprar um hambúrguer no Joey's para te compensar? — Ele deu uma piscadinha. — Vou comprar o maior hambúrguer que eles têm para você ficar bem cheia e tirar a saia para mim de novo.

CAPÍTULO 12
Emerie

— Posso perguntar uma coisa pessoal?

— Não. — A resposta de Drew foi rápida.

— Não? — Franzi o nariz, confusa. — Sabe, normalmente, quando duas pessoas estão sentadas conversando e comendo, e uma delas pergunta à outra se pode perguntar algo pessoal, a outra geralmente fala que sim. É educado.

— Tenho uma regra. Quando alguém pergunta se pode perguntar alguma coisa, eu digo que não.

— Por quê?

— Porque se pergunta se pode perguntar, provavelmente é alguma coisa que eu não quero responder.

— Mas como sabe se nem ouviu a pergunta?

Drew se recostou na cadeira.

— Qual é sua pergunta, Emerie?

— Bom, agora acho que não deveria perguntar.

Ele deu de ombros e terminou sua cerveja.

— Ok. Então não pergunte.

— Alguma coisa aconteceu com você que te deixou amargo para relacionamentos?

— Pensei que achasse que não deveria perguntar.

— Mudei de ideia.

— Você é meio pé no saco. Sabe disso, certo?

— E você é meio babaca amargurado, então estou curiosa pelo que te deixou assim.

Drew tentou esconder, mas vi o canto do seu lábio subir em um sorriso.

— Vou te contar por que sou um babaca amargurado, se me contar por que você é um pé no saco.

— Mas não acho que eu seja um pé no saco.

— Talvez devesse fazer terapia, ia te ajudar a descobrir essas merdas.

Amassei meu guardanapo e joguei na cara dele. Acertei-o bem no nariz.

— Muito madura — ele disse.

— Não acho que seja nada pé no saco. Acho que você só aflora esse meu lado.

Ele deu um sorrisinho.

— É um ótimo lado para se aflorar. Falando nisso, se estiver cheia, posso te ajudar a abrir o zíper e ficar confortável.

Jesus, ele era mesmo um espertinho.

— Nunca vai esquecer a noite em que nos conhecemos, não é?

— Não mesmo.

Bebi meu merlot, sem querer desperdiçá-lo, mas estava muito cheia do hambúrguer enorme que Drew tinha pedido para mim. Sinceramente, mal podia esperar para chegar em casa e abrir a saia, embora não fosse admitir isso para ele.

— Então, voltando à pergunta original. Por que é tão amargo quanto a relacionamentos?

— Lido com divórcios o dia todo. É meio difícil ter uma visão positiva quando tudo que se vê são traições, mentiras, roubos e pessoas que começaram apaixonadas terminando machucando as outras.

— Então é por causa da sua linha de trabalho. Você não teve um relacionamento ruim que te deixou amargo?

Drew me encarou por um tempo. Seu polegar esfregou o centro do seu lábio carnudo inferior enquanto ele pensava no que responder, e meus olhos o seguiram. *Droga, ele tem ótimos lábios. Aposto que eles devorariam minha boca.*

Felizmente, a garçonete veio e interrompeu meu transe.

— Querem mais alguma coisa? — ela perguntou.

Drew me olhou.

— Alguma sobremesa ou algo assim?

— Estou muito cheia.

Ele respondeu para a garçonete.

— Só a conta. Obrigado.

Ela pegou nossos pratos e, quando saiu, houve um minuto incômodo de silêncio. Ele ainda não tinha respondido minha pergunta, e pensei que talvez fosse tentar mudar de assunto de novo. Fiquei surpresa quando ele respondeu.

— Sou divorciado. O casamento durou cinco anos.

— Uau. Sinto muito.

— Não é culpa sua.

Embora eu pudesse ver que compartilhar isso demandou bastante esforço, e eu sabia que provavelmente deveria deixar assim, não consegui me segurar.

— Você teve um relacionamento à distância?

— Não no sentido físico. Essa amargura de hoje foi puramente da minha experiência em divórcios. O primeiro motivo que as pessoas acabam chegando ao meu escritório é por não passarem tempo juntas.

— Vou admitir, muitos dos meus casos são similares. Não é sempre relacionamento à distância como você me ouviu falar hoje, mas, na maioria das vezes, os casais não passam tempo juntos. Ou estão trabalhando muito e não arranjam tempo para o outro, ou ainda estão vivendo as vidas separadas que tinham antes de se casar.

— Aposto que nossos casos são bem similares. Pense comigo, talvez você possa distribuir meus cartões de visita, para quando seus conselhos não derem certo.

Arregalei os olhos.

— Você deve estar brincando.

Um sorriso lento se abriu no rosto dele ao mesmo tempo em que levou sua cerveja à boca.

— Estou.

A garçonete voltou com a conta, e Drew pegou sua carteira. Fui pegar a minha, mas ele me impediu.

— O jantar é por minha conta. É minha oferta de desculpas por ser um imbecil hoje, lembra?

— Bom, obrigada. Espero que seja imbecil mais vezes — brinquei. — Tenho que guardar dez mil de novo.

Drew se levantou e deu a volta até minha cadeira, puxando-a quando me levantei.

— Oh, não será problema. Sou bem imbecil todos os dias.

A fechadura da porta do meu apartamento era difícil. Eu tinha que virá-la e colocar a chave e tirar algumas vezes até encontrar o lugar exato que permitia que destrancasse. Baldwin deve ter ouvido minhas chaves balançando porque a porta do seu apartamento, vizinho ao meu, se abriu.

— Ei. Bati mais cedo para ver se você queria comprar algo para comer, mas você ainda não estava em casa.

— Oh. Jantei com Drew.

Baldwin pegou as chaves da minha mão. De alguma forma, ele conseguia abrir na primeira tentativa toda vez. A porta se abriu, e ele me seguiu para dentro.

— Drew?

— Ele é o proprietário legítimo do escritório que pensei que tivesse alugado. Aquele que está me deixando ficar por alguns meses, lembra?

Baldwin assentiu.

— Está saindo com ele agora?

Dei risada.

— Não. Ele foi um babaca hoje e me compensou com um jantar.

— Por que ele foi um babaca?

Fui para o quarto me trocar e continuei nossa conversa pela porta parcialmente aberta.

— Acho que ele não foi realmente um babaca. Nós só temos opiniões muito diferentes quando se trata de relacionamentos. Ele me escutou em uma ligação e me disse o que pensava do meu conselho para meus pacientes.

Depois que coloquei uma calça de moletom e camiseta, saí para a sala de estar. Baldwin estava sentado onde sempre sentava quando nos encontrávamos. Eu ficava no sofá, e ele, na poltrona grande de couro. Às vezes, me fazia sentir como se fosse paciente dele.

— Ele não deveria escutar suas sessões de aconselhamento. São confidenciais.

— Foi minha culpa. Costumo gritar nas videoconferências, e deixei a porta aberta.

— Talvez eu devesse passar no escritório.

— Para quê?

— Não sei. Ver como estão as coisas.

Baldwin estava sendo fofo. Saber que alguém tinha sido babaca comigo aflorou seu lado protetor. Embora pensar em Baldwin *versus* Drew fosse, na verdade, bem cômico. Os dois eram completos opostos. Baldwin era magro, bem-educado, estatura média e parecia exatamente o professor que era. Ele até usava gravata-borboleta e óculos que o faziam parecer mais velho do que seus 35 anos. Drew tinha 29, alto, largo e forte. Também xingava quando queria, independente de quem estivesse por perto. Embora nunca descreveria Drew como bem-educado como Baldwin, havia algo bem cavalheiresco debaixo do exterior bruto.

— Não acho que seja necessário. Estou bem. Ele só é um pouco esquentadinho.

Que engraçado, não tinha pensado nisso até agora... esquentadinho... Até que combina com ele.

Sabendo que Baldwin gostava de beber uma taça de vinho à noite, fui até a cozinha e abri a geladeira, pegando a garrafa que eu guardava para ele antes mesmo de ele responder minha pergunta.

— Gostaria de uma taça de vinho?

— Sim, obrigado.

Servi e peguei água para mim. Quando lhe entreguei, ele disse:

— Não vai beber comigo?

Me joguei no sofá.

— Estou muito cheia. Comi um hambúrguer enorme no jantar. Drew pediu um cheeseburger deluxe duplo.

— Ele pediu para você? Você é tão exigente na hora de comer.

— Ele sabia que eu gosto de hambúrgueres. — Dei de ombros. Virando a tampa da minha garrafa de água, perguntei: — O que você acabou comendo?

— Comi sushi do Zen's.

Franzi o nariz.

— Que bom que perdi isso.

— Eu teria pedido algo diferente se fôssemos comer juntos.

Baldwin sempre diferia de mim nas comidas, mas pedia o que eu gostava. Era uma das coisas que eu adorava nele. Sushi parecia ser uma de suas refeições coringa nos encontros, então não era como se ele se privasse de comer o que gostava.

— Não saiu hoje? — perguntei. Normalmente, eu evitava falar de sua vida amorosa. Era difícil vê-lo sem mulheres, e ouvir sobre elas em detalhes me mataria. Mas, naquela noite, me senti menos hesitante por algum motivo.

— Trabalhos para corrigir. Você teria gostado da resposta que recebi de uma aluna.

— Qual era a pergunta?

— Pedi a eles para me darem um sólido argumento de que as técnicas psicoanalíticas de Freud tinham falhas. Passamos as três últimas semanas estudando Grünbaum e Colby, então deveria ser uma pergunta fácil.

— Sim. Concordo. Qual foi a resposta?

— A senhorita Balick escreveu: "Freud era homem".

Dei risada.

— Acho que poderia ser um argumento válido. Você provavelmente deveria dar pontos para ela por isso.

— Fofo. Mas acho que não.

— Você sempre foi difícil de dar notas.

— Eu sempre dei notas boas a *você*.

— Eu merecia. — O que era verdade, mas isso me fez pensar. — Já deu notas a uma pessoa mesmo que não merecesse? Talvez porque era bonita ou porque você sentia pena?

— Nunca. — Sua resposta não me surpreendeu. Baldwin bebeu seu vinho. — Então, aonde quer ir na quinta à noite?

— Quinta?

— Para seu jantar de aniversário.

— Oh. Esqueci. Estive tão ocupada ultimamente que esqueci completamente que meu aniversário está chegando.

— Bom, eu não esqueci. Estava pensando que poderíamos ir ao Ecru. É um novo lugar francês em Upper East Side. A lista de espera para uma reserva é de três meses, mas um colega meu é amigo do dono e disse que poderia nos arranjar uma mesa.

— Parece ótimo. Obrigada. — Se eu fosse sincera, preferiria ir ao Joey's de novo para comer um hambúrguer grande e gorduroso. Mas Baldwin era refinado e sempre tentava expandir meus horizontes palatáveis. De vez em quando, eu até gostava de algumas comidas chiques.

Baldwin ficou por um tempo e batemos papo. Ele me contou sobre um artigo que esperava que fosse publicado, e contei o quanto estava nervosa, pois conheceria dois dos meus pacientes à distância no escritório no dia seguinte. Depois de me realocar em Nova York, alguns dos meus clientes por vídeo ou telefone que moravam na área tinham se tornado meus pacientes ao vivo. Sempre era um encontro estranho na primeira vez, mas o compromisso do dia seguinte deixava tudo mais esquisito porque eu suspeitava que o marido poderia estar agredindo fisicamente a esposa.

Começou a ficar tarde e, em certo momento, bocejei e me alonguei. A camiseta fina subiu e expôs um pouco da minha barriga. Os olhos de Baldwin pairaram nela, e vi quando ele engoliu em seco. Instantes como esse me confundiam bastante. Eu não era uma expert em homens, mas tinha saído com uma quantidade decente, e até tive alguns relacionamentos longos. Geralmente, conseguia interpretar muito bem a atração de um homem por mim e, naquele momento, eu podia jurar que Baldwin estava atraído por mim. Não era novidade. Eu havia sentido isso em muitas situações. Que podia ser o motivo de eu ainda estar esperando depois de tantos anos.

Às vezes, *uma faísca se transforma em fogo.*

Baldwin limpou a garganta e se levantou.

— É melhor eu ir. Está tarde.

— Tem certeza? Talvez eu também beba uma taça de vinho se você quiser a segunda...

— Tenho aula amanhã cedo.

— Tá bom. — Escondi minha decepção e o acompanhei até a porta.

Baldwin se despediu e, então, parou e se virou. Por um breve segundo, minha imaginação foi otimista, e o imaginei virando e fechando a porta, decidindo ficar.

Em vez disso, ele disse:

— Estou esperando uma encomenda para amanhã. Se a vir no corredor, pode pegar para mim? Não vou chegar em casa cedo.

— Claro. É amanhã à noite o Simpósio de Psicologia de Nova York de que estava me falando?

— Não. É na semana que vem. Rachel tem ingressos para ver uma peça da Broadway amanhã.

— *Oh.* Rachel.

— Você a conheceu na semana passada na cafeteria.

— Sim. Rachel. — *Como poderia esquecer?* Ela estava usando a camisa que ele usara na noite anterior como vestido quando ouvi a porta abrir e espiei pelo olho mágico. — Vou pegar qualquer coisa do lado de fora da sua porta. Divirta-se amanhã à noite.

Depois que ele saiu, tirei a maquiagem e escovei os dentes. Claro que, embora estivesse bocejando há menos de cinco minutos, agora estava totalmente acordada e não conseguiria dormir.

Mesma história de sempre.

Pensei na minha conversa com Drew mais cedo; parecia que tinha acontecido há uma semana. O Capitão Prolactinador havia sugerido que eu me masturbasse antes de dormir. Mas não estava no clima de pensar em Baldwin depois de escutar sobre seu encontro com Rachel no dia seguinte.

Apesar de que...

Não precisava visualizar Baldwin, não é? Uma visão de Drew de repente surgiu na minha mente. Ele definitivamente era bonito o bastante...

Mas eu não deveria.

Me virei e me forcei a fechar os olhos. Uma hora depois, estiquei o braço para alcançar meu criado-mudo. Estava desesperada para dormir depois do dia exaustivo e longo.

Liguei meu vibrador e fechei os olhos, tentando relaxar bastante.

Dez minutos mais tarde, eu estava dormindo com um sorriso no rosto.

CAPÍTULO 13
Drew

Alexa tinha arruinado meu emprego por bastante tempo. Depois do meu divórcio, eu encontrava pedaços e características do meu casamento na batalha amarga de todo cliente. Me lembrava do tempo que eu perdera, como da primeira noite que deixei meu pau tomar decisões em relação a Alexa, em vez da minha cabeça. Tudo nos arquivos dos meus clientes se tornava pessoal para mim, e era como reviver as piores noites da minha vida diariamente.

Em certo momento, aprendi a separar as coisas — de alguma forma. Mas havia perdido algo durante a caminhada. Meu emprego se tornou uma fonte de dinheiro, e não algo que eu gostasse de fazer. Ao mesmo tempo que não mais receava descer para o escritório, também não mais ansiava.

Até hoje.

Levantei ainda mais cedo do que o normal. Depois de ir à academia, cheguei no escritório às sete e revisei um caso. Henry Archer era um dos poucos clientes de quem eu realmente gostava. Seu divórcio era bem amigável porque ele era um cara genuinamente bom. Era a reunião do acordo dele hoje às onze. Todo mundo estaria ali para tentar bater o martelo em um último acordo. Milagrosamente, eu não desprezava sua futura ex-esposa também.

Eu estava na sala de cópias quando ouvi Emerie chegar. Seus passos faziam barulho conforme ela andava pelo corredor carregando uma grande caixa marrom. Parei o que estava fazendo e fui até ela tirar das suas mãos.

— Obrigada. Sabia que ninguém me ofereceu um lugar no metrô mesmo carregando essa coisa?

— A maioria das pessoas é idiota. O que você tem aqui? Está pesado pra caralho. — Coloquei a caixa marrom na mesa dela e a abri sem pedir. Dentro, havia um peso de papel de vidro, que também poderia ter sido feito de chumbo. — Esta coisa pesa cinco quilos. Está preocupada que um furacão vá passar pelo escritório e bagunçar todos os seus papéis?

Ela o tirou da minha mão.

— É um prêmio. Ganhei por um artigo que escrevi que foi publicado na *Psychology Today*.

— É uma arma. Ainda bem que você não estava com isso quando te encontrei no meu escritório na primeira noite.

— Sim, eu poderia ter feito um buraco nessa sua cabeça bonita.

Dei um sorrisinho.

— Eu sabia. Você me acha bonito.

Tentei ver o que mais tinha na caixa, mas ela tirou minha mão.

— Xereta.

— Você desempacotou minhas caixas.

— Isso é verdade. Acho que pode olhar.

— Bom, agora não quero, já que me disse que podia.

— Você parece uma criança, sabia disso?

Tinha deixado meu celular em cima da máquina de fotocópias e o escutei tocar. Fui atender, mas desligaram. Depois de terminar de fazer minhas cópias, juntei a pilha de papéis e fui à sala de Emerie de novo.

Parado na porta, zombei:

— Você chegou cedo hoje. Aceitou meu conselho para dormir?

— Não. — A resposta rápida de Emerie foi... rápida demais. Anos de depoimentos tinham me deixado habilidoso para captar sinais pequenos... Às vezes, alguma coisa tão discreta me levava a um caminho inesperado e a algo interessante. Tinha percebido um sinal em sua palavra de três letras e estava prestes a seguir essa pista.

— Então não teve problemas para dormir ontem à noite, não é?

Quando ela começou a enrubescer e tentou se ocupar em desempacotar a caixa, eu sabia que estava no caminho certo. Curioso, entrei em seu escritório e dei a volta na mesa para que pudesse ver seu rosto apesar de ela estar olhando para baixo e desempacotando.

Baixei a cabeça e olhei para cima, para seus olhos.

— Você se masturbou ontem à noite, não foi?

Seu rosto ficou vermelho.

— *Você* se masturbou? — ela contra-atacou.

Mudança de foco. Todos sabemos o que isso significa. Sorri.

— Eu me masturbei. Hoje de manhã também. Quer saber no que estava pensando enquanto fazia isso?

— Não!

— Não é nem um pouquinho curiosa?

Embora seu rosto estivesse vermelho, eu adorava que ela ultrapassasse essa barreira e me enfrentasse.

— Você não tem nenhum casamento para desconsagrar, pervertido?

— Vamos. Admita. Você se masturbou ontem à noite, e foi por isso que dormiu tão bem e chegou ao trabalho no horário, para variar.

— Por que se importa?

— Gosto de estar certo.

— Você realmente é um enorme egomaníaco.

— É o que me dizem.

— Vai esquecer o assunto se eu te disser a verdade?

Assenti.

— Vou.

Ela me olhou diretamente nos olhos.

— Sim.

— O quê?

— Como assim *o quê*? Você sabe o que quero dizer.

Lógico que sei.

— Não tenho certeza. Por que não explica melhor ao que está se referindo?

— Saia.

— Diga que se masturbou, aí eu saio.

— Por quê? Para que possa sair e se masturbar pensando na minha masturbação?

— Achei que não quisesse escutar no que eu estava pensando esta manhã quando cuidei de mim.

Dei risada. Emerie estava tentando ser brava, mas sua voz me dizia que estava mais envergonhada e se divertindo do que irritada. Me sentindo gentil de uma forma incomum, decidi deixar passar essa antes que ultrapassasse os limites.

— Tenho uma reunião às dez hoje que provavelmente vai se transformar em almoço com meu cliente depois. Há cardápios na gaveta de cima à direita da mesa da recepção, se quiser pedir comida.

— Obrigada.

— Por nada.

Parei logo que passei pela porta dela.

— Mais uma coisa.

— Humm?

— Estava pensando em mim quando se masturbou?

Tinha dito isso só para ser um babaca, mas sua expressão de que acabou de ver um fantasma me disse que eu realmente tinha acertado o alvo. *Bom, merda. Ir trabalhar ficou ainda melhor.* Uma parte de mim (uma *grande* parte de mim, é claro) queria ficar e falar mais sobre *aquela* informação interessante, mas, de repente, me transformara em um garoto de 12 anos e podia sentir meu pau inchando. Graças aos pensamentos safados dela, a senhorita Oklahoma com sua bunda grande teve um adiamento.

— Essa não é a porra do problema. O problema é sua incapacidade de cozinhar uma refeição decente sem queimar.

Ouvir esse tipo de declaração gritada não era novidade para aquelas paredes. Só que, desta vez, não estava vindo de um dos meus clientes.

Eu tinha acabado de voltar ao escritório depois de almoçar tarde com Henry Archer, e o som de um homem bravo ecoava pelo corredor. A porta do escritório de Emerie estava um pouco aberta, e pensei em ouvir para ver como ela estava e me certificar de que estava tudo bem. Ouvindo, escutei-a pedir para que o cara se acalmasse e então outra mulher começou a falar. Assim, voltei para meu escritório para cuidar da minha própria vida.

Quinze minutos depois, aconteceu de novo. Eu estava ao telefone quando a voz do mesmo cara foi carregada pelo corredor e chegou ao meu escritório.

— *Eu não sabia se queria casar com você, para começo de conversa. Deveria ter cancelado depois que você não conseguiu nem carregar nosso filho.*

O cabelo da minha nuca se arrepiou. Era horrível o que ele dissera. Mas eu já tinha escutado casais cuspirem coisas malvadas um para o outro durante um divórcio. Nada mais me chocava muito. Mesmo assim, esse cara... Não era *o que* ele dizia, mas *como* dizia. A voz dele estava cheia de raiva e intimidação, ameaçando enquanto insultava. Nem tinha visto a cara dele, mas meu instinto me dizia que ele fazia mais do que abusar verbalmente. Infelizmente, eu também vira agressores físicos ao longo dos anos. Havia algo na forma como os canalhas gritavam que os separavam dos maridos comuns do estilo odeio-você-e-quero-ferir-sua-alma.

Apressei o cliente com quem estava falando ao telefone e fui ver como Emerie estava. Antes de chegar ao seu escritório, um barulho alto de algo se quebrando me fez correr.

Quando cheguei à porta, o cara estava sentado na poltrona enquanto sua esposa estava ajoelhada e com as mãos no chão limpando a sujeira. Emerie estava em pé.

— O que aconteceu aqui? Está tudo bem?

Emerie hesitou e me olhou nos olhos quando falou. Ela estava tentando amenizar a situação. Vi nos olhos dela, ouvi em sua voz.

— O sr. Dawson ficou um pouco nervoso e quebrou um prêmio de vidro que eu tinha na minha mesa.

O peso de papel que ela tinha carregado pelo metrô na sua caixa estava estilhaçado por todo o chão.

— Vá dar uma volta e se acalmar, amigo.

A cabeça do imbecil se virou.

— Está falando comigo?

— Estou.

— Quem é você?

— Sou o cara te dizendo para dar uma volta e se acalmar.

Ele se levantou.

— E se eu não for?

— Vai ser fisicamente retirado.

— Vai chamar a polícia por quebrar um vidro?

— Não, a não ser que Emerie queira. Mas vou te expulsar para a rua eu mesmo.

Cruzei os braços à frente do peito e mantive contato visual. Homens que batiam em mulheres eram covardes. Eu bateria nele e iria aproveitar cada minuto.

Após alguns segundos, o cara olhou para sua esposa.

— Estou cansado dessa merda de terapia. — Então saiu. Dei um passo para o lado para deixá-lo passar.

Emerie e sua cliente ficaram quietas até ouvirmos a porta da frente bater.

— Você está bem? — perguntei.

Emerie assentiu e, pela primeira vez, a mulher se virou e olhou para mim. Sua bochecha estava roxa e amarela de um machucado antigo. Cerrei a mandíbula. Eu deveria ter socado o desgraçado enquanto tive oportunidade.

— Ele normalmente não é assim. Só está difícil no trabalho dele ultimamente.

Claro que não é.

Emerie e eu trocamos olhares mais uma vez, em uma conversa não falada. Estávamos na mesma página.

— Vou deixar vocês conversarem. — Fechei a porta.

Pela meia hora seguinte, trabalhei em um caso na mesa da recepção vazia, sem querer que aquele marido imbecil voltasse sem que eu soubesse. Às vezes, eu via o rosto dele lá fora pela janela da frente. Estava fumando um cigarro e esperando sua esposa do lado de fora. *Esperto.*

Emerie acompanhou a sra. Dawson até a recepção enquanto conversavam.

— Que tal conversarmos pelo telefone amanhã? Mesmo se for por quinze minutos? Eu realmente gostaria de saber como está depois da sessão de hoje.

Sua cliente assentiu.

— Certo.

— Que tal às dez?

— Está bom. Bill sai para trabalhar às oito.

Emerie assentiu.

— Sabe de uma coisa? Não te dei um cartão de consulta para a sessão da próxima semana. Deixe-me pegar um para você, e já volto.

Depois que ela se afastou, conversei com a sra. Dawson. Minha voz era baixa, sem julgamento e cautelosa.

— Vai ficar bem?

Ela olhou rapidamente nos meus olhos, mas rapidamente mirou o chão.

— Vou ficar bem. Bill não é um cara realmente mau. Sinceramente, você só o pegou em uma hora ruim.

— Aham.

Emerie voltou e entregou um cartãozinho para a cliente.

— Falo com você amanhã?

Ela assentiu e saiu.

Quando a porta se fechou, Emerie suspirou alto.

— Sinto muito por isso.

— Não há nada para se desculpar. Não pode evitar que seu cliente seja um babaca. Eu mesmo tenho vários deles.

— Acho que ele abusa fisicamente dela.

— Tenho que concordar com você.

— Também acho que não vou mais saber dela. Ela vai me dispensar porque a confrontei sobre o que eu suspeitava que acontecia.

— Não acha que ela vai ligar amanhã ou aparecer na sessão da semana que vem?

— Acho que não. Ele não vai deixá-la continuar. Agora que o conheço um pouco melhor, estou bem surpresa por ele ter concordado até em vir aqui. Minhas sessões têm sido apenas com ela.

— É difícil.

Ela suspirou de novo.

— Espero que ela te ligue.

— Me ligue?

— O cartão de lembrete de consulta que dei a ela era o seu cartão de visita. Achei que ela precisava mais de um advogado de divórcio do que de uma sessão de terapia de casal.

Minhas sobrancelhas pularam.

— Legal.

Andamos lado a lado pelo corredor.

— Uma bebida seria bom agora — Emerie disse.

— Na sua sala ou na minha?

Emerie olhou para mim.

— Você tem álcool na sua sala?

— Tenho muitos dias de merda.

Ela sorriu.

— No meu escritório.

— Isso tem gosto de aguarrás. — Emerie contorceu todo o rosto.

Dei um gole.

— É um Glenmorangie de 25 anos. Você está bebendo um solvente que custa 600 dólares a garrafa.

— Por esse preço, eles poderiam ter adicionado algum sabor.

Dei risada. Me sentei na cadeira de visita, e Emerie, atrás de sua mesa. Ela deve ter desempacotado o restante da caixa porque havia alguns itens pessoais novos em exibição. Ergui o pedestal de vidro que tinha sido quebrado junto com a premiação pelo imbecil do Dawson.

— Vai precisar de uma nova arma.

— Não acho que precise de uma com você por perto para ameaçar meus clientes.

— Ele mereceu. Eu deveria ter dado um soco na cara dele como ele gosta de fazer com a esposa.

— Deveria mesmo. Aquele cara era um verdadeiro desgraçado. *Um verdadeiro desgraçado*.

Ela era fofa treinando o sotaque de Nova York, embora ainda soasse como Oklahoma falando como nova-iorquino.

Havia dois novos porta-retratos na mesa dela, e peguei um deles. Era uma foto de um casal mais velho.

— Fique à vontade — ela disse com sarcasmo e um sorriso.

Olhei para o rosto dela, depois para o casal, depois de volta para ela.

— Esses são seus pais?

— São.

— Com quem você se parece?

— Dizem que com minha mãe.

Analisei o rosto da sua mãe. Elas não se pareciam em nada.

— Não acho.

Ela se esticou e tirou a foto das minhas mãos.

— Sou adotada. Me pareço com minha mãe biológica.

— Oh. Desculpe.

— Está tudo bem. Não é segredo.

Me recostei na cadeira, observando-a olhar para a foto. Havia uma veneração quando ela voltou a falar.

— Posso não parecer fisicamente com minha mãe, mas somos bem parecidas.

— Ah, é? Então ela também é um pé no saco?

Ela fingiu se ofender.

— Eu não sou um pé no saco.

— Te conheço há uma semana. No primeiro dia, você estava invadindo meu escritório e tentou me bater quando te peguei no flagra. Alguns dias depois, você começou uma briga porque fiz um comentário inocente sobre um conselho ruim que deu a um cliente e, hoje, eu quase saí na porrada por sua causa.

— Meu conselho não era ruim. — Ela suspirou. — Mas acho que o resto é verdade. Tenho sido um pé no saco, não é?

Terminei minha bebida e coloquei mais dois dedos no copo, então completei o copo de Emerie.

— Você tem sorte. Gosto de pés no saco.

Conversamos por mais um tempão. Emerie me contou sobre o depósito de ferramentas dos pais em Oklahoma e estava no meio de uma história sobre vender suprimentos para um cara que foi preso por trancar a esposa em um porão por duas semanas quando o telefone do meu escritório tocou. Fui atender, mas ela foi mais rápida.

— Escritório do sr. Jagger. Como posso ajudar? — ela respondeu com uma voz sexy e sensual.

As duas bebidas a haviam deixado mais solta, brincalhona. Eu gostei.

— Posso saber quem está falando? — Ela pegou uma caneta e parou para ouvir, esfregando os lábios sem pensar.

Meus olhos seguiram. *Aposto que eles têm um gosto bom.* Tive a repentina vontade de me inclinar por cima da mesa e morder um. *Merda.* Não era uma boa ideia.

Mesmo assim, eu ainda estava encarando seus lábios quando ela olhou de volta para mim. Eu deveria ter parado, mas a forma como eles se mexeram quando ela começou a falar me hipnotizou.

— Ok, sra. Logan. Deixe-me ver se ele está disponível.

Isso desviou meu olhar. Acenei as mãos diante de mim, gesticulando para ela que eu não estava disponível. Ela colocou o telefone em espera por cinco segundos e, então, voltou à ligação.

— Sinto muito, sra. Logan. Parece que ele saiu. — Fez uma pausa. — Não, me desculpe. Não tenho a liberdade de dar o número do celular do sr. Jagger, mas vou dizer a ele que a senhora ligou.

Depois que ela desligou, falou:

— Sabe o que acabei de perceber?

— Que sua voz fica mais sexy depois de uns drinques?

Ela piscou.

— Minha voz está mais sexy?

Dei um gole grande do meu segundo drinque.

— Está. Você estava flertando no telefone.

— Eu não estava flertando.

Dei de ombros.

— Que seja. Eu gostei. O que ia dizer que acabou de perceber?

— Não lembro mais. Acho que esses dois drinques foram direto para minha cabeça.

— E seus lábios — murmurei.

— O quê?

— Nada.

— Oh! Lembrei o que ia dizer. — Ela apontou um dedo para mim. — Atendi no mínimo vinte telefonemas em três dias e vi um monte de compromissos na sua agenda. Essa foi a primeira vez que uma *sra.* ligou. Você não tem nenhum cliente chamado Jane, Jessica ou Julie.

— É porque só atendo clientes homens.

— O quê? — Ela me olhou como se eu tivesse acabado de lhe dizer que o céu é roxo.

— Clientes homens. Sabe, eles são como mulheres, só que com menos drama e um maior pa... — parei no meio do palavra, escutando a porta da frente. — Está esperando alguém?

— Não. Por quê?

— Acabei de ouvir a porta da frente abrir. — Me levantei e fui até o corredor. — Olá?

Um cara que eu nunca tinha visto antes colocou a cabeça na curva da recepção.

— Oi. Estou procurando Emerie Rose.

Semicerrei os olhos.

— Quem é você? — Fiquei preocupado que o desgraçado do Dawson tivesse voltado para dar problema, mas parecia que o último problema que esse cara tinha dado era quando as crianças o aborreciam na escola.

Voltei para Emerie, que já estava vindo. Ela se juntou a mim na porta.

— Baldwin? Pensei que fosse sua voz mesmo. O que está fazendo aqui?

— Pensei em te fazer uma surpresa.

O cara ergueu flores que eu não tinha notado ao seu lado; a cor combinava com sua gravata-borboleta torta. Elas eram baratas — parecia que ele tinha comprado no mercado chinês no fim do quarteirão por 7,99 dólares.

— Que gentil.

Emerie saiu da soleira onde estávamos bem próximos e foi até o cara, abraçando-o e beijando. Por algum motivo, fiquei parado, assistindo a tudo.

Depois que ela pegou as flores, se lembrou de que eu estava atrás dela.

— Baldwin, esse é Drew. Drew, Baldwin é o amigo sobre o qual te contei outro dia.

Fiquei confuso, e ela viu na minha expressão.

— O assistente na faculdade. Lembra que contei tudo sobre ele?

Sério? Aquele cara?

— Ah. Sim. — Estendi a mão. — Prazer em conhecê-lo. Drew Jagger.

— O prazer é meu. Baldwin Marcum.

Houve um silêncio estranho e bizarro até Emerie quebrá-lo.

— O escritório não é lindo?

— Muito legal.

— Está indo encontrar Rachel?

— O show ainda vai demorar uma hora e meia. Então pensei em vir te ver.

Baldwin ainda estava olhando em volta quando viu a garrafa de Glenmorangie e dois copos vazios na mesa de Emerie.

Ele olhou para ela.

— Isso é uísque? Às cinco da tarde?

Emerie não percebeu o desdenho na voz dele ou era boa em ignorá-lo.

— Tivemos um dia difícil — ela disse.

— Sei.

— Aceita um drinque? — perguntei, certo de que ele declinaria depois da avaliação de sessenta segundos que eu tinha feito. — Tem 25 anos e desce redondo.

— Não, obrigado.

Eu já tinha visto o suficiente.

— Tenho trabalho a fazer. Foi bom te conhecer, Baldwin.

Ele assentiu.

Uma hora mais tarde, eu estava arrumando meu escritório quando ouvi os dois rindo. Os acontecimentos do dia deixaram a testosterona ainda bombeando em minhas veias. O que era provavelmente o motivo para, de repente, eu ter vontade de socar o cara. Precisava sair dali. *Estava bravo pra caralho. Precisava transar.*

Bati de leve à porta de Emerie antes de abri-la.

— Vou embora. Você deveria tentar de novo hoje aquela técnica para dormir que te falei, para chegar na hora de novo amanhã.

Emerie arregalou os olhos quando tentou esconder um sorriso.

— Sim. Talvez eu faça isso.

Baldwin observava nossa conversa de perto.

Acenei e assenti.

— Tenham uma boa noite.

Dei um passo para trás e Emerie me chamou.

— Drew.

Virei de volta.

— Sim?

Ela uniu as mãos.

— Obrigada por hoje. Não falei, mas agradeço tudo o que fez.

— Sem problema, Oklahoma. — Bati os nós dos dedos no batente da porta dela. — Não fique até muito tarde, ok?

— Não vou. Sairei em alguns minutos. Baldwin tem planos para esta noite, então vou embora com ele.

— Quer que eu espere? Podemos pegar um hambúrguer no Joey de novo.

Emerie começou a responder quando o sr. Gravatinha interrompeu.

— Na verdade, tive uma mudança de planos no último minuto. Por que eu não te levo para jantar?

— Você não vai ao show com Rachel?

— Podemos ver a apresentação outra hora. Eu não sabia que você teve um dia ruim. Pode me contar tudo no jantar.

Emerie olhou para mim, em conflito. Facilitei a escolha para ela. Quem era eu para interromper o casal feliz?

— Então vocês dois tenham uma boa noite.

Eu podia estar me achando. Afinal de contas, me disseram mais de uma vez ultimamente que meu ego era bem grande, mas poderia jurar que a mudança de planos do amiguinho de Emerie tinha alguma coisa a ver comigo.

CAPÍTULO 14
Drew

Véspera de Ano-novo. Cinco anos atrás.

— Feliz aniversário.

Alexa estava sentada no sofá folheando uma revista *People*. Me inclinei para beijar sua bochecha, depois me abaixei mais para beijar a testa do meu filho de quase 2 anos, que dormia com a cabeça no colo dela. Ele estava babando. Uma piscina enorme de baba se amontoava na coxa da minha esposa.

Apontei para a baba e brinquei:

— Há alguns anos, deixar você molhada na véspera de Ano-Novo significava uma coisa totalmente diferente.

Ela suspirou.

— Queria que pudéssemos sair. Este é o primeiro Ano-Novo que fico em casa desde criança.

A véspera de Ano-Novo era um feriado importante para minha esposa. Ela ansiava por ele como uma criança espera pelo Papai Noel. E, no dia anterior, alguém tinha contado a Alexa que não existia Papai Noel. Tínhamos planejado sair naquela noite — uma festa no centro de Atlanta dada por uma amiga dela da qual eu não gostava muito —, mas a babá nos deixou na mão. Alexa ficou devastada. Eu fiquei secretamente feliz. Aquele era o primeiro dia de folga que eu tinha em um mês, e ficar em casa e assistir a filmes — talvez entrar no Ano-Novo dentro da minha esposa — estivesse muito mais no clima para mim.

Mas Alexa esteve mal-humorada nas últimas 24 horas. Ela ainda estava com dificuldade em se ajustar ao novo estilo de vida que a maternidade trouxera. Era compreensível. Afinal de contas, ela tinha apenas 22 anos, e todas as suas amigas iam a festas como pessoas livres de 22 anos.

Eu tinha esperança de que ela fizesse novas amizades na aula de Mamãe e Eu em que ela se inscreveu no último mês — talvez amigas que fossem casadas, tivessem filho e não pensassem que beber com responsabilidade fosse virar e engolir seu shot de Goldschläger.

— Por que você não sai? Eu fico em casa com Beck esta noite.

Seus olhos brilharam.

— Sério?

Não exatamente como pensei em passar nosso aniversário de casamento, mas Alexa precisava disso.

— Claro. Estou acabado. Eu e meu amiguinho vamos aproveitar. Não passamos muito tempo sozinhos, de qualquer forma.

Alexa gentilmente ergueu a cabeça de Beck do seu colo, apoiou-a em uma almofada e se levantou para me dar um grande abraço.

— Mal posso esperar para usar o vestido que comprei. Lauren e Allison vão ficar com muita inveja porque tenho dinheiro para comprar na Neiman Marcus agora.

Forcei um sorriso.

— Mal posso esperar para te ajudar a tirar o vestido quando chegar em casa.

Deixamos Alexa na casa da amiga Lauren na noite anterior, e me ofereci para buscá-la, mas ela insistiu em pegar um táxi de volta para que eu não precisasse acordar o bebê. Acabou que isso não foi um problema. O bebê estava bem acordado, considerando que eram oito da manhã e minha esposa ainda não tinha voltado para casa.

Beck se sentou em seu cadeirão, comendo Cheerios, e fez um barulho alto para chamar minha atenção enquanto eu estava me servindo da segunda xícara de café. Enchi as bochechas de ar, expirei e fiz o mesmo barulho para ele quando me sentei. Ele me olhou temporariamente assustado com o som e, por um segundo, pensei que fosse chorar. Mas então ele deu uma risada alta, o que me fez rir também.

— Você gostou disso, não é, amigão? — Me inclinei para perto dele e enchi as bochechas de ar de novo. — Quá. Quá.

Meu filho estudou meu rosto como se eu fosse um alienígena, então gargalhou. Depois da terceira ou quarta vez, ele pegou o jeito, e fiquei assistindo enquanto *ele* tentava fazer o mesmo som. Suas bochechas pequenas enchiam, mas só um sopro de ar com um pouco de cuspe saía de sua boca. Sem quá. Eu fazia o som e ele observava atentamente, depois tentava de novo. Em certo momento, era a vez dele e pensei que fosse ser seu momento brilhante. Ele encheu a boca de ar e, então... prendeu a respiração. Suas bochechas rechonchudas começaram a ficar vermelhas, e sua expressão decidida. Esse era o meu garoto. *Se não conseguir de primeira, tente mais.* Eu tive um momento de pai orgulhoso. Meu menino seria um campeão.

Ele fez a cara-de-prender-a-respiração algumas vezes, depois começou a rir de novo. Era minha vez. Então me inclinei para perto dele para fazer quá e, quando suguei o ar, percebi que, nessa última rodada, ele não estava tentando fazer o barulho. Ele estava cagando na fralda.

Nós dois rimos por dez minutos enquanto eu o trocava. Embora eu ache que ele estava rindo de mim e não comigo.

Um pouco depois, a máquina de merda parou. Eu o observei maravilhado por um tempo. Não era exatamente assim que tinha imaginado minha vida quando olhava para o futuro há três anos, mas não mudaria por nada no mundo. Meu filho era tudo para mim.

Quando o relógio apontou 10 horas, irritado por Alexa ainda não ter voltado para casa, comecei a ficar preocupado. E se alguma coisa tivesse acontecido com ela? Peguei meu telefone no balcão da cozinha e olhei minhas mensagens. Ainda nada. Então liguei para o celular dela. Caiu direto na caixa-postal.

A janela da sala de estar no terceiro andar do nosso prédio dava de frente para a rua Broad, três quarteirões silenciosos na periferia de Atlanta. A maioria das pessoas do mundo estava em festas na noite anterior, então a rua estava particularmente quieta esta manhã. E foi por isso que não teve como não notar o Dodge Charger amarelo e envenenado com o número 9 pintado na lateral virando a esquina. Embora as janelas estivessem fechadas, consegui ouvir o ronco barulhento e o guinchado quando o motorista virou rápido demais.

Que trouxa. Aquela curva era um grande ponto cego. Alexa poderia estar atravessando a rua com o carrinho do bebê, e aquele idiota não os teria visto até ser tarde demais. Balancei a cabeça e observei o carro da janela conforme parou a alguns prédios do meu. Ficou ali parado e fazendo barulho por alguns minutos. Então, vi quando a porta do passageiro se abriu, e um par matador de pernas saiu.

Eu era casado, não estava morto. Olhar não tinha problema.

Então a mulher saiu do carro, e percebi que olhar não tinha mesmo problema.

Porque a mulher que saiu do carro de corrida de rua a alguns prédios de onde eu morava *era minha esposa*.

CAPÍTULO 15
Emerie

Cheguei ao escritório antes de Drew. Quando ele chegou quase às dez, eu o cumprimentei com sarcasmo.

— Acordou tarde? Talvez possa te recomendar algo que te ajude a dormir.

Eu esperava uma resposta válida de ficar vermelha. Mas não sabia se ele tinha me escutado.

— Bom dia. — Ele desapareceu em seu escritório e imediatamente pegou o celular e começou o que parecia uma discussão intensa. Depois que o escutei desligar, dei alguns minutos para ele se acalmar e, então, levei os recados da manhã.

Drew estava em pé atrás da mesa olhando pela janela e bebendo um café grande. Ele parecia a milhares de quilômetros de distância. Eu estava prestes a perguntar se estava tudo bem, quando ele se virou e eu tive minha resposta. Ele não tinha se barbeado, sua camisa normalmente perfeita parecia que ele tinha dormido com ela, e havia olheiras em seus normalmente brilhantes olhos.

— Você está terrível.

Ele forçou um meio sorriso.

— Obrigado.

— Está tudo bem?

Ele esfregou a nuca por um minuto, depois assentiu.

— Só umas merdas particulares. Vou ficar bem.

— Quer conversar sobre isso? Sou uma boa ouvinte.

— Conversar é a última coisa de que preciso. Passei duas horas no telefone ontem à noite. Cansei de falar.

— Está certo. Bom... o que mais posso fazer? Do que precisa?

Apesar de parecer que ele estivera no inferno, um brilho de Drew cintilou. Ele arqueou uma sobrancelha em resposta.

— De alguma forma, eu duvido que precise de *mim* para isso.

Ele sorriu.

— Definitivamente teria me ajudado a dormir ontem à noite.

Conversamos por alguns minutos e, então, apontei para minha sala.

— Tenho uma videoconferência em alguns minutos, então não vou conseguir atender telefones por uma hora. Depois disso, estou livre até uma reunião no fim da tarde aqui no escritório.

— Sem problema. Eu atendo às ligações.

— Obrigada. — Fui me virar, mas lembrei o que queria perguntar naquela manhã antes de ele chegar. — Se importaria se eu pendurasse um quadrinho branco na porta do meu escritório? Tenho aquelas colas que grudam coisas na parede, então não vai estragar a porta.

— Fique à vontade.

Após passar outra ligação para Drew, consegui pendurar o quadro branco antes da videoconferência. Meu plano era escrever um pensamento inspirador todos os dias, como sempre fazia no meu site quando minhas sessões eram estritamente por vídeo e telefone. Agora que as pessoas iam até mim, eu queria continuar a prática.

Já que meu paciente não tinha me ligado ainda, peguei meus óculos de leitura, fui até o caderninho onde guardava pensamentos de relacionamentos e frases e folheei até encontrar uma de que gostasse. Eu a imprimi e a grudei no quadro.

Apagar a vela de alguém não te faz brilhar mais.

Hoje vou fazer meu parceiro brilhar ao _____ .

Dei um passo para trás e sorri, relendo minha frase. *Deus, eu amava ajudar as pessoas.*

— Procure na correspondência dela. Não dou a mínima de como você descobrirá. Preciso saber se ela está fodendo com o cara antes de amanhã às duas.

Eu não tinha visto Drew desde esta manhã, embora o escutasse alto e claro enquanto lavava minha caneca de café na pequena cozinha ao lado do escritório dele.

— Roman, vou te dar cinco mil se conseguir uma foto íntima deles juntos. Deixe uma cesta de piquenique na porta da frente se precisar... Só consiga que eles saiam em público parecendo íntimos.

A voz de Drew ribombava pelo corredor, seguida de uma risada sincera. E, então:

— É, tá bom. Me surpreenda, cara... Até depois.

Enquanto eu estava secando minha caneca de café, Drew entrou na cozinha.

— Não consegui evitar de ouvir uma parte da sua conversa.

— Ah, é? Que parte?

Sorri.

— A maior parte. Acredito que você e seu investigador sejam próximos.

Drew pegou uma garrafa de água da geladeira e abriu a tampa.

— Roman é meu melhor amigo desde que eu roubei a namorada dele na sexta série.

— Você roubou a namorada dele e isso os tornou amigos?

— É. Ele passou para ela catapora, que ela me passou depois. Roman e eu ficamos de cama e fora da escola por duas semanas. Acabamos jogando videogame na casa dele por dez dias seguidos.

— O que aconteceu com sua namorada? Ela não ficou entre vocês?

— Roman e eu fizemos um pacto. Nunca iríamos ficar com a mesma garota de novo. Terminei com ela no dia em que voltamos, e Roman e eu somos amigos desde então.

— Estranhamente, isso é meio fofo.

Drew deu risada.

— Somos assim. Roman é o cara que procura no lixo de uma mulher no meio da noite para encontrar camisinhas usadas, e eu sou o cara que apresenta o que ele encontrou para o advogado do outro lado no meio do julgamento de divórcio. Nós dois somos *fofos*.

Enruguei o nariz.

— Isso é verdade? Que nojento. Física e moralmente.

— Como pode dizer isso sem saber pelo que meu cliente passou? A vingança pode ser muito doce.

— Que parte da vingança é doce? Onde vocês *dois* se sentem horríveis depois de a vingança estar completa em vez de apenas um de vocês?

Drew deu um longo gole em sua água e apoiou um lado do quadril no balcão.

— Esqueci que você é a eterna otimista pelo relacionamento. Falando nisso, como foi seu encontro ontem à noite?

— Encontro?

— Com o sr. Gravatinha.

— Oh. O jantar foi bom. Mas não chamaria exatamente de encontro.

— Nenhuma ação no fim da noite, huh?

— Não que seja da sua conta, mas não. Nada aconteceu entre nós fisicamente. Tivemos um bom jantar e conversamos bastante sobre trabalho. Baldwin vai tentar me colocar como professora-adjunta na NYU, onde ele dá aula. Acho que não iria querer trabalhar na universidade por tempo integral, mas adoraria dar aula meio período e atender pacientes na outra metade do dia. Enfim, depois do jantar, nos despedimos na minha porta.

— Qual é a desse cara? Ele está a fim ou não?

— Não sei. Ele me envia sinais confusos. Como ontem à noite. Era para ele sair com Rachel, a mulher com quem está ficando, e então aparece aqui sem avisar, muda de ideia e me leva para jantar no último minuto.

— Você já falou para ele como se sente?

— Nunca apareceu a hora certa.

Drew jogou a cabeça para trás.

— A hora certa? O que houve com ontem à noite?

— Ele está ficando com uma pessoa.

— E daí?

— Não quero interferir no relacionamento dele.

— Não disse para transar com o cara. Diga a ele como se sente.

— É isso que você faria?

Drew riu sem emitir som.

— Na verdade, normalmente, eu transo com meus encontros e não converso sobre sentimentos. Mas esse não é o seu estilo.

Suspirei.

— Queria que fosse o meu estilo.

Ele ergueu as sobrancelhas.

— Posso ajudar com isso, se quiser tentar uma coisa nova.

— Que generoso.

— Ah, eu seria bem generoso. Acredite.

Meu coração agitou-se um pouco ao ver o sorriso malicioso de Drew. Balancei a cabeça.

— É isso que minha vida se tornou? Sou conselheira em sessões de terapia de casal, e estou sendo aconselhada em meu próprio relacionamento por um advogado divorciado.

— Você é idealista. Eu sou realista.

Endireitei os ombros.

— E qual é exatamente seu status de relacionamento, se é tão entendido?

— Tenho muitos relacionamentos.

— Está falando de relacionamentos sexuais?

— Estou. Eu gosto de sexo. Na verdade, gosto pra caralho de sexo. É a outra merda de que não gosto.

— Está se referindo à parte do relacionamento?

— Estou me referindo à parte na qual duas pessoas se unem e começam a confiar uma na outra, compartilhar uma vida e, então, uma delas fode a outra.

— Nem todo relacionamento termina assim.

— Em todo relacionamento, uma pessoa acaba zoando com a outra em algum momento. A menos que você fique *apenas* zoando. Então não há falsas expectativas.

— Acho que seu divórcio e sua linha de trabalho contaminaram sua perspectiva.

Ele deu de ombros.

— Dá certo assim para mim.

Sarah e Ben Aster eram um excelente exemplo do motivo pelo qual eu amava aconselhar casais. Tinha começado a atender Sarah depois de seu filho nascer e ela perceber rapidamente que os problemas do relacionamento deles eram muito mais do que o estresse adicional de ter um bebê. O casal estava junto há apenas quatro meses quando Sarah engravidou, o que levou a um casamento rápido e ao encurtamento do período normal de uma lua de mel por causa da chegada do bebê.

Depois de tamanha reviravolta, tinham finalmente começado a se adaptar à vida juntos, apenas para descobrir que suas esperanças e sonhos eram muito diferentes. Ben queria uma casa fora da cidade, cheia de filhos, com um jardim grande, e que Sarah ficasse em casa. Sua esposa, por outro lado, queria ficar no minúsculo apartamento deles no Upper East Side, voltar a trabalhar e contratar uma babá.

O engraçado era que ambos insistiam que diziam ao outro como viam o futuro — e acredito que diziam. O problema era na comunicação. Então, apesar de, nos últimos meses, eles terem encontrado uma forma de ajustar seus desejos de moradia ao procurar uma casa no Brooklyn que tivesse um pequeno jardim e fosse perto de Manhattan, ainda precisavam trabalhar na comunicação. O que me levava ao exercício daquela semana.

Tinha pedido a Sarah e Ben para trazerem uma lista de cinco coisas que queriam conquistar no ano seguinte. Hoje passaríamos a maior parte da nossa hora analisando a lista de Sarah. Ela leria para Ben uma de suas conquistas planejadas, e ele teria que explicar para ela o que essa conquista significava. Era maravilhoso como um casal que estava casado há dezoito meses ainda conseguia interpretar as coisas errado.

— Eu quero viajar para a Carolina do Sul para ver minha melhor amiga, Beth — Sarah disse.

Olhei para Ben.

— Ok. Me diga o que Sarah acabou de falar.

— Bom, ela quer ir para a Carolina do Sul visitar sua amiga solteira, Beth.

— Sim. Bem, Sarah não mencionou que Beth era solteira, mas parece que você ouviu algo importante para você. Por que o fato de Beth ser solteira é significativo?

— Ela quer fugir. Entendo isso, e ela merece umas férias. Mas ela quer ir para lá e passar um tempo com Beth para retomar o que tinha antes de ficarmos juntos... a solteirice, a vida livre. Então vai voltar e se ressentir conosco.

Sarah, então, disse a ele as coisas de que ela sentia falta sobre não ter sua melhor amiga por perto e como gostaria de passar o tempo enquanto a visitava. Estava óbvio que o que ela queria e que o que ele tinha interpretado sobre a viagem eram diferentes. Mas, depois de quinze minutos conversando sobre isso, ela tinha tranquilizado a mente dele. Comunicação e confiança estavam melhorando a cada semana com aqueles dois e, no fim da nossa sessão, sugeri que começássemos a nos encontrar a cada duas semanas, e não toda semana.

— Sabe o que acabei de perceber? — Sarah disse quando Ben a ajudava a vestir o casaco.

— O quê?

— Depois que nossas videoconferências acabavam, sempre havia uma frasezinha fofa na sua página que eu lia... algo que me lembrava de fazer algo legal para Ben. Não vamos mais ter isso.

Eu sorri.

— Na verdade, vamos. As frases ainda estão atualizadas no site, mas também vou escrevê-las na minha porta. Estava aberta quando vocês entraram, então provavelmente não viram. Mas deveriam ler a de hoje quando saírem.

Sarah parou Ben e, juntos, eles leram o quadro branco depois que abriram a porta. Sarah olhou para mim com uma expressão esquisita, enquanto Ben sorriu de orelha a orelha.

Depois que saíram, peguei meus óculos de leitura e fui até a porta, pensando se talvez eu tivesse escrito algo errado.

Não tinha, mas, aparentemente, Drew pensou que seria engraçado alterar a frase. Enquanto eu tinha escrito:

Apagar a vela de alguém não te faz brilhar mais.

Hoje vou fazer meu parceiro brilhar ao _____ .

Agora estava escrito no quadro da minha porta:

Chupar alguém faz o dia dele brilhar mais.

Hoje vou fazer meu parceiro brilhar ao chupá-lo.

Eu vou matar o Drew.

CAPÍTULO 16
Drew

— Você é um babaca!

— Steve, deixe-me te ligar depois. Acho que tem uma discussão que precisa ser apartada na sala de reunião aqui do lado.

Desliguei o telefone assim que Emerie marchou para dentro do meu escritório para continuar a diversão.

— Esse tipo de coisa pode ser engraçado com seus clientes homens que contratam pessoas para investigar o lixo das esposas, mas não para os meus!

— O que tem de errado com você?

Ela parecia seriamente irritada. Mas... também estava usando aqueles óculos enquanto gritava comigo. *Tinha alguma coisa naqueles malditos óculos.* E eu não havia reparado, naquela manhã, que a saia estava um pouco justa. Vermelho ficava bem nela.

Ela inclinou a cabeça.

— O que está fazendo?

— O quê? O que estou fazendo?

— Está me secando. Acabei de ver você fazendo isso. Entrei aqui para gritar com você por ser um babaca, e está me secando. — Ela jogou as mãos no ar.

— Estava admirando sua roupa. É diferente de secar.

— Ah, é mesmo? — Suas mãos foram para os quadris. — Diferente como?

— Diferente como?

— Não repita a pergunta para ganhar tempo e pensar na resposta. O que é diferente entre admirar minha roupa e me secar?

Havia apenas uma forma de sair dessa.

— Gosto de você com esses óculos.

— Meus óculos?

— É. Seus óculos. São só para leitura?

Ela ficou quieta enquanto analisava meu nível de papo furado. Em certo momento, balançou a cabeça.

— Acha que pode apagar o que fez com um elogio, não é?

Espero que sim.

— Acho que você é meio maluca.

— *Eu* sou maluca? — Ela ergueu a voz.

Me recostei na cadeira, me divertindo. Era divertido brincar com ela. Distraía minha mente.

— Não pensei que ruivas ficassem bem de vermelho.

Ela olhou para sua saia e de volta para mim, temporariamente perplexa, mas depois semicerrou os olhos.

— Pare com isso.

— Com o quê?

— De tentar me acalmar dizendo coisas legais.

— Não gosta de elogios?

— Quando são verdadeiros, sim, gosto. Mas quando são papos furados para me distrair? Não, não gosto nadinha.

— Não saio elogiando só por elogiar.

Ela fez uma cara para mim que dizia que não estava colando.

— Então você realmente gostou dos meus óculos de leitura?

— Te dá aquele olhar de bibliotecária sexy.

Ela balançou a cabeça.

— E minha saia vermelha?

— Para ser sincero, não dou a mínima para a cor. Mas está justa. E enfatiza todos os lugares certos.

O rosto de Emerie começou a ficar vermelho, e me fez pensar em como sua pele cremosa ficaria depois de eu chupá-la um pouco.

— Não brinque com meu quadro branco! Meus clientes leram. Tenho sorte de eles estarem bem, ou duvidariam do meu profissionalismo depois da sua façanha.

— Sim, senhora. — Ergui dois dedos na testa em uma saudação de zoeira.

— Obrigada.

Ela se virou para sair. Não consegui me conter.

— Aposto que o cara vai ganhar um boquete esta noite.

— Então será apenas um de vocês.

Para variar, eu estava saindo do escritório às seis da tarde.

— Quer ir comigo e com Roman beber uma cerveja no Fat Cat?

Emerie estava sentada à sua mesa olhando em um espelhinho ao passar um batom vermelho brilhante que combinava com sua saia. Seguindo sua mão conforme se curvou no arco do cupido, percebi que, contra as paredes lisas e brancas da sala, ela parecia uma obra de arte viva em uma tela.

Que porra era essa, Jagger? Arte viva?

— Obrigada, mas tenho planos para hoje à noite.

— Encontro quente?

— Baldwin vai me levar a um restaurante francês.

Tensão misturada com uma saudável dose de ciúme inesperado se contorceu no meu estômago.

— Comida francesa, hein? Não sou muito fã.

— Nem eu. Mas Baldwin ama escargot.

— Caramujos — bufei, depois resmunguei. — Imaginei.

— O que foi?

— Nada. — O que realmente eu queria dizer era que caramujos me lembram lesmas. E comer aquela merda seria canibalismo para o sr. Gravatinha. O cara era uma *lesma*. Mas, em vez disso, preferi dizer: — Tenham uma boa noite.

CAPÍTULO 17
Drew

— Qual é sua posição favorita?

Emily subiu no meu colo, me envolvendo.

— Gosto desta.

Eu teria que mandar para Roman uma garrafa de Gran Patrón Platinum por sua brilhante ideia. Tínhamos nos encontrado para tomar uns drinques em nosso bar de sempre, mas então ele insistiu que fôssemos no bar ao lado, Maya, para provar suas empanadas — ele tinha uma obsessão por comida mexicana. Emily DeLuca e sua amiga Allison já estavam lá, apreciando margaritas. Emily era advogada em uma firma do outro lado da cidade, para onde eu frequentemente encaminhava trabalhos de planejamento imobiliário. Havíamos flertado algumas vezes e houve uma faísca, mas, para mim, faísca nunca significava brilho em um certo dedo da mão esquerda. E a pedra enorme que ela usava era bem difícil de não ver.

Também era difícil não ver que ela não a estava usando naquela noite, principalmente já que ela balançou os dedos da mão esquerda para mim antes de perguntar se podia me pagar uma bebida. Mesmo com esse gesto óbvio, ainda confirmei se ela tinha terminado antes de sairmos juntos. Não importava o quanto uma mulher era gostosa ou estava preparada, eu não tocava em traidoras.

Emily se sentou no meu pau, que endurecia, e eu envolvi os braços em sua cintura, enfiando a mão para dentro de sua saia erguida a fim de apertar sua bunda. Então puxei o tecido rendado para cima para aumentar a fricção na frente. Ela gemeu, então puxei mais.

Porra, eu adoro fio dental.

Ela pegou na minha camisa e começou a abrir os botões enquanto eu chupava seu pescoço.

— Eu sabia, desde a primeira vez que te vi, que seríamos bons juntos. Espero que tenha uma caixa cheia de camisinhas, porque, depois que eu cavalgar em você, quero ficar de quatro para você me pegar por trás.

O pensamento da bunda de Emily para cima era exatamente o que eu precisava. Principalmente quando eu tinha passado a última semana fantasiando sobre a bunda de outra mulher — uma na qual eu não deveria estar pensando —, embora a visão repetida da bunda macia e redonda de Emerie com a marca cor-de-rosa da minha mão enquanto eu estocava nela por trás fosse minha nova fantasia preferida. Sonhei em terminar dentro dela, depois pegar meu gozo enquanto escorria e esfregar na marca da minha mão na pele dela como se fosse um bálsamo.

Meus olhos estavam fechados, e eu tive que apertá-los mais forte para evitar visualizar outra mulher, porque pensar em outra mulher enquanto uma está cavalgando em você é uma canalhice enorme, mesmo para mim.

Emily se ergueu o suficiente para escorregar a mão entre nós e segurar meu pau, dando um bom aperto nele.

— Eu quero você agora.

Ela começou a desafivelar freneticamente minha calça, o que me fez pegar minha carteira. Depois me lembrei de que não tinha camisinha lá. *Porra.*

— Alguma chance de você ter camisinha? — perguntei, mordendo o lóbulo da sua orelha.

Sua voz se enrijeceu.

— Não. E falhei com meu anticoncepcional este mês, então, por favor, me diga que você tem uma *em algum lugar* deste apartamento.

Merda. Não tinha. Terminara a caixa grande do meu criado-mudo no último mês e não a substituíra. Então tinha usado a que mantinha para emergência na minha carteira no Havaí.

Mas... Tinha algumas no meu escritório na primeira gaveta à direita. Pelo menos, não tinha que ir lá fora e congelar minhas bolas. Resmunguei quando me afastei. Segurei o rosto de Emily e disse:

— Preciso de dois minutos. Desculpe. As camisinhas estão no meu escritório lá embaixo.

— Quer que eu vá com você? Não me oporia a um pouco de sexo na mesa. Além disso, vai economizar tempo.

Garota esperta. Mas... provavelmente não era uma boa ideia levá-la a um lugar em que estávamos rodeados de merdas que me lembravam da mulher que eu estava tentando manter *fora* do meu pensamento.

Dei-lhe um beijo casto e a ergui de mim.

— Fique aqui. Meu escritório é no térreo. Tem segurança 24 horas lá embaixo. Não quero ter que cobrir sua boca quando você gritar meu nome.

O maldito elevador demorou uma eternidade para subir ao meu andar, então aproveitei para, pelo menos, afivelar minha calça antes de me deparar com Ted, o porteiro da noite. Eu deveria ter colocado sapatos. O piso de mármore parecia um cubo de gelo, e eu não queria que a temperatura do meu corpo esfriasse.

No meu escritório, prestei atenção para não olhar a porta fechada de Emerie quando andei pelo corredor. Não precisava de mais nada para me lembrar dela. Definitivamente não o quadro branco onde ela escrevia besteiras ingênuas de relacionamento e, então, entrava sexy e nervosa na minha sala. *Não. Não vou olhar.* Como uma criança de 2 anos, ergui a mão para bloquear minha visão periférica do escritório do outro lado do corredor quando abri minha porta.

Procurando na minha mesa, encontrei três camisinhas soltas na gaveta. *Porra, que bom.* Guardei-as no bolso e comecei a voltar pelo corredor em direção à recepção. Tinha quase saído do corredor quando ouvi um som.

Deveria dar uma olhada.

Foda-se. Deixe alguém invadir e roubar o que quiser. Lidaria com isso no dia seguinte. Tinha coisas mais importantes me esperando lá em cima.

Então escutei de novo. Soou quase... como um choro.

Será que Emerie ainda estava lá? Tentei continuar, mas sabia que nunca conseguiria me concentrar se pensasse que ela poderia estar machucada ou algo assim. E se ela tivesse caído ao sair e estivesse sangrando por todo o chão em sua sala fechada? Corri de volta para a porta dela e a abri.

— Drew! Você me assustou pra cacete. — Emerie pulou na cadeira e colocou a mão no peito.

— O que ainda está fazendo aqui? Pensei que tivesse um encontro com o sr. Escargot.

— Também pensei.

Olhando melhor, pude ver que ela estivera chorando. Ela estava com um lenço amarrotado na mão, e sua pele pálida estava avermelhada.

— O que ele fez? — Tive uma vontade repentina de sufocar o panaca de merda com sua própria gravata-borboleta.

Ela fungou.

— Nada, na verdade. Só cancelou nossos planos do jantar.

— O que aconteceu?

— Hoje é meu aniversário e...

— É seu aniversário? Por que não disse nada?

— Aniversários nunca foram uma grande coisa para mim. Comemorava o Dia da Recepção quando criança como a maioria das pessoas celebram aniversários.

— Dia da Recepção?

— O dia em que meus pais me levaram para casa da agência de adoção. Eles sempre disseram que todo mundo tinha aniversário, mas o dia em que eles me *receberam* foi o melhor presente que já ganharam. Então começaram a comemorar o Dia da Recepção comigo em vez de seus dias de nascimento. É só meio que uma tradição, e aniversários são só números para mim.

— Isso é muito incrível. Mas ainda deveria ter me dito que era seu aniversário. — Não me fugiu o fato de que Emerie mal falava no aniversário enquanto minha ex-esposa pensava que seu aniversário fosse um feriado nacional. Isso sempre me irritou demais mesmo antes de as coisas piorarem.

Ela deu de ombros.

— De qualquer forma, só estou sendo muito infantil. Baldwin fez reservas nesse restaurante famoso francês onde é impossível conseguir uma mesa, e era para eu encontrá-lo às oito.

— O que aconteceu?

— Ele me mandou mensagem dizendo que Rachel estava brava por ele ter cancelado com ela para me levar para jantar naquela outra noite e, quando disse que ia me levar para jantar de novo, ela ficou irritada, então ele precisou cancelar.

O cara era um imbecil completo. Ele estava definitivamente empatando a vida de Emerie. Não tinha dúvida disso, depois de tudo que ela me contou e de ver como ele reagiu na outra noite quando sugeri que ela e eu fôssemos comer em algum lugar. Ele era possessivo com ela de um jeito mais do que amigo. Mesmo assim, queria ter seus encontros.

— Eu sei que você nutre sentimentos por ele, mas o cara parece ser um imbecil para mim.

— Só preciso esquecer e virar a página.

— Acho que é uma boa ideia.

— Eu deveria sair e comemorar sozinha meu aniversário... Escolher alguém em um bar e levar para casa comigo.

— Isso não é uma boa ideia.

Ela suspirou.

— Eu sei. Simplesmente não sou do tipo que sai com alguém aleatório. Já tentei, e me odiei por semanas depois disso. Não vale a pena.

Graças a Deus. Só de pensar nela levando algum cara aleatório para casa me deixava enjoado. Falando nisso... minha aleatória estava lá em cima esperando.

— O que vai fazer esta noite? — perguntei.

— Só vou terminar de preencher este arquivo e ir para casa. Estou cansada, de qualquer forma.

— Certo. Não fique até tarde. Vamos comemorar amanhã. Vou te levar para almoçar no Joey.

Emerie forçou um sorriso triste.

— Vai ser bom. — Seus olhos baixaram para os meus pés. — Sem sapatos?

— Só corri aqui rapidinho.

— Está trabalhando até tarde ou esqueceu alguma coisa?

— Não... Eu... ãh... tenho companhia.

— Oh. — Sua expressão, que já estava triste, ficou parecendo que eu acabara de contar que um cachorrinho tinha morrido. Desta vez, ela nem conseguiu forçar um sorriso. — Não deixe que eu te atrase. Vou sair daqui a pouco mesmo.

Eu disse boa-noite, mas me senti um completo merda por partir. Por que eu sentia que foram adicionados duzentos quilos nos meus ombros quando subi de elevador de volta? Não tinha sido eu que estragara tudo. Nem sabia que era aniversário dela.

Voltei para meu apartamento, totalmente perdido em pensamentos, só para ser recebido por Emily. Ela estava parada na porta que levava à sala de estar, usando nada além daqueles sapatos sexy pra caralho de bico fino e salto alto e a calcinha preta rendada fio dental.

Nada como um par de peitões para te animar quando está se sentindo mal.

Ela inclinou a cabeça e cruzou as pernas nos tornozelos. Os sapatos definitivamente iriam ficar. Conseguia quase senti-los pinicando minhas costas.

— Gosta do que vê?

Respondi sem palavras, andando até ela e a pegando no colo, guiando suas pernas para abraçarem minha cintura.

— Pode montar em mim depois. Agora, vou te foder na mesa da cozinha. Tudo bem para você, Emerie?

Ela riu.

— Emily. Acho que todo o sangue está correndo lá embaixo e prejudicando sua capacidade de falar.

Porra. Eu a chamara de Emerie e nem tinha percebido.

— Deve ser isso. — Levei-nos até a mesa e a coloquei em cima para que pudesse desafivelar minha calça, mas, quando olhei para seu rosto sorridente, vi Emerie.

Emerie.

Não Emily, que eu estava prestes a foder.

Pisquei algumas vezes, e meus olhos focaram. Cabelo castanho, pele escura italiana, olhos grandes e castanhos. As duas não eram nada parecidas. Indo para cima dela, me segurei para não tirar a cueca a fim de clarear minha mente e voltar para o momento. Então a beijei de novo, e ficamos nos beijando.

Mas não conseguia tirar a imagem da cabeça de Emerie chorando sozinha na mesa dela. Seus olhos grandes azuis avermelhados, pele branca rosada, triste por algum imbecil que provavelmente estava comendo escargot e iria acordá-la balançando as paredes às duas da manhã.

Porra.

— Poooooorra. — Me endireitei e passei a mão pelo cabelo, querendo arrancá-lo de frustração.

— Quê? O que foi?

Puxei as calças para cima enquanto respondia.

— É uma cliente. Ela ligou enquanto eu estava lá embaixo, e desconversei. Mas preciso trabalhar em uma coisa.

— Está brincando? Agora?

— Desculpe, Emerie.

— Emily. — Ela cobriu os seios ao se endireitar na mesa.

— Emily. Isso. Desculpe. Minha mente está em outro lugar. — Como em Eme*rie*, em vez de Em*ily*, onde deveria estar.

— Tudo bem — ela disse.

Podia ver que não estava tudo bem. Claro, não a culpava nem um pouco. Eu ficaria puto se uma mulher inventasse uma besteira igual à que eu tinha acabado de inventar para ela. Mas não tinha nada que eu pudesse fazer. Exceto me desculpar.

— Desculpe mesmo. Está contra o tempo, caso contrário, não faria isso.

— Sei.

Ela se vestiu e, menos de cinco minutos depois de eu ter entrado no meu apartamento com uma mulher seminua gostosa me esperando, eu a estava levando para o elevador.

A descida foi desconfortável. No lobby, ela me beijou na bochecha e saiu sem olhar para trás. Eu deveria ter me sentido mal, mas, em vez disso, estava ansioso, pensando se Emerie ainda estava lá.

Era melhor ela ainda não ter ido embora.

CAPÍTULO 18
Drew

— Jesus Cristo! — Emerie estava bem atrás da porta da frente do escritório quando a abri. Se ela tivesse dado mais um passo, provavelmente teria batido a porta na sua cara.

Ela colocou a mão no peito.

— Está tentando me matar do coração?

— Que bom. Você ainda está aqui.

— Estava acabando de me preparar para sair. Qual é o problema? Está tudo bem?

— Está. Mas vou te levar para sair no seu aniversário.

— Não precisa fazer isso.

— Sei que não. Mas eu quero.

Ela semicerrou os olhos.

— Pensei que tivesse companhia.

— Me livrei dela.

— Por quê?

— Por que o quê?

— Por que se livrou do seu encontro? — A confusão em seu rosto se derreteu quando ela percebeu alguma coisa. — Oh.

Minhas sobrancelhas se uniram.

— Oh, o quê?

— Você *terminou* com seu encontro.

— Estava longe de *terminar* — resmunguei, depois assenti em direção à rua.

— Vamos. Você merece jantar fora no seu aniversário. Aquele idiota não faz ideia do que está perdendo. Vamos ficar bêbados.

Ela sorriu de orelha a orelha.

— Vai ser maravilhoso.

— Nunca vou colocar minhas bolas.

— Talvez seja esse o motivo de tanta tensão. Faz tanto tempo que não transa que esqueceu que não são as bolas que entram.

Dei um sorrisinho para Emerie enquanto a bola cinco rolava para a caçapa do canto esquerdo. Era nosso primeiro jogo de sinuca, e eu tinha acabado de encaçapar minha quinta bola seguida. Ela tinha razão. Eu poderia limpar a mesa antes de ela passar giz em seu taco.

Ela estreitou os olhos.

— Como sabe que faz tempo que não transo?

— Você anda um pouco tensa.

Eu esperava que ela revidasse, mas, em vez disso, me surpreendeu. *Literalmente*. Quando estava prestes a acertar minha sexta bola, ela gritou:

— Cuidado! — Minha mão mexeu no meio da jogada, e a bola dois não foi para nenhum lugar perto da caçapa que eu pretendia.

Ela deu um sorriso besta, toda orgulhosa de si mesma.

— É assim que vamos jogar?

— O quê? Sou muito tensa, não consigo evitar. Às vezes, as palavras se acumulam e simplesmente saem da minha boca como uma rolha de champagne.

— Sua vez. — Estendi a mão em direção à mesa.

Quando ela se posicionou, rodeei a mesa, me aproximando até ficar completamente atrás dela. Ela tentou fingir que não a incomodava, mas, em certo momento, se virou.

— O que está fazendo?

— Observando você dar a tacada.

— De trás?

Sorri, irônico.

— Tenho uma visão melhor.

— Volte para onde estava. — Ela balançou a mão para o outro lado da mesa. — Acho que sua visão é mais clara dali.

Ela se inclinou de novo, tentando alinhar sua jogada. Meus olhos pararam em sua bunda maravilhosa.

— Depende do que vou olhar.

Quando ela finalmente jogou, seu taco arranhou a mesa e errou completamente a bola.

— Pensei que soubesse jogar.

— Eu sei.

— Não parece.

— Você está me deixando nervosa atrás de mim.

Me inclinei perto dela e lhe mostrei como posicionar a mão para segurar o taco de forma que, pelo menos, ficasse mais fácil de acertar a bola. Depois de ela pegar o jeito, voltei para o outro lado da mesa. Minhas intenções, naquele momento, tinham sido realmente altruístas — pelo menos, até sua camisa se abrir, e eu ficar olhando diretamente para seus peitos.

Não conseguia me mexer. Ela devia estar usando um daqueles sutiãs que só seguram metade do seio, porque tudo que eu podia ver eram dois globos redondos de pele luxuriosa e macia, com um sinal de algo preto e rendado.

Peitos maravilhosos que combinavam com uma bunda espetacular.

Levei a cerveja à boca enquanto esperava que ela jogasse, mas fiquei parado com a garrafa na boca conforme bebia um longo gole. A única coisa que eventualmente me distraía era observá-la deslizar o taco para a frente e para trás entre seus dedos.

Então imaginei que meu pau era o taco.

Forcei-me a fechar os olhos e, quando ela finalmente jogou, esvaziei o conteúdo da minha Stella. Emerie conseguiu acertar a bola desta vez, só que encaçapou uma das minhas em vez da dela. Ela ficou tão empolgada que não tive coragem de lhe contar.

— Isso significa que é minha vez de novo?

— Claro. Vou pegar outra cerveja. Quer uma bebida?

— Sim, mas não outra cerveja. Cerveja me deixa cheia.

— Ok. O que você quer?

— Me surpreenda. Vou beber qualquer coisa que me der.

Eu *definitivamente* precisava me afastar por um minuto.

A fila no bar estava muito longa, mas eu era cliente regular ali. Roman e eu nos encontrávamos no Fat Cat todo fim de semana para jogar sinuca e bater papo. Então quando Tiny — o barman que devia ter uns dois metros de altura — me viu, pegou meu pedido antes da maioria das pessoas.

— Vou querer outra Stella e uma daquela. — Apontei para a margarita.

Tiny sorriu.

— Roman está se identificando com o lado feminino hoje?

— Não. Provavelmente ele está se identificando consigo mesmo em casa. Estou aqui com... — Que porra ela era? Não era um encontro. Não era uma colega de trabalho, apesar de trabalharmos no mesmo escritório. Eu não podia chamá-la de funcionária. Buscando a palavra, finalizei com a mais simples: — ... uma mulher.

Emerie era definitivamente uma mulher.

Enquanto esperava, pensei no fato de nunca ter considerado levar um encontro para lá — de novo, não que aquela noite fosse um encontro. Mas era o tipo de lugar que você ia para se divertir e ser você mesmo. Mesmo assim, não tinha pensado duas vezes em levar Emerie. Era legal passar um tempo com uma mulher que eu sabia que ficaria confortável jogando sinuca no subsolo de um bar. Era um bônus ela ser sexy pra caralho.

Eu tinha saído apenas por alguns minutos, mas, quando voltei à mesa de sinuca, havia um cara conversando com Emerie. Uma pontada de bom e velho ciúme masculino brotou dentro de mim. Resistindo à vontade de lhe dizer para sair, optei por fazer o cara se sentir desconfortável até ele se afastar.

Me aproximei e fiquei perto de Emerie. Entreguei sua bebida ao olhar para o intruso, dizendo:

— Aqui está. Quem é seu amigo?

— Esse é Will. Ele se ofereceu para me mostrar algumas jogadas.

— Ah, é?

Will estava segurando uma bebida com a mão esquerda. O dedo do qual ele tinha tirado sua aliança de casamento ainda tinha a marca. Esperei até nossos olhos se encontrarem, então deixei os meus baixarem para o dedo dele.

— Temos a mesa por mais vinte minutos. Você e sua esposa querem ser os próximos quando terminarmos?

Nada como uma conversa silenciosa de homem para homem. Ele assentiu para o bar.

— Talvez outra hora. Meus amigos estão me esperando.

Bom falar com você, Will.

Depois disso, Emerie e eu terminamos nosso jogo e pegamos uma mesa em uma área mais tranquila do bar. Ela bebeu a primeira margarita bem rápido, e a garçonete acabara de trazer a segunda. Seu humor tinha mudado de triste pelo imbecil com uma gravata-borboleta para influenciado pelo álcool.

— Então, qual foi seu presente de aniversário preferido que já ganhou? — ela perguntou.

— Eu? Não sei. Quando era pequeno, meu pai me dava um monte de merda. Acho que um carro quando fiz 17 anos.

— Que chato. — Ela deu um gole na margarita, e um pouco de sal ficou no seu lábio.

— Você tem... — Apontei para minha boca onde tinha sal na dela. — Sal.

Ela ergueu a mão e limpou o lábio, mas no lado errado.

Dei risada e estiquei o braço para o outro lado da mesa.

— Deixa.

Sem pensar duas vezes, levei o sal dos lábios dela para os meus e chupei do meu polegar. Talvez estivesse imaginando coisas, com meu grande ego e tal, mas juro que seus lábios se abriram, e, se eu tivesse me inclinado, teria ouvido um pequeno gemido.

Porra. Aposto que ela é bem sensível na cama.

Limpei a garganta.

— E você? Qual foi o melhor presente que já ganhou?

— Meus pais me deram um vale-presente para cirurgia a laser quando fiz 18 anos.

— Laser? Mas você usa óculos.

— Oh, eu não quis o vale-presente. Fui até o consultório do médico e expliquei que meus pais tinham cometido um erro, e eu não queria fazer cirurgia.

— Então não quis a cirurgia, mas foi o melhor presente que já ganhou?

Ela bebeu a margarita de novo. Infelizmente, não sobrou nenhum sal desta vez. Pensei em fingir que tinha, mas ela começou a falar de novo muito rápido.

— Oh, não, eu queria a cirurgia. Na segunda série, Missy Robinson me chamava de Vovó porque eu precisava de óculos diferentes para enxergar a lousa e para ler. O nome pegou durante o Ensino Fundamental inteiro. Eu detestava meus óculos. Por muito tempo, não os usei, embora precisasse apertar os olhos e tivesse dores de cabeça constantes.

— O que não estou entendendo? Seus pais te deram algo que você queria muito, e você devolveu?

— Meus pais não podiam pagar a cirurgia. Eram seis mil dólares, e meu pai dirigia um carro de 20 anos de idade. Mas foi o presente mais legal que eu poderia ter ganho.

Adicione *doce* a uma grande lista, uma bunda que eu queria muito foder e uma boca esperta. *Também queria muito foder aquela boca esperta.*

— E agora? Se pudesse ganhar qualquer coisa de aniversário, o que seria?

Ela colocou o dedo sobre a boca enquanto pensava.

— Um banho.

— Um banho? Como esses de tratamento de spa de lama ou algo assim?

— Não. Só uma boa imersão em uma banheira legal. Meu apartamento só tem chuveiro, e realmente sinto falta de banho de banheira. Costumava tomar um todo sábado de manhã... Colocava meus fones e ficava lá até enrugar. É meu lugar feliz.

Dei um grande gole na minha cerveja, observando-a de novo.

— É fácil de te agradar.

Ela deu de ombros.

— E você? Se hoje fosse seu aniversário e pudesse escolher um presente, o que seria?

Engoli um pensamento repentino. *Beck.* Sem querer entristecer Emerie em seu aniversário, falei minha segunda escolha para presente.

— Um boquete seria legal.

Emerie estava no meio do gole e cuspiu margarita em mim quando deu risada.

Limpei meu rosto com um guardanapo.

— Bom, agora estou com o sal e a margarita.

Ela riu.

— Desculpe.

Tinha passado das duas da manhã quando chegamos ao apartamento de Emerie. Eu insistira em levá-la para casa. Estava com um zumbido no ouvido, mas pensei que ela poderia estar mais bêbada.

— Shhh... — Ela ergueu um dedo na boca para me dizer para não fazer barulho, mesmo assim, era ela que estava sendo barulhenta. Apontando para o apartamento vizinho enquanto ela procurava as chaves na bolsa, adicionou: — Esse é o apartamento de Baldwin.

É. Ela estava bêbada.

Peguei as chaves da sua mão.

— Pode fazer bem a ele ouvir você com outro homem.

Emerie foi para o lado para que eu pudesse destravar a porta. Soltando um suspiro, ela apoiou a cabeça no meu braço enquanto eu sofria com a fechadura. A maldita coisa parecia estar presa.

— Ele não ficaria com ciúme — soltou. — Ele não me quer.

Balancei a chave na fechadura mais algumas vezes e finalmente abriu.

— Bom, então ele é um idiota.

Abri a porta e segurei as chaves para ela. Com a mão boba, ela as deixou cair e riu mais um pouco quando batemos a cabeça ao nos abaixarmos para pegá-las no chão. Por cima do som da sua risada, escutei a porta do apartamento vizinho abrir. Pareceu que Emerie não escutou.

Quando Baldwin saiu no corredor e nos viu, de repente, me senti muito possessivo. De costas para ele, Emerie ainda não sabia que tínhamos plateia. Ela sorriu para mim com aqueles olhos grandes azuis, e algo se apossou de mim. Eu me inclinei e lhe dei um selinho — um teste na água para verificar a temperatura.

Aquele beijinho foi pura testosterona, eu sendo um canalha para o imbecil vizinho. O sujo falando do mal lavado. Porém, quando afastei a cabeça e vi seus olhos dilatarem e os lábios se abrirem para mais, meu movimento seguinte não teve nada a ver com quem estava olhando.

Eu era puro desejo. Perdi o controle. Minha boca se esmagou na dela, e seus lábios se abriram para mim. Minha língua deslizou para dentro, e aproveitei minha primeira investida. Estava salgada e apimentada com tequila, mas era a coisa mais deliciosa que já tinha provado. E, de repente, eu estava faminto.

Eu a puxei contra mim e a abracei forte. Não havia nenhum cara por quem ela estava apaixonada assistindo — éramos só eu e Emerie. Todo o resto desapareceu conforme aprofundei o beijo, e ela empurrou os seios para cima contra meu peito. O som que ela fez quando minha mão foi para sua bunda fenomenal me encorajou a continuar. Eu não queria mais nada a não ser empurrá-la contra a porta e esfregar meu pau inchado contra ela. E eu poderia ter cedido e feito isso, se o vizinho babaca não tivesse estragado o momento.

Baldwin limpou a garganta. Ao escutá-lo, Emerie se afastou e virou, vendo que o homem por quem ela estava apaixonada tinha acabado de assistir a tudo. Ela pareceu se assustar, e eu detestava o fato de seus olhos já estarem arrependidos. Não tive coragem de fazê-la se sentir mais trêmula do que já estava.

Segurando suas faces, me inclinei e sussurrei em seu ouvido:

— Talvez isso o acorde. — Então beijei sua bochecha. — Te vejo no escritório, aniversariante.

CAPÍTULO 19
Drew

Véspera de Ano-Novo. Quatro anos atrás.

— Quem são essas pessoas? — Roman estava sentado na varanda do meu apartamento no escuro, fumando um cigarro enrolado à mão, quando escapei para fugir alguns minutos.

— Talvez você soubesse se estivesse lá dentro em vez de aqui fora. — Me sentei ao lado dele e olhei para o mar de luzes que era a cidade de Nova York. — Está frio pra caralho.

— Você viu os peitos daquela loira de blusa azul?

— Aquela é Sage. Uma das amigas de Alexa.

— Ela não é das mais espertas. Eu estava brincando e disse que conseguia saber sua idade apenas tocando-a.

— Não me diga que ela deixou você passar a mão nela?

A ponta do cigarro de Roman se iluminou com um vermelho brilhante quando ele deu uma longa tragada.

— Deixou. Depois de eu dar uma boa apertada, ela me perguntou quando tinha nascido. — Ele soltou uma sequência de anéis de fumaça. — Eu respondi "ontem" e vim sentar aqui fora.

Dei risada. Maldito Roman. Ou ele ficava bêbado ou se dava bem, e, às vezes, eu me perguntava qual opção ele mais gostava.

— É. Alexa tem um talento para escolher amigas.

— Parece que, pelo menos, ela sossegou em Nova York.

De fora, pelo menos naquela noite, parecia assim. Foi com certeza melhor do que ela saindo sozinha no ano anterior, seguido por uma briga descomunal até começar o novo ano, quando eu a questionara sobre o cara que a levou para casa. Naquele ano, nosso apartamento estava cheio com todas as amigas que ela fizera nos últimos quatro meses desde que nos mudamos de Atlanta para Nova York. Mas a verdade era que ela ainda reclamava diariamente por deixar suas amigas para trás.

— Ela fez algumas amigas. A maioria é da aula de interpretação que está fazendo e da academia. Eu estava torcendo que ela encontrasse amigas que têm mais em comum com ela... talvez algumas mulheres do Mamãe e Eu, mas ela diz que todas são vadias gordas e que usam moletom.

— Se esses moletons forem parecidos com o da loira, talvez eu pegue seu filho emprestado para levar à aula de Mamãe e Eu.

Nós dois ficamos quietos por alguns minutos, curtindo a paz da noite clara. A voz de Roman estava séria quando ele falou de novo.

— Como está AJ?

AJ era o apelido do meu pai, abreviação de Andrew Jagger. Nenhum de nós usava o nome completo... Eu era Drew, e ele sempre foi AJ.

— Não está bem. Espalhou para um pulmão agora. Parece que vão precisar retirar uma parte.

— Porra. Sinto muito, amigo. AJ é jovem demais para essa merda.

Quatro meses antes, meu pai tinha ido ao médico para um check-up anual e seu exame de sangue revelou que as enzimas do fígado estavam baixas. Dois dias depois, ele foi diagnosticado com câncer de fígado. Embora as estatísticas não estivessem a seu favor — quinze por cento de chance de sobrevivência de cinco anos a partir do diagnóstico —, ele estava otimista. Havia suportado meses de quimioterapia pesada, que o deixava muito enjoado, só para ouvir, no dia seguinte que terminou a última sessão, que o câncer tinha sofrido metástase para o pulmão.

— É. Fico feliz que pude estar aqui para ele. Ele tem uma pancada de amigos e negócios, mas, sem uma esposa para cuidar dele, eu precisava voltar para Nova York.

— Estava começando a pensar que não iria voltar.

— Acho que esse era o plano de Alexa.

Sempre pretendi voltar para Nova York a fim de trabalhar com meu pai.

Depois que passei na Ordem, Alexa tinha me implorado para ficar em Atlanta mais um ano. Significava ter que passar por mais um exame da Ordem, mas eu estava tentando fazê-la feliz enquanto ela se ajustava à maternidade. Então concordamos em ficar em Atlanta por mais um ano. Um se tornou dois e, até meu pai ficar doente, acho que era o plano de Alexa continuar pedindo mais um ano.

— Ela vai se adaptar. Gosta de compras e resolveu fazer aulas de atuação. Aparentemente é algo que ela sempre quis, mas nunca mencionou até se inscrever na primeira aula. — Dei de ombros. — Que seja, isso a deixa feliz.

Roman olhou para mim.

— E você? Ela o faz feliz?

— Ela é uma boa mãe.

— Minha mãe também. Mas não significa que eu queira fodê-la e passar o resto da minha vida ao lado dela.

— Você tem um jeito único de ver as merdas.

— Estou transando com uma professora de ioga; ela gosta dessas coisas introspectivas.

— Tenho certeza de que é por isso que está com ela. Não porque ela consegue erguer a perna no próprio ombro.

— A única hora que ela fica quieta e para de me instruir com sabedoria inútil é quando está com as pernas nos ombros. Meu pau age como um ralo em uma banheira cheia de frases sábias.

Dei risada e me levantei, dando um tapinha nas costas do meu amigo.

— Venha, vamos voltar para a festa. Minhas bolas estão congelando, e quero ver como Beck está. Está ficando muito barulhento aqui.

Andando pela festa cada vez mais cheia, cheguei ao quarto do meu garotinho. Tão doce — ele até sorria enquanto dormia. Ok, talvez fosse só impressão, mas sua boca estava relaxada e depois se curvou em um sorriso por alguns segundos. Ele devia estar sonhando com seus carros de corrida e uvas, suas duas coisas favoritas nos últimos meses. Puxei a coberta até seu queixo e passei os dedos por suas bochechas macias. Deus, nunca sonhara que poderia amar tanto alguém no mundo. Meu coração se apertou no peito momentaneamente enquanto me perguntei se meu próprio pai tinha me olhado da mesma forma há uns vinte anos. Eu precisava que meu pai melhorasse. Queria que ele conhecesse meu filho e me ensinasse a ser o tipo de pai que ele foi para mim.

Eu não era um cara religioso — a última vez que estive na igreja foi em meu casamento obrigado com Alexa. Antes disso, provavelmente foi em um funeral. Mas tinha uma pequena cruz pendurada ao lado do berço do meu filho. Olhava para ela todos os dias, mas nunca realmente a via como mais do que uma decoração.

Não doeria tentar.

Ao lado do berço de Beck, fiz uma curta oração para Deus zelar por meu pai e meu filho.

Estávamos de volta a Nova York há quatro meses, e aquela cruz esteve pendurada na parede ao lado do berço dele o tempo todo. Porém, quando abri a porta para voltar à festa, a cruz caiu no chão.

Esperava que não fosse um sinal.

CAPÍTULO 20
Emerie

Minha cabeça parecia que tinha sido atropelada por um carro cheio de membros do AA irritados. Estava com muita sede, parecia que minha boca tinha sido tomada pelo deserto, mesmo assim, cada gole de água me deixava enjoada. *Jesus. Por isso não bebo com frequência.*

A única coisa boa sobre aquela ressaca era que eu estava tão ocupada ao me sentir horrível que não tive a capacidade de pensar na noite anterior.

Drew.

Aquele beijo.

Aquele beijo.

Baldwin.

Prendendo a respiração, cheguei ao escritório ainda mais atrasada do que meu atraso normal. Não tinha consulta até a tarde, mas não estava em dia com a digitação das anotações nos arquivos dos pacientes.

Pensar em encarar Drew, de repente, fez meu enjoo de ressaca parecer apenas um aquecimento para a situação real. Fiquei aliviada quando virei para o corredor e vi sua porta fechada. A estranheza com ele era inevitável, mas seria mais fácil quando eu me sentisse melhor. Protelar o máximo possível parecia ideal no momento.

Dentro da minha sala, pendurei o casaco atrás da porta e liguei o laptop. Quando me sentei e abri o monitor vi um recado. Era a letra de Drew:

Passarei o dia todo em depoimento em Jersey. Não voltarei até a noite. Preciso que me faça um favor e suba até meu apartamento. Deixei um recado com instruções na cozinha. Cobertura Leste. O cartão para o elevador e a chave da porta estão na sua primeira gaveta. Obrigado, D.

Aquilo era estranho. Tentei me acomodar e responder a alguns e-mails, mas a curiosidade não deixaria esperar mais. Peguei a chave e o cartão para o elevador e fui para o lobby depois de menos de cinco minutos. Durante a subida, em transe, vi as luzes iluminarem. Eu sabia que Drew morava no prédio, mas ele nunca mencionou que era na cobertura. O que ele poderia precisar de mim em seu apartamento? Ele tinha um gato?

As portas prateadas brilhantes do elevador se abriram quando cheguei ao último andar. Saindo dele, havia apenas duas portas: CO e CL. Diferente do meu apartamento, a fechadura da Cobertura Leste se abriu com facilidade. Drew tinha escrito que não voltaria até a noite, mesmo assim, me senti na obrigação de gritar quando abri a porta.

— Olá?... Olá? Tem alguém em casa?

O apartamento estava em silêncio. Nenhuma criaturinha peluda me recebeu na porta também. Fechei a porta e fui procurar a cozinha.

Puta merda.

O apartamento de Drew Jagger era esplêndido.

Com a boca aberta, passei pela cozinha lustrosa, desci dois degraus para a sala de estar rebaixada e fui até a parede de vidro. As janelas do piso até o teto apresentavam uma vista do Central Park que poderia ter sido tirada de um filme. Depois de admirar o cenário por alguns minutos, afastei meu olhar e voltei para a cozinha. No balcão de granito, havia um bilhete:

No fim do corredor, primeira porta à direita.

Quê?

Havia apenas um corredor. Minhas mãos estavam suadas quando segurei a maçaneta. Por que estava tão nervosa?

Não fazia ideia do que esperar, então abri a porta bem devagar. E encontrei... um banheiro vazio? Eu ainda estava segurando o bilhete da cozinha, então reli as instruções. *Primeira porta à direita.* Presumindo que ele tivesse se enganado, eu estava prestes a fechar a porta quando vi um post-it no espelho acima da pia. Acendi a luz e dei uma boa olhada no cômodo antes de ler. Era um banheiro superlegal. Maior que o quarto do meu apartamento. Me virando para ver meu reflexo, puxei o bilhete do espelho.

Bolsa no balcão. Comprei algumas coisas femininas para banho. O controle da hidromassagem também está na bolsa. Feliz aniversário atrasado. Aproveite seu dia. P.S.: Tem Ibuprofeno no armário de remédios.

Inesperadamente, meus olhos se encheram de lágrimas. O maior destruidor de relacionamentos tinha um lado gentil.

Minha pele estava ficando enrugada. Tinha, na verdade, ficado de molho por vinte minutos na banheira tranquila e escutando Norah Jones. Drew providenciara sais de banho, sabonete de lavanda e duas velinhas de lavanda. A sensação bizarra que tive ao tirar as roupas e entrar na banheira em uma casa desconhecida se esvaiu quando coloquei o pé na água quente.

Fiquei na banheira por mais de meia hora, e a água estava começando a esfriar, mas, mesmo assim, eu queria testar a hidromassagem. Abri o ralo por um minuto, depois adicionei mais água quente para esquentar de novo o banho. Pegando o controle remoto minúsculo, apertei alguns botões, e a hidromassagem ligou.

Hummmm, isso é o paraíso.

Aumentei a pressão dos jatos nas minhas costas e cobri um buraco nos pés com o arco do meu pé direito, simulando uma massagem.

Pareceu uma massagem mesmo. Quando foi a última vez que alguém realmente me fez uma massagem? Um homem? Fazia muito tempo. *Tempo demais.* Que foi provavelmente o motivo de eu ter fechado os olhos para aproveitar o momento e começado a pensar em como seria aquela sensação em *outras partes* do meu corpo.

E isso me fez pensar de novo em Drew.

Naquele beijo.

Naquele beijo.

Suspirei. Não tinha percebido que Baldwin saíra para o corredor, e Drew só estava fazendo isso para deixá-lo com ciúme. Pareceu tão real. Tão cheio de desejo. A forma tão firme como ele pressionou seu corpo contra o meu, segurando-me apertado, pensei que fosse o desejo alimentando o beijo. E, embora tivesse me assustado no começo, meu corpo tinha reagido imediatamente. E foi por isso que, quando percebi que ele fizera aquilo porque Baldwin estava olhando, para deixá-lo com ciúme, fui inundada por muitos sentimentos misturados.

Também estava confusa por outro motivo. Eu parecia mais preocupada com as coisas se tornando estranhas entre mim e Drew do que no que Baldwin iria pensar.

Já que estava com o homem na minha mente, decidi enviar-lhe uma mensagem. Nem sabia se ele era de mandar mensagem — na verdade, nunca o tinha visto dar atenção ao seu celular além de ser para atender ligações.

Emerie: Esse deve ser meu novo presente favorito da vida. Obrigada.

Meu coração patético acelerou quando vi pontinhos começarem a pular.

Drew: Superar o presente de cortar seus olhos, que você devolveu? Você é muito fácil de agradar.

Dei risada. Também mexi o pé para descobrir o jato e abri as pernas a fim de sentir a pressão da água.

Emerie: Foi muito gentil mesmo da sua parte. Esta banheira é o paraíso.

Drew: É? Está me mandando mensagem da banheira neste instante?

Emerie: Estou.

Drew: Não pode me falar essas merdas. Estou no meio de um depoimento, e agora vou ficar distraído imaginando você nua em minha banheira.

Comecei a digitar uma resposta, depois parei. Drew estava me imaginando nua. Vários arrepios passaram pelo meu corpo, embora estivesse coberta com água quente. Eu sabia que ele estava me zoando, mesmo assim ainda era um pouco excitante, então quis brincar de volta.

Emerie: Gosta do que está imaginando?

Drew: Acabei de precisar arrumar minha calça debaixo da mesa. O que acha?

Acho… que gostei de pensar em Drew Jagger tendo uma ereção pensando em mim. Meu corpo estava reagindo às suas mensagens da mesma forma que reagiu ao beijo dele na noite anterior. Tentei pensar em algo sexy para digitar, mas, antes que conseguisse pensar em alguma coisa espirituosa, os pontinhos estavam pulando de novo.

Drew: Como foram as coisas com o Professor Idiota ontem à noite depois que fui embora?

Com a menção de Baldwin, o *outro* sentimento que tive na noite anterior me atingiu como um balde de água fria: um lembrete de que Drew estava apenas agindo com sua estupidez normal. Ainda assim, de novo, pensara, por um minuto, que ele estava falando sério.

Emerie: Nada para contar.

Por algum motivo, deixei de fora o fato de Baldwin ter perguntado se poderia me levar para sair naquela noite para compensar o cancelamento.

As mensagens de Drew estavam vindo rápidas em sequência, mas ele ficou quieto por alguns minutos. Em certo momento, os pontos começaram de novo.

Drew: Divirta-se. Preciso voltar para o meu caso.

Não recebi mais nada dele depois disso. Fiquei mais alguns minutos mergulhada na banheira e, depois, voltei para o escritório. As consultas da tarde foram tranquilas, e o resto do dia voou conforme atualizei os arquivos dos casos. Baldwin mandou mensagem dizendo que tinha feito reservas para às sete em algum lugar que não me arriscaria pronunciar o nome, então saí do escritório às cinco e meia para tomar banho antes do jantar.

Troquei a roupa que estava usando por um vestidinho preto. Não precisava pesquisar o restaurante a que estávamos indo; eu sabia que seria chique. Diferente de Drew, Baldwin não ia a bares de sinuca no subsolo ou comia hambúrgueres gordurosos do Joey. O engraçado era que eu realmente não tinha desejo de ir a algum lugar arrogante naquela noite. Enquanto colocava meus brinquinhos de pérola, fiquei irritada comigo mesma por fingir que queria ir àqueles lugares com Baldwin. A verdade da questão era que eu tinha fingido gostar de algumas das mesmas coisas que ele apenas para ter um motivo para passarmos tempo juntos.

Quando Baldwin bateu à porta exatamente às sete, eu ainda não estava me sentindo eu mesma. Minha empolgação normal tinha sido substituída por irritação. Estava irritada por ele ter me dado um bolo na noite anterior para agradar a mais recente mulher com quem estava transando, e fiquei irritada por estar fingindo gostar das coisas quando ele claramente não cedia nada por mim. Abri a porta e o convidei para entrar para que pudesse pegar meu celular do carregador e trocar de bolsa. Enquanto estava no quarto, escutei um celular tocar na sala de estar e, então, a voz de Baldwin disse alô.

Escutei uma parte da conversa quando voltei à sala.

— Provavelmente lá pelas onze.

Fui até a cozinha, abri a bolsa que tinha usado para trabalhar e comecei a transferir algumas coisas para minha clutch preta.

— Ok, sim. Será tarde, mas podemos conversar sobre isso.

Verifiquei minhas mensagens enquanto Baldwin finalizava sua conversa. Uma mensagem de Drew tinha chegado há uns dez minutos.

Drew: Voltando. Ainda está no escritório? Tenho que escrever uma moção quando chegar; será uma noite longa para mim. Vou pedir comida chinesa. Quer alguma coisa?

Comecei a responder e, então, parei quando Baldwin desligou e perguntou:

— Está pronta?

— Claro. — Peguei minha clutch e fui para o armário pegar meu casaco. Baldwin, sempre um cavalheiro, pegou-o e ficou atrás de mim para ajudar a vestir. — Precisa trabalhar depois do jantar?

— Hummm?

— A ligação. Escutei você dizer que conversaria com alguém mais tarde.

— Oh. Era Rachel. Nós dois temos eventos de trabalho este fim de semana, e ela quer que eu vá no dela com ela depois do meu. Eu disse que iria conversar sobre isso quando chegasse no fim da noite.

Uma bolhinha de raiva estava ameaçando finalmente explodir dentro de mim. Estranhamente, eu não estava realmente brava com Baldwin. Estava irritada comigo mesma. Me virei para olhar para ele.

— Quer saber? Desculpe fazer isso no último minuto, mas fiquei com dor de cabeça o dia todo, e só está piorando. Temo que não serei uma boa companhia esta noite.

Baldwin foi pego desprevenido e franziu a testa.

— Você não quer jantar?

— Hoje não. Desculpe. Posso remarcar? — Não tive a intenção, mas percebi imediatamente depois de falar isso que Baldwin tinha usado a mesma frase comigo quando ele cancelou na noite anterior. *Posso remarcar?*

Depois que ele saiu, me lembrei de que não tinha enviado a mensagem que comecei a digitar para Drew. Meu dedo pairou sobre a mensagem *Já saí, mas obrigada por perguntar* até começar a apagar as palavras.

Dane-se.

Digitei algo sem me permitir repensar.

Emerie: Vou querer porco mu shu.

CAPÍTULO 21
Drew

— Parece que escolhi o dia errado para ficar fora do escritório. — Emerie tinha tirado seu casaco, revelando um vestidinho preto colado. Ela sorriu. *Caramba.* Tinha passado o tempo todo no táxi de volta para casa na noite anterior me convencendo de que aquele beijo era para seu próprio bem. Eu a estava ajudando. Não era porque ela era linda e inteligente e não sabia jogar nada de sinuca, mesmo assim, não reclamou nenhuma vez quando a levei para o bar de sinuca. Era porque o Professor Idiota precisava de um pouco de incentivo para agir. Quase tinha me convencido disso também.

Mas tinha me consumido o dia todo. E se eu *massageasse* seu ponto para finalmente agir e, então, batesse uma punheta para ele também? Emerie tinha se derretido para mim com aquele beijo. Senti seu corpo se render, ouvi os sons baixos que fez e sabia que ela sentira o mesmo que eu. O motor estava aquecido e pronto para funcionar. *Para aquele otário.*

Meu depoimento deveria ter acabado em quatro horas. Mesmo assim, demorei quase o dobro devido à minha falta de concentração. Então, naquela noite, liguei para Yvette e cancelei o encontro que tínhamos marcado um mês antes. *Yvette, a aeromoça que não queria compromisso e gemia em um tom doce enquanto me pagava um boquete.* A mulher era solteirona.

— Eu ia sair, mas os planos mudaram — Emerie disse.

Assenti.

— Venha comer. Seu mu shu está esfriando.

Ela se sentou em uma das cadeiras de visita do outro lado da mesa.

— Parece muita comida. Mais alguém vai comer com a gente?

— Você demorou um pouco para responder, então pedi coisa a mais no caso de você ainda estar aqui. Não sabia se gostava de frango, carne ou camarão, então pedi um de cada. O cara no telefone mal sabia falar inglês. Quando liguei de volta para adicionar sua carne de porco, pensei que seria mais fácil apenas adicionar ao pedido do que tentar mudar. — Deslizei uma caixinha para ela do outro lado da mesa. — Não tem prato. Nem garfos. Espero que saiba comer com palitinhos.

— Sou meio ruim com palitinho.

Apontei o teto com o polegar.

— Podemos subir e pegar um garfo no meu apartamento, se quiser. Mas não como desde seis da manhã, então vai fazer isso sozinha.

Ela sorriu e rasgou o papel dos palitinhos.

— Vou conseguir. Mas não tire sarro de mim.

Não foi uma tarefa fácil. Parecia que ela tinha dois palitinhos esquerdos. Deixava mais cair comida do que colocava na boca. Mas nós dois rapidamente estabelecemos um sistema de não falar. Toda vez que ela derrubava um pedaço de carne de porco a caminho dos lábios, eu sorria e ela apertava os olhos para mim. Era tão divertido quanto provocá-la com palavras, mas com metade do esforço.

— Então, o que aconteceu com o Professor Idiota ontem à noite?

Ela suspirou e se recostou na cadeira.

— Nada. Ele me convidou para sair hoje à noite para compensar por cancelar ontem.

Congelei com meus palitinhos na metade do caminho para a boca.

— Ele te deu o bolo de novo esta noite?

— Desta vez, não. Na verdade, eu que dei o bolo nele.

Joguei um camarão na boca.

— *Legal.* Dando o troco. Como se sentiu?

Um sorriso se abriu em seu lindo rosto.

— Muito bem, na verdade.

— Então por que está toda arrumada?

Ela assentiu.

— Íamos a algum restaurante chique para meu jantar atrasado de aniversário. Ele foi ao meu apartamento para me pegar, e o escutei falando no celular com Rachel dizendo que iria para lá depois do jantar.

— Então você ficou com ciúme e cancelou?

— Na verdade, não. Fiquei irritada comigo mesma. Passei a maior parte de três anos aceitando as sobras de um homem que nunca vai me ver como algo mais do que uma amiga ou vizinha. Mereço coisa melhor que isso.

Eu não poderia concordar mais.

— Com certeza merece.

Ela suspirou.

— Preciso seguir em frente.

Peguei um camarão com meus palitinhos e ofereci a ela.

— Camarão?

— Ok. Mas coloque na minha boca, ou vai ter molho derramado por sua mesa quando eu conseguir comer.

Arqueei uma sobrancelha.

— Com prazer colocarei na sua boca. Abra mais.

Ela riu.

— Você consegue transformar algo tão inocente em uma coisa tão safada.

— É um dom.

Aproximei minha oferta e sua linda boca se abriu para que eu pudesse alimentá-la. Quando seus lábios se fecharam em volta dos meus palitinhos, senti diretamente no meu pau. Imaginei minha própria madeira entrando, sendo engolida por seus lábios perfeitamente pintados. O gosto do camarão chegou à sua língua, e seus olhos se fecharam enquanto ela apreciava aquela delícia. Naquele momento, precisei ajustar minha calça. De novo.

Engoli em seco, observando-a engolir.

— Quando foi a última vez que você realmente fez sexo?

Ela tossiu, quase engasgando com um pedaço de camarão desta vez.

— Perdão?

— Você me ouviu. Sexo. Quando foi a última vez que fez?

— Você já sabe meu histórico. Não tenho uma relação em quase um ano.

— Você quis dizer uma relação sexual? Quando disse isso, presumi que quisesse dizer que não saía com alguém de forma consistente nesse tempo todo.

— Não.

— Você sabe mesmo que nem todas as relações precisam ser mais do que sexuais?

— Claro que sei disso. Mas preciso de mais do que apenas uma noite.

— Tipo o quê?

— Não sei. Na minha cabeça, preciso me sentir segura com a pessoa. Preciso estar atraída fisicamente. Precisamos conseguir nos dar bem depois do ato, e eu preciso sentir que não estão tirando vantagem de mim... que nossa relação, qualquer que seja, não seja platônica. Se for puramente sexual, tudo bem, mas ambos precisamos ter essa compreensão.

Assenti.

— Tudo isso é justo. — Naquele instante, eu tinha praticamente ficado louco, o que explicaria o pensamento seguinte que saiu do meu cérebro e foi direto para fora dos meus lábios. — Como eu me inscrevo para o trabalho?

— O trabalho? — Ela realmente pareceu confusa. Pensei que estivesse bem claro.

— De parceiro sexual. Acho que deveríamos transar.

CAPÍTULO 22
Emerie

— Você está louco.

— Porque acho que deveríamos transar? Como isso me faz um louco?

— Somos totalmente o oposto. Você acredita que uma relação seja o período de tempo que as pessoas passam juntas antes de uma arruinar a vida da outra.

— E?

— Eu acredito no amor, em casamento e em fazer as coisas darem certo.

— Não estou falando dessas coisas. Estou falando de sexo. Sei que faz um tempo, mas é quando um homem e uma mulher...

Eu o cortei.

— Eu sei o que é sexo.

— Que bom. Eu também. Então transe comigo.

— Isso é loucura.

— Você se sente segura comigo?

— Segura? Sim. Acho que sim. Sei que você não deixaria nada acontecer comigo.

— É fisicamente atraída por mim?

— Você obviamente sabe que é bonito.

— E se nós dois fôssemos claros no que estava acontecendo, você não se sentiria como se estivesse sendo usada. — Drew inclinou sua cadeira para trás. — Me aplico a todos os seus critérios. — Ele deu uma piscadinha. — Além disso, tenho uma banheira grande. Isso é um bônus. Pense nisso, talvez eu que devesse estar te avaliando melhor. Sou uma oportunidade.

Não consegui deixar de rir com aquele absurdo.

— Viu? Outro bônus. Eu te faço rir.

Ele não estava errado naquele ponto. Sinceramente, nas duas últimas semanas, Drew Jagger tinha provocado muitas coisas dentro de mim que eu não sentia há muito tempo. Mordi o lábio. Meu estômago parecia uma secadora com metade da capacidade cheia — balançando aleatoriamente conforme as coisas esquentavam. Não conseguia acreditar que estava até considerando o que ele sugeria.

— Qual foi a última vez que você esteve com uma mulher?

— O dia antes de te conhecer.

— Então algumas semanas atrás. Estava saindo com ela?

— Não. Eu a conheci enquanto estava de férias no Havaí.

— Vocês se conheceram melhor antes de fazer sexo? — Não fazia ideia do porquê estava fazendo a pergunta.

Drew colocou sua caixinha na mesa.

— Ela me fez um boquete no banheiro menos de meia hora depois de nos conhecermos no bar e restaurante.

Franzi o nariz.

— Quer que minta para você?

— Acho que não. Mas acho que teria preferido que essa não fosse sua resposta.

Ele assentiu.

— Você queria acreditar que teve um romance e um cenário exótico... que era mais do que realmente foi. Era apenas sexo consentido entre dois adultos. Nem sempre precisa haver mais que isso.

Terminei minha comida chinesa e me encostei, entrelaçando as mãos no topo do meu estômago cheio.

— Mesmo sendo tentador... — Sorri. — ... mais por aquela banheira, não acho que seja uma boa ideia. Passamos muito tempo juntos para ser apenas sexo.

O polegar de Drew foi até a boca e ele passou em seu lábio inferior carnudo.

— Eu poderia expulsá-la.

— Aí eu definitivamente iria querer transar com você. Nada me deixa mais no clima do que ser despejada na rua — brinquei.

Drew deu a volta para o meu lado da mesa e jogou minha caixa vazia e a dele no lixo. Senti que ele veio atrás de mim quando voltou. Inclinando-se, sua cabeça acima do meu ombro, sua respiração pinicou meu pescoço quando ele falou.

— Se mudar de ideia, sabe onde me encontrar.

Mesmo que eu não quisesse mesmo ficar sozinha, um pouco depois de terminarmos de comer, disse a Drew que precisava ir para casa para fazer algumas coisas. A mensagem dele de mais cedo dizia que ele teria que trabalhar bastante quando voltasse ao escritório, e eu não queria atrapalhar. Além disso, eu precisava de um tempo para absorver a conversa que tivéramos. Por mais que a proposta toda fosse bizarra, eu não conseguia negar honestamente que o pensamento de ter uma relação sexual com Drew era tentador.

Enquanto as coisas voltaram ao normal entre mim e Drew no escritório nos dias seguintes — e com normal quero dizer ele ridicularizando o conselho que me escutava dar aos meus pacientes, e eu sugerindo que ele olhasse para sua bunda e procurasse sua ética perdida depois do conselho que o escutava oferecer aos clientes dele —, as coisas entre Baldwin e mim permaneciam tensas. Eu o tinha escutado abrir e fechar a porta na manhã anterior, e então houve uma batida na minha porta, assim, fui muito madura e fingi que não estava em casa.

Não fazia ideia de por que o estava evitando, já que ele, na verdade, não tinha feito nada errado. Então, no dia seguinte, quando ele bateu de novo, respirei fundo e amadureci.

— Estava preocupado com você — ele disse.

— É? Não quis te preocupar. Só estou ocupada no trabalho.

— Acho que isso é bom. Estou feliz que esteja dando tudo certo da forma que planejou ao se mudar.

Nem tudo. Mas que seja.

— É. Estou feliz com a maneira que minha prática está se desenvolvendo.

— Está livre para tomar café da manhã? Estava esperando que pudéssemos conversar um pouco. Nos atualizarmos de tudo que está acontecendo.

Eu estava, mas menti. Olhando para o relógio, vi que eram sete e meia.

— Na verdade, tenho uma consulta às oito e meia, e ainda não terminei de me arrumar.

— E para jantar?

— Meu dia inteiro está bem cheio. — Sorri um pouco. — Vou trabalhar até tarde para transferir minhas anotações para os arquivos.

Baldwin franziu o cenho.

— E almoço? Podemos comer em seu escritório, se quiser.

Ele não ia aceitar um não como resposta.

— Humm... claro.

Depois que ele saiu, pensei melhor no fato de Baldwin ir ao escritório para almoçar e mandei mensagem para ele dizendo que o encontraria em um restaurante próximo. Não que estivesse preocupada que Drew ficasse chateado ou algo assim, mas não havia como saber o que poderia sair da boca de Drew.

Não é o que você fala, é como fala.

Hoje, eu gostaria de falar _____ **para você, e demonstrar que é verdade.**

Após escrever a frase diária no quadro branco, adicionei-a em meu site e, então, comecei a revisar meus casos. Eu tinha sessões de terapia uma seguida da outra esta tarde, e queria estar preparada no caso de voltar tarde do almoço. Baldwin mandara mensagem mais cedo dizendo que tinha feito reservas no Seventh Street Café, um restaurante do estilo de usamos-guardanapo-de-pano que poderia demorar um pouco para preparar seus pratos elaborados. Eles não faziam hambúrguer. Faziam hambúrgueres Kobe com sementes de funcho cozido com gordura de pato criado solto — algo que soava exótico para justificar o preço de 25 dólares.

Meia hora antes do almoço, fiquei surpresa quando Baldwin apareceu no escritório em vez de me encontrar no restaurante, como tínhamos planejado.

— Pensei que fôssemos nos encontrar no Seventh Street Café!

— Eu estava por perto, então pensei em passar para te pegar.

Eu lhe disse para entrar na minha sala para que pudesse pegar meu casaco e desligar o laptop. Drew estivera em uma ligação durante a manhã toda, e claro que tinha que desligar naquele instante. Ele entrou no meu escritório sem saber que tinha alguém.

— O que está a fim de comer? Eu estava pensando em cachorro-quente de rua. Estou com vontade de ir até... — Ele parou quando viu Baldwin. — Não sabia que tinha companhia.

Vi a leve tensão na sua mandíbula. Ele definitivamente não gostava de Baldwin.

Claro que Baldwin não ajudaria e respondeu delicadamente:

— É. Temos um almoço marcado em um lugar onde não servem cachorro-quente de rua.

Drew olhou para mim, e seus olhos disseram o que ele não falou em voz alta para Baldwin. Então se virou e voltou ao seu escritório, dizendo, por cima do ombro, enquanto ia embora:

— Bom almoço com *comida de restaurante*.

Tinha quase saído da sala quando Baldwin parou para ler minha frase do dia.

Ele se virou para mim.

— Seus pacientes gostam desse tipo de coisa?

Fiquei na defensiva.

— Gostam. Coloco a mesma frase no meu site, no qual as pessoas conectam e desconectam para as sessões pela internet. Deixar para as pessoas uma frase inspiradora e uma sugestão para dar mais ao relacionamento é um reforço positivo nas minhas sessões.

— Acho que depende do que está sugerindo.

Fiquei confusa com o que ele não tinha gostado, porque, na verdade, pegara a ideia das frases diárias de uma das aulas que ele deu como assistente na faculdade. Não conseguia imaginar por que ele parecia perturbado por eu utilizar a técnica.

Quando saí, parei para reler minha frase.

Drew.

Eu iria matá-lo.

Ele tinha alterado.

De novo.

Eu tinha escrito:

Não é o que você fala, é como fala.

Hoje, eu gostaria de falar _____ para você, e demonstrar que é verdade.

Ele deve ter alterado enquanto minha porta estava fechada. Agora estava escrito:

Não é o que você faz, é com quem você faz.

Hoje, eu gostaria de comer você. E é verdade.

CAPÍTULO 23
Emerie

— Eu tenho um presente de aniversário atrasado — Baldwin disse enquanto aguardávamos no saguão do restaurante a recepcionista terminar de acomodar as pessoas à nossa frente.

— Tem?

Ele sorriu e assentiu.

— Você tem uma entrevista para uma vaga de adjunta em duas semanas. É apenas para dar uma aula, mas vai fazer com que entre na universidade.

— Ah, meu Deus, Baldwin! — Sem pensar, joguei os braços em volta do seu pescoço e lhe dei um abraço gigante. — Muito obrigada. Isso é... — Estava prestes a dizer o *melhor* presente que eu poderia ganhar este ano, mas então me lembrei do que Drew tinha me dado e me corrigi. — Isso é maravilhoso. Muito obrigada.

A recepcionista veio e nos acomodou, e passamos a hora seguinte conversando sobre trabalho e sobre o professor que me entrevistaria. Foi bom falar com Baldwin; eu gostava mesmo de sua companhia. Percebi, no último mês, que minha frustração devido aos sentimentos que nutria por ele tinha começado a interferir na nossa amizade. Era hora de passar por cima disso e aproveitar o que tínhamos.

Após terminarmos de comer, o garçom tirou nossos pratos e Baldwin pediu um expresso. Ele entrelaçou as mãos na mesa e mudou de assunto.

— Então, está saindo com o advogado com quem divide o escritório?

— Não. Aquele beijo foi o resultado de muitas margaritas.

Baldwin franziu o cenho, mas concordou.

— Bom, isso é bom. Não sei se ele é o tipo de pessoa com quem deveria se envolver muito.

— O que isso significa?

Sim, no momento, eu estava brava com Drew, e planejava brigar com ele quando voltasse ao escritório, porém Baldwin não ia falar mal dele quando nem o conhecia.

— Ele parece... Não sei. Bruto.

— Ele é direto. Sim. E, às vezes, um pouco estúpido. Mas, na verdade, ele é bem profundo quando você o conhece.

Baldwin estudou minha expressão.

— Bom, fico feliz que não haja nada entre vocês. Sou protetor com você. Sabe disso.

Engraçado que, pelo pouco tempo que conhecia Drew, sentia que era *ele* quem era protetor, na verdade.

A porta de Drew estava fechada quando retornei ao escritório. Escutei para me certificar de que ele não estivesse em uma ligação, então abri-a rapidamente.

— Você é um babaca muito grande!

— Já me disseram. Como foi seu almoço com o Professor Pomposo?

— Delicioso — menti. Meu hambúrguer chique nem estava tão bom. — Baldwin leu o que você escreveu no meu quadro branco. Precisa parar de me zoar.

Ele sorriu.

— Mas é tão divertido te zoar. E você não vai me deixar *te zoar*. Então preciso descontar de alguma forma.

— Tenho certeza de que agora ele pensa que não estou sendo profissional com meus pacientes.

Drew deu de ombros.

— Por que não disse a ele que eu que escrevi?

— Ele já não gosta muito de você. Não quis piorar.

— Não dou a mínima para o que ele pensa de mim. Por que você se importa com o que ele pensa de mim?

Essa era uma pergunta muito boa. Uma para a qual eu não tinha resposta.

— Simplesmente me importo.

Ele me encarou. E começou a esfregar aquele maldito lábio inferior carnudo com o polegar.

— Quer saber o que eu penso?

— Tenho escolha?

Drew deu a volta de trás de sua mesa e apoiou um quadril na frente dela.

— Acho que você gosta de mim. É por isso que se importa com o que aquele imbecil pensa.

— Neste momento, não estou gostando nada de você.

Os olhos dele baixaram para meu peito.

— Parte de você está gostando de mim.

Olhei para baixo e vi meus mamilos duros e eretos. Os malditos estavam praticamente furando a seda da minha blusa. *Traidores.*

Cruzei os braços à frente do peito.

— Está frio aqui.

Drew se desencostou da mesa e deu alguns passos para perto de mim.

— Não está nada frio. Na verdade, eu acho que está quente. — Ele segurou o nó da sua gravata e a afrouxou.

Droga, por que acho que isso é sexy?

Meu coração martelou dentro do peito.

Ele deu mais um passo para perto de mim. Talvez estivéssemos apenas dois passos separados agora.

— Acho que seu corpo gosta de mim, e sua cabeça está lutando contra isso. Os dois deveriam lutar como adultos: você nua no quarto comigo.

— Acho que você é louco. E sou psicóloga, então meu diagnóstico provavelmente é o mais preciso.

Ele deu outro passo.

— Então, se eu levantasse essa sua saia e colocasse a mão entre suas pernas, você não estaria molhada?

Minha pele se aqueceu, e eu não tinha certeza se tinha ouvido Drew dizer que ele queria pôr as mãos entre minhas pernas ou foi a necessidade que eu sentia de tê-lo que realmente o fez. Não mais conseguia olhar para cima e encará-lo, mesmo assim, não conseguia me afastar. Eu o encarei do meu nível de olhar... Ele era tão mais alto que eu observava o subir e descer do seu peito. Cada respiração ficava mais profunda, e a minha se juntou ao seu ritmo.

— Olhe para mim, Emerie. — A voz dele era profunda e confiante. Drew aguardou até meus olhos encontrarem os dele para preencher o espaço entre nós com um pequeno passo. — Você tem três segundos para sair do meu escritório. Caso contrário, vai me dar permissão para fazer o que quiser com você.

Engoli em seco. Minha voz gaguejou quando encontrei seu olhar.

— Vim aqui para gritar com você.

— Eu gosto quando você está brava. — Ele pausou. — Um.

— Você gosta de quando estou brava?

— Me excita. Dois.

— Não vai fazer nada no três se eu disser para parar.

Ele se aproximou ainda mais.

— Claro que não. Você confia em mim. Mas não vai me falar para parar. — Ele pausou. — Última chance.

Fiquei congelada conforme ele contou o último número.

— Três.

Antes de eu poder me opor, a boca de Drew esmagou a minha. Seu lábio inferior era perfeitamente macio e carnudo. Eu o estava encarando há semanas e, de repente, toda essa intensa paquera se apossou do meu cérebro. Segurei a gravata dele e o puxei ainda mais para perto ao mesmo tempo em que chupei aquele lábio inferior. Ele reagiu com um gemido e abriu os braços, uma mão em cada lado da minha bunda conforme me ergueu do chão e me apertou forte.

Minha saia se ergueu conforme minhas pernas se envolveram na cintura dele. Ele deu alguns passos até minhas costas baterem na parede, então me segurou com seus quadris, para que pudesse libertar as mãos.

Porra, ele sabe todos os truques. A boca dele começou a chupar meu pescoço, e escutei o *whish* de sua fivela passando pelos passantes da calça.

Aquele barulho.

Soava feroz e desesperado. Se eu já não estivesse molhada, teria ficado ao ouvir aquele som.

— Você tem algum paciente que vem aqui hoje?

— Não. Só por vídeo. E você?

— Porra, que bom que não. — Ele segurou minha camisa, uma mão em cada lado, e a rasgou. Os botões de pérola se espalharam pelo chão. Seus polegares puxaram para baixo a frente do meu sutiã, e ele se abaixou, chupando um mamilo. *Forte.*

— Ai, cacete. — Arqueei as costas. Doeu, mas eu queria mais. Tentei segurar suas calças, mas, pela forma como ele estava me segurando, não consegui alcançar. Mesmo assim, precisava puxar alguma coisa. Então enfiei os dedos no cabelo dele e puxei enquanto ele aumentava a sucção. Nunca na minha vida tinha sentido tanto desejo. Era tão poderoso que eu queria lhe causar dor. O que era completamente diferente para mim. Eu gostava de sexo suave e carinhoso. Isso era desejo puro, carnal e autêntico.

Meu corpo estava tão sensível, tão perto do clímax febril, que quase gozei quando a mão dele foi para entre minhas pernas. Puxando a calcinha para o lado, ele gemeu com minha umidade.

— Eu sabia que estava encharcada. — Então deslizou dois dedos para dentro de mim, e eu soltei um gemido.

Fazia muito tempo.

Tempo demais.

— Drew — respirei um alerta. Se ele não fosse mais devagar, eu iria gozar. — Vá devagar.

— Nem pensar — ele rosnou. — Vou devagar depois que vir você gozar nos meus dedos. Vou aproveitar quando lamber cada gota da umidade doce dessa sua bocetinha apertada. Mas, agora, não vou devagar. — Ele começou a enfiar e tirar os dedos, depois flexionou um deles no ângulo certo, e isso me levou totalmente à loucura. Gemi durante meu alívio, sem nenhuma vergonha de ter demorado menos de cinco minutos para ele me fazer gozar.

— Porra, Emerie. É a coisa mais sexy que já vi.

Eu estava prestes a lhe dizer que ele iria fazer acontecer de novo, quando uma voz ecoou pelo escritório.

— Correio. Drew, é você?

Drew tinha algumas camisas extras penduradas atrás da porta do seu escritório, então peguei uma enquanto ele foi encontrar o cara do correio. Tínhamos ficado parados, torcendo para que ele fosse embora, mas ele deve ter ouvido algo porque começou a atravessar o corredor que levava às nossas salas, o que obrigou Drew a, de má vontade, ir atendê-lo.

Agora, eu estava enlouquecida, abotoando uma camisa de homem que era dez vezes o meu tamanho para me cobrir — como se Drew fosse deixar o cara do correio entrar para dizer oi ou algo assim. Dois minutos antes, eu estava mais louca do que o normal, o que me fez cair na real. *O que estava fazendo?*

Claro que Drew era sexy, e eu estava atraída por ele. Não havia como negar isso. Mas era um erro. Queríamos coisas diferentes da vida. O fato de eu gostar da companhia dele e passar todos os dias com ele só dificultaria para separar sexo de sentimentos. Ele era como uma droga — eu sabia que não deveria, mas o vício se formava rapidamente.

Eu estava no último botão quando Drew voltou ao escritório.

— O cara do correio acha que eu estava batendo uma.

— O quê? Por quê?

— Ele tinha um pacote para você e perguntou se estava aqui. Eu não queria que ele pedisse para você assinar, então disse que não, que era só eu hoje.

— E? Como isso o levou a pensar que você estava se masturbando?

— Quando ele foi me entregar o aparelho para a assinatura eletrônica, eu vi que os olhos dele travaram nisso. — Drew apontou para baixo. Ele tinha uma protuberância considerável, e dava para realmente ver o contorno do seu pênis apontando através da calça. Seu zíper também estava aberto e parte da sua camisa estava para fora.

Coloquei a mão na boca e dei risada.

— Ah, meu Deus. — Depois dei outra olhada em sua calça. *Ah, meu Deus.* O pênis de Drew era tão largo e comprido que parecia que ele estava carregando um taco de *whiffle*[2].

Não tinha percebido quanto tempo fiquei olhando até Drew dar risada.

— Pare de olhar assim, ou não serei educado e não deixarei você pegar um pouco de cada vez quando estiver chupando daqui a pouco.

---

2 É uma variação do beisebol designado para jogos em espaço confinado e coberto. (N.T.)

Porra, ele é tão grosseiro.

Porra, quero chupar aquela coisa.

Balancei a cabeça e forcei meus olhos a se erguerem a fim de encontrar os de Drew. Os dele estavam dançando e se divertindo.

— Precisa fazer alguma coisa antes de subirmos?

— Subirmos?

— Para minha casa. Quero me certificar de que, da primeira vez que estiver dentro de você, não tenhamos interrupções.

— Mas... não acho que...

Drew me calou antes de eu conseguir terminar minha frase ao pressionar os lábios nos meus. Quando nos afastamos para respirar, eu estava tonta. Ele me olhou nos olhos.

— Não pense. Hoje, não. Pense amanhã. Se quiser que isso seja apenas uma vez, vou aceitar. Mas hoje vai acontecer.

Meu cérebro gritava não, mas minha cabeça assentia.

Ele sorriu.

— Ok?

— Ok.

Ele enfiou a mão no bolso e tirou suas chaves.

— Pegue seu laptop e celular. Suba para minha casa e cancele o que tiver pelo resto do dia. Vou fazer a mesma coisa e subir em quinze minutos.

— Por que não podemos os dois fazer isso aqui embaixo?

— Porque estou com uma ereção gigante e ver você com minha camisa não vai ajudar nada. Já é ruim que a forma como você gozou está queimando no meu cérebro. Preciso controlar as coisas para não me envergonhar.

— Oh.

Ele sorriu.

— É, oh. — Então me beijou nos lábios de forma casta e me mandou embora dando um tapa na minha bunda. — Vá.

CAPÍTULO 24
Emerie

Eu não tinha nada sexy para vestir, então fiz o melhor que pude. Deixando para depois o ato de adiar as consultas por telefone, primeiro arrumei meu cabelo bagunçado e minha maquiagem. Felizmente, estava usando um sutiã de renda preto fofo combinando com o fio dental, então tirei a saia e escolhi esperar Drew vestindo apenas a camisa dele, que parecia um vestido para mim, a qual desabotoei um pouco, a fim de expor a renda do sutiã. Satisfeita em como estava, fui para a sala de estar para abrir o calendário no meu laptop e comecei a cancelar meus pacientes da tarde.

Estava olhando para fora pela janela, no meio da minha última ligação, quando ouvi a porta da frente destrancar. A calma que eu tinha permitido absorver enquanto trabalhava em reagendar meus pacientes, de repente, foi substituída por uma onda de frio na barriga.

Tess McArdle estava no meio de uma história sobre sua recente consulta com o médico — totalmente não relacionada à nossa sessão — e pensei que seria melhor não me virar e olhar para Drew. Já estava sendo difícil conseguir acompanhar o fim da conversa agora que a fechadura tinha aberto na porta da frente.

Não consegui tirar os olhos do reflexo de Drew na janela. Ele colocou as chaves no balcão, esvaziou os bolsos, tirou alguma coisa, que eu suspeitava ser uma camisinha, da carteira e foi para trás de mim. Seus olhos não pararam de olhar para o vidro em nenhum momento.

Fiz o meu melhor para tentar desligar com a sra. McArdle, mas ela não estava entendendo a deixa. Drew estava tão perto que eu podia sentir o calor do seu corpo nas minhas costas, mas ele não me tocou. Em vez disso, começou a se despir.

Primeiro, a camisa. Seu peito era muito cinzelado e lindo. Eu conseguia ver todas as linhas minúsculas que esculpiam seu abdome. Se ele parecia tão lindo no reflexo da janela, não conseguia imaginar o quanto insanamente maravilhoso ele seria quando o olhasse diretamente.

Depois, foi a vez dos sapatos, das meias e... das calças. Meus olhos ficaram grudados em seus dedos conforme trabalhavam rapidamente para desabotoar e abrir o zíper, então suas calças caíram no chão. Ele saiu delas e as chutou para o lado. Prendi a respiração quando seus dedos foram para o cós da cueca boxer e fiz um barulho alto quando ele imediatamente desceu-a por suas pernas.

— Emerie? Está aí? Você está bem?

Merda. Merda. Não ouvira uma palavra que a sra. McArdle dissera no último minuto, e ela me escutara arfar.

— Sim. Desculpe, sra. McArdle — eu disse, completamente afobada. — Uma... uma... aranha gigante acabou de subir na minha mesa e me assustou.

Drew sorriu para mim no reflexo. Ele estava aproveitando. Talvez um pouco demais. Pegou seu pau e começou a se acariciar enquanto me encarava.

— Sra. McArdle, desculpe, preciso muito desligar. Alguém vai chegar a qualquer momento.

Drew se inclinou e beijou meu pescoço, sussurrando no ouvido não pressionado ao celular.

— Oh, alguém vai *chegar lá* mesmo. — Ele deslizou a mão por debaixo da camisa e segurou minha bunda. — Vou te foder contra a janela.

Tensionei minhas coxas, mas não adiantou nada para impedir o inchaço entre minhas pernas. Quando sua mão na minha bunda deslizou para entre minhas pernas e esfregou minha umidade até a bunda, minhas pernas começaram a tremer. Ele estava planejando colocar aquela coisa enorme *ali*? Nunca tinha feito isso antes, e não sabia se queria começar com aquela coisa gigante.

Ele continuou a me massagear, espalhando minha umidade. Quando finalmente desliguei com a sra. McArdle, eu estava mais lubrificada do que quando cuidava de mim e realmente *usava* lubrificante.

Deixei meu celular cair no chão, sem me importar se quebraria, e me inclinei para trás contra Drew quando ele enfiou dois dedos em mim.

— Tão molhada e pronta. — A voz dele estava muito baixa e grave; eu estava seriamente me excitando com ele falando. Com suas palavras. Seu tom. A forma como ele não estava pedindo, mas me dizendo o que ia fazer. — Adoro seu corpo.

Eu adorava a forma como ele me fazia sentir.

— As... as... pessoas conseguem ver aqui dentro? — Eu não estava nada coerente, mas, quando me forcei a abrir os olhos, pude ver pessoas na rua. Admitia que estavam bem longe. Mas mesmo assim.

Seus dedos continuaram a deslizar para dentro e para fora de mim.

— Importa? Se havia uma chance de alguém te ver, você me pediria para parar agora?

Respondi com sinceridade.

— Não. — Não diria para ele parar nem se tivéssemos uma plateia lotada nos assistindo, esperando para erguer suas placas com notas da nossa performance. Eu estava muito excitada para isso.

— Que bom. — Seus dedos momentaneamente saíram de mim e, antes de eu entender o que estava acontecendo, Drew estava rasgando minha camisa. Bom, tecnicamente, eram os botões da camisa dele que estavam pulando no vidro.

— Você tem alguma coisa contra botões?

— Tenho alguma coisa contra você vestir roupas.

De algum jeito, ele conseguiu tirar a camisa, meu sutiã e minha calcinha em um tempo recorde e, então, meu corpo quente estava erguido contra o vidro gelado das janelas.

— Talvez eles consigam ver você lá de baixo. — Ele deslizou uma mão entre meu seio e o vidro e beliscou um dos meus mamilos. — Talvez haja um homem em um daqueles prédios ali. — Ele apontou com o queixo para os prédios na nossa diagonal, delineando o outro lado do parque. — Ele está nos vendo com binóculos e acariciando seu pau, como se estivesse na sua frente enquanto eu estou atrás de você.

— Oh, Deus. — A janela estava muito gelada, e meu corpo estava em chamas.

Drew chupou ao longo do meu ombro, subindo pelo pescoço, chegando em minha orelha.

— Abra para mim, Em.

Eu teria pulado da janela se ele tivesse me instruído nesse ponto. Ampliei minha posição, abri as pernas, e Drew envolveu o braço em minha cintura, apertando minha bunda na direção dele e forçando minhas costas a arquearem enquanto meus seios estavam pressionados contra o vidro. Então ele segurou seu pau, vestiu a camisinha e o colocou para baixo a fim de, gentilmente, guiar-se para dentro de mim.

Ele enfiou e tirou algumas vezes, cada investida mais profunda até estar inteiramente dentro. Nunca estivera com um homem tão largo, e, a cada estocada, ele persuadia meu corpo a se envolver nele como uma luva.

— Porra. Você é muito gostosa. Sua bocetinha apertada está me espremendo. Você quer que eu te preencha toda, não quer? Seu corpo quer sugar o gozo do meu pau.

Porra, eu *amava* a boca suja dele. Gemi e empurrei para trás nele, engolindo-o ainda mais.

— Quero. Drew. *Por favor.*

O apartamento estava quieto, com exceção do barulho dos nossos corpos molhados batendo um contra o outro. Parecia ecoar ao nosso redor. O som extraordinário deve tê-lo excitado tanto quanto a mim, porque Drew começou a estocar mais forte e mais fundo. Cada grunhido que dava, ele estocava, fazendo meu corpo chegar ao limite. Meus olhos estiveram fechados conforme eu me perdia no prazer do meu corpo, mas, quando os abri, eles travaram no reflexo de Drew, e isso me provocou mais ainda. Gozei bastante e forte, nunca desfazendo o contato visual conforme gemia.

— Caralho. Você é linda — Drew murmurou quando deu uma última estocada e, então, eu senti uma sensação pulsante dentro de mim quando ele soltou o gozo quente e me disse várias vezes como eu era linda.

Ele diminuiu para um ritmo lânguido depois disso e, em certo momento, saiu de mim para que pudesse lidar com a camisinha. Quando retornou, eu ainda estava paralisada perto da janela, e ele me surpreendeu me pegando no colo.

— O que está fazendo?

— Te levando para a cama.

Apoiei a cabeça no ombro dele.

— Estou exausta.

Drew deu um sorrisinho.

— Não estou falando de dormir. Estou falando de te foder adequadamente da próxima vez.

— Adequadamente? — resmunguei.

— É. Preciso de uns dez minutos. Mas mal posso esperar para ir devagar e observar seu rosto enquanto goza na minha cama.

— Dez minutos? — Eu talvez precisasse de algumas horas.

Drew deu risada e beijou minha testa.

— Vamos tomar um banho depois da segunda rodada. O que acha?

Paraíso.

— Vai proibir aquela banheira se eu estiver muito exausta para a segunda rodada?

— Não se preocupe. Eu faço tudo. Pode só se deitar, aproveitar minha língua e sonhar com a banheira.

— E pensar que eu disse não para tudo isso ontem.

— Será a última vez que vai dizer não para mim.

— É mesmo?

— Pode apostar sua bunda gostosa. Agora que sei como somos bons juntos, pode dizer não, mas não vou aceitar essa resposta.

— Deixei uma marca. — Drew segurou uma mão cheia de água quente e deixou escorrer em grandes gotas em meu mamilo protuberante. Eu estava aninhada entre suas pernas enquanto estávamos mergulhados na banheira juntos.

— Onde?

— Aqui. — Ele apontou para uma marca vermelha que eu não tinha reparado no meu seio.

— Tudo bem. Provavelmente ninguém vai ver.

Ele se enrijeceu.

— Provavelmente?

— Quero dizer que ficará coberta pelo meu sutiã, então, mesmo se me despir para alguém, como em um provador ou para o médico, provavelmente não verão.

— Então não está planejando foder mais ninguém antes de ela sair?

Inclinei a cabeça e olhei para ele.

— Isso é mais do que só uma vez?

Drew buscou meus olhos.

— É.

— Ok, então. Ninguém mais vai ver minha pele marcada, então não precisamos nos preocupar com ela.

Sua mandíbula relaxou.

— Que bom. Porque não foi a única marca que deixei.

— O quê? Onde mais?

— Aqui. — Ele tocou um ponto na minha clavícula. — Aqui. — Ele apontou para um ponto logo abaixo da minha orelha. — E tenho quase certeza de que vai encontrar mais algumas na parte interna das suas coxas.

Dei risada.

— Com essas, definitivamente, não me importo. Mas não pode deixar chupões em meu pescoço onde os pacientes podem ver. A maior parte deles está passando por um momento difícil no relacionamento, e não deveria ficar olhando para uma prova de que estou passando por bons momentos à noite.

— Certo. Vou limitar minhas marcas aos seus peitos, coxas, boceta e bunda.

— Você tem uma boca suja, sabia disso?

Ele beliscou meu mamilo.

— Não pareceu se importar quando eu estava dentro de você.

— É, bom... — Eu não tinha nada a dizer, já que ele estava certo. Também senti minhas faces esquentarem.

Drew deu risada.

— Eu te chupei, e você fica vermelha quando eu falo *peitos* e *boceta*.

Drew ligou os jatos, e eu relaxei em seus braços, aproveitando a massagem da água. O som do motor era regular e tinha um efeito calmante em mim, apesar de estar pensando em uma coisa na última hora e não conseguir me desligar.

Depois de um tempo, os jatos desligaram, e eu não aguentei.

— Posso te perguntar uma coisa?

— Sua bunda está pressionada contra minhas bolas. Acho que não é uma pergunta que vou querer responder se você aguardou até agora para fazê-la.

Muito espertalhão. Perguntei mesmo assim.

— O que aconteceu no seu casamento para acabar se divorciando?

Ele suspirou.

— Você já está enrugada. Tem certeza de que quer saber? Talvez pareça ter 90 anos quando eu terminar de descarregar toda a merda que aconteceu com Alexa.

Alexa. Eu já a odiava, só pelo nome.

— Me conte a versão curta.

— Eu a conheci no último ano da faculdade. E a engravidei depois de três meses dormindo juntos.

Ele tem um filho?

— Uau. Então se casaram?

— Sim. Não foi a decisão mais esperta, olhando agora. Mas ela parecia doce e ia ter um filho meu. Também vivia um estilo de vida muito diferente do meu, que cresci com dinheiro, então eu queria cuidar dela e do meu filho.

— É muito nobre da sua parte.

— Acho que está confundindo nobre com ingênuo.

— Nem um pouco. Acho incrível que você quisesse se certificar de que eles tivessem uma vida boa.

— É, bom... resumindo, ela não era a pessoa doce que fingia ser no começo. Mas continuei tentando por um bom tempo.

— O que finalmente o fez terminar?

Drew ficou quieto por muito tempo. Quando falou de novo, sua voz falhou.

— Acabou na noite em que ela sofreu um acidente com meu filho no carro.

CAPÍTULO 25
Drew

Véspera de Ano-Novo. Três anos antes.

Encarei a cruz na parede do quarto do meu filho. Tinha me inspirado a rezar há exatamente um ano. O berço não estava mais lá, trocado por uma cama de criança na forma de um carro de corrida. Mas eu a tinha pendurado de novo depois que Deus a deixou cair como um sinal de que eu era um merda sem sorte rezando pela saúde do meu pai. Ele morreu três dias atrás.

Depois do enterro esta manhã, algumas pessoas tinham ido em nossa casa para almoçar. Eu estava grato por todas terem ido embora agora; precisava de silêncio. Também queria tomar uns drinques em paz. Mexi o líquido âmbar no meu copo.

A porta se abriu, mas não me esforcei para me virar. Braços envolveram minha cintura por trás e as mãos se entrelaçaram, cobrindo a fivela do meu cinto.

— O que está fazendo aqui? Beck está no parquinho com a babá. Demorará uma ou duas horas.

— Nada.

— Venha para a sala. Deixe-me massagear seus ombros.

O último ano entre Alexa e mim tinha sido difícil. Não que discutíssemos muito, mas a novidade tinha acabado fazia tempo em nosso relacionamento. Tínhamos três coisas em comum: nós dois gostávamos de sexo. Dinheiro... eu ganhava; ela gastava. E nosso filho. Mas, quando se trabalha dez horas por dia, e à noite e aos fins de semana está cuidando do seu pai que está literalmente morrendo diante dos seus olhos, até o sexo vai para escanteio.

Antes de o meu pai começar a decair muito rápido, eu tinha tentado me interessar pelos novos *hobbies* da minha esposa, criar alguma coisa em comum. Mas, com exceção de ir à peça que ela apresentou, não era fácil. Eu ensaiava falas com ela, mas ela me disse que eu não colocava muita emoção na minha interpretação. Provavelmente porque *eu não era um maldito ator.* Fui assistir a suas aulas de teatro, e ela me disse que minha presença a fazia pensar demais em sua interpretação. Desisti de tentar. Mas, nos últimos dias, ela tinha sido absolutamente incrível.

Me virei e segurei minha esposa, beijando o topo da sua cabeça.

— É. Vamos. Meus ombros estão cheios de nós. Vou gostar disso.

Depois de quinze minutos, começara a relaxar — até Alexa trazer a tensão de volta ao meu pescoço.

— Deveríamos ir à festa da Sage esta noite.

— Enterrei meu pai há duas horas. Só tinha a ele, considerando que minha mãe foi embora com o namorado quando eu era só um pouco mais velho do que nosso filho. Não estou mesmo no clima de festa.

— Mas é nosso aniversário. E é véspera de Ano-Novo.

— Alexa, não vou a uma porra de festa hoje. Tá bom?

Ela parou de massagear.

— Não precisa ser um babaca.

Me sentei direito.

— Um babaca? Você espera que eu vá a uma festa no dia do funeral do meu pai? Não acho que sou eu que esteja sendo babaca aqui.

Minha esposa bufou. Nossa diferença de idade de cinco anos parecia ser de vinte às vezes.

— Eu preciso de uma festa. Os últimos meses foram depressivos.

Não era como se ela estivesse ajudando meu pai ou algo assim. Todo fim de semana enquanto eu estava cuidando dele, ela saía com as amigas, geralmente para fazer compras ou almoçar Deus sabe onde. Seu egoísmo finalmente me irritou.

— Que parte dos últimos meses foram depressivos? Morar na Park Avenue e gastar milhares de dólares em compras toda semana? Ou talvez a babá que cuida do nosso filho enquanto você tem aulas de interpretação e sai para almoçar? E que tal a viagem de três semanas que fez para Atlanta para visitar suas amigas imaturas... aquelas que viajaram de primeira classe com você e ficaram no St. Regis no centro em vez de ficar no trailer do seu irmão de dois quartos no campo? Isso deve ter sido depressivo.

— Minhas amigas não são imaturas.

Eu zombei dela e fui responder, mas decidi que preferia beber outro drinque a continuar aquela conversa. De tudo que eu tinha falado, o que a magoou foi que *suas amigas eram imaturas*? Ela tinha uma porra de um senso perturbado de prioridade. Fui até a cozinha, que era aberta para a sala onde ela ainda estava sentada, e me servi de outra bebida.

— Vá para a festa sozinha, Alexa.

O sol estava se pondo quando abri os olhos. Alexa tinha levado Beck para o shopping a fim de comprar outro vestido, e eu desmaiara no sofá depois de terminar minha bebida e a discussão com ela. Me sentei e passei os dedos pelo cabelo. Não deveria ter ficado surpreso por Alexa ter planejado ir à festa. Deus me livre se ela perdesse uma festa, principalmente de Ano-Novo. Aparentemente, eu tinha lhe dado mais crédito do que ela merecia na questão altruísmo.

Meu estômago roncou. Não conseguia me lembrar da última vez que realmente tinha comido. No dia anterior, talvez? O jantar naquele lugar italiano e entre as sessões da manhã e da tarde no velório, eu acho. Rumando para a geladeira, tirei o prato que pedimos naquela manhã e peguei o antepasto com os dedos. Quando estava me deliciando, meu celular começou a tocar e, primeiro, ignorei. Mas, depois de começar a tocar imediatamente de novo, peguei-o para ver o número. Era um número local, um muito familiar. No terceiro toque, meu cérebro tinha procurado na minha agenda interna e finalmente se lembrou de onde era.

Havia ligado várias vezes para esse número nos últimos meses, cada vez que a saúde do meu pai piorava mais. Hospital Lenox Hill estava me ligando.

O motorista do táxi gritou para mim conforme corri em direção à entrada da sala de emergência. Aparentemente, tinha saído com tanta pressa que me esquecera de fechar a porta do carro.

— Minha esposa e meu filho sofreram um acidente de carro. Foram trazidos de ambulância — gritei para um buraco redondo para uma mulher atrás de um vidro de acrílico.

— Sobrenome?

— Jagger.

Ela olhou para cima e ergueu uma sobrancelha.

— Essa boca, preciso perguntar. Alguma relação com Mick?

— Não.

Ela fez uma cara, mas apontou para a porta à minha esquerda.

— Quarto 1A. Vou abrir para você.

Trauma abdominal contuso. Foi isso que o médico dissera para nós, duas horas atrás. Alexa precisara de alguns pontos na cabeça, mas Beck não teve tanta sorte. Seu assento no carro sofrera todo o impacto da colisão quando uma van de entrega de flores perdeu o freio e ultrapassou o farol vermelho em um cruzamento. Ele havia desviado para tentar evitar bater, mas acabou colidindo com a parte de trás do lado do motorista do carro de Alexa. Exatamente onde Beck estava sentado.

Os médicos tinham nos assegurado de que seus ferimentos não pareciam oferecer ameaça à sua vida, mas um ultrassom mostrou que houve dano ao rim esquerdo — pelo menos em uma pequena parte que precisava ser consertada imediatamente. Eu não ia esperar que as enfermeiras trouxessem os formulários de consentimento para a cirurgia. Beck dormia tranquilamente quando me sentei ao seu lado. Alexa ia fazer outro exame neurológico na sala ao lado.

Depois que o médico entrou e me contou dos riscos do procedimento, a enfermeira trouxe uma pilha de formulários para preencher. Consentimento médico, acordo de privacidade, autorizações do convênio e o último formulário foi para transfusões diretas de sangue.

A enfermeira explicou que não havia tempo antes da cirurgia de Beck de coletar nosso sangue, então, no caso de ele precisar, ele receberia do banco de sangue. No entanto, nós poderíamos doar e guardar para ele para uso futuro, se necessário. Preenchi o formulário para ver meu tipo sanguíneo e a compatibilidade enquanto aguardávamos e pedi para a enfermeira levar para Alexa assinar tudo na porta ao lado. Não queria deixar Beck sozinho, no caso de ele acordar.

As horas seguintes foram um inferno enquanto meu filho estava na cirurgia. Demorou duas horas para o cirurgião-assistente sair e falar conosco. Ele puxou a máscara para baixo.

— As coisas não estão tão simples como pensamos inicialmente. O dano no rim do seu filho foi mais extenso do que a tomografia mostrou. Neste instante, estamos tentando reparar a laceração, mas o corte está em volta do pedículo vascular, que contém artérias e veias que se conectam à aorta. Preciso que entenda que há uma chance de não conseguirmos reparar bem o suficiente para manter com segurança o rim dentro do corpo. Se for esse o caso, seu filho vai precisar passar por uma nefrectomia parcial ou total.

Ele tentou nos convencer de que ter um rim era perfeitamente bom. Eu sabia que muitas pessoas tinham apenas um, mas, se nascemos com dois, eu queria que meu filho tivesse o benefício de ambos, se fosse possível.

Alexa e eu mal tínhamos conversado, além de me certificar de que ela estava bem. Eu estava focado em Beck, e parte de mim a culpava pelo acidente. Não que fosse culpa dela, mas, se ela não estivesse tão preocupada em comprar outro maldito vestido para sair, nada disso teria acontecido.

— Eu vi uma máquina lá embaixo ao lado dos elevadores. Quer café?

Alexa assentiu.

Quando voltei com dois cafés, a enfermeira já estava conversando com Alexa.

— Oh, sr. Jagger. Aqui está sua carteirinha de sangue. Tem seu tipo nela, se um dia o senhor precisar. Damos uma dessa a todo mundo que faz doações de sangue aqui.

— Obrigado. Eu sou um doador compatível com Beck?

— Deixe-me ver o cadastro dele. — Ela foi até o pé da cama onde havia uma prancheta pendurada. Quando folheou as páginas, disse: — O senhor é O negativo, então significa que pode doar sangue para qualquer pessoa. — Ela parou em uma página cor-de-rosa. — O senhor tem sorte. Não é sempre que um padrasto é doador universal.

— Eu sou o pai dele, não o padrasto.

A enfermeira pendurou a prancheta de Beck de volta no pé da cama e retornou para a pasta que tinha trazido com ela. Um olhar desnorteado passou por seu rosto.

— O senhor é tipo O. Beckett é AB. — Ela franziu o cenho. — Está dizendo que Beckett é seu filho biológico?

— Estou.

Ela olhou para Alexa, depois para mim, balançando a cabeça.

— Não é possível. Um O não pode geneticamente ter um filho com tipo sanguíneo AB.

Eu estava exausto daquele dia infernal, entre enterrar meu pai e minha esposa e meu filho sofrerem um acidente. Tinha que ter entendido errado.

— O laboratório cometeu um erro, então?

A enfermeira balançou a cabeça.

— Normalmente, eles são muito bons... — Ela olhou entre mim e minha esposa de novo. — ... mas vou pedir para virem e colherem uma nova amostra. — Depois disso, ela saiu praticamente correndo do quarto.

Me virei para olhar para minha esposa, cuja cabeça estava baixa.

— Isso foi um engano do laboratório, certo, Alexa?

Quase vomitei quando ela olhou para cima. Ela não precisou dizer nenhuma maldita palavra para eu saber.

Não tinha sido engano.

Nem uma porra de engano!

Beck não era meu filho.

CAPÍTULO 26
Emerie

— Você tem um filho? — Flexionei o pescoço para olhar para Drew. Ainda estávamos na banheira, e não era fácil me mexer muito entre as pernas dele.

Drew assentiu com os olhos fechados, antes de abri-los para olhar para mim. Havia muita dor em sua expressão; meu estômago afundou de nervoso à espera do que viria em seguida.

— É uma longa história. O que acha de sairmos, e eu farei algo para você comer enquanto explico?

— Tudo bem.

Drew saiu primeiro para pegar toalhas para nós. Depois de se secar, incluindo uma esfregada de três segundos da toalha no cabelo, ele a amarrou na cintura e me ofereceu uma mão.

Sua expressão ainda estava contemplativa, e eu queria melhorar o clima para ele. O que quer que fosse me contar sobre seu filho claramente não era uma história fácil.

Peguei sua mão e saí da banheira.

— Você está parecendo como se pudesse filmar um comercial de creme de barbear neste momento, e eu provavelmente estou parecendo um rato molhado. — Meu cabelo estava grudado no rosto, e fiquei feliz pelo espelho estar embaçado para que não conseguisse dar uma boa olhada no meu reflexo.

Drew colocou uma toalha de banho em volta de mim e começou a me secar.

— Você oferece bons serviços de beleza — provoquei, quando ele se abaixou para secar uma perna, depois a outra.

Ele deu uma piscadinha.

— Acompanha meu serviço de excitação.

— Sua excitação foi bem espetacular também.

— Sou o tipo de cara que faz o serviço completo.

Quando terminou de secar meu corpo (meus peitos e entre minhas pernas estavam mais do que secos pelo tanto de tempo que ele passou ali), Drew enrolou a toalha em mim e a prendeu no busto. Seu lado gentil ainda estava à mostra quando ele pegou minha mão para sairmos do banheiro.

Na cozinha, ele puxou um banquinho de baixo da ilha de granito e deu um tapinha no assento.

— Sente-se.

Fiquei girando nele algumas vezes enquanto Drew tirava coisas dos armários e da geladeira. Lembrando-me do que tínhamos feito contra o vidro há algumas horas, parei de virar e olhei para a janela. Agora estava escuro lá fora, e eu podia ver as luzes da cidade iluminando muito claramente.

— As pessoas... elas podem mesmo ver aqui dentro? — Um misto de pânico e vergonha se instalou em minhas faces quando me lembrei de como meus seios ficaram pressionados contra o vidro. No momento, pareceu excitante que alguém pudesse ver... contribuiu para o erotismo. Mas eu definitivamente não queria acabar no YouTube por causa de algum louco que tenha nos filmado através de um telescópio.

Drew deu risada.

— Não. Só dá para ver daqui de dentro. Eu não te colocaria em risco assim. — Ele esticou o braço acima da minha cabeça para pegar uma frigideira e beijou minha testa quando o baixou. — Além do mais, não compartilho coisas que são minhas.

A primeira parte da sua resposta fez minha parte racional dar um suspiro de alívio, mas a última me esquentou por dentro.

Drew também estava usando apenas uma toalha, a sua enrolada na cintura estreita, e eu estava gostando da vista dos músculos das suas costas flexionando conforme ele picava uma cebola, quando notei uma cicatriz. Corria na diagonal ao longo da lateral do seu tronco, estendendo-se da frente até as costas. A marca estava apagada por um bronzeado mais leve do que o restante da sua pele — definitivamente não era nova, mas alguma coisa séria tinha acontecido.

— Você fez alguma cirurgia? — perguntei.

— Hein? — Drew colocou um pouco de manteiga na frigideira e se virou com as sobrancelhas unidas.

Apontei.

— Sua cicatriz.

Um relance de algo passou por sua expressão. Tristeza, pensei. Ele se virou para responder.

— Sim. Fiz uma cirurgia há alguns anos.

Talvez eu estivesse procurando demais nas coisas, analisando tudo que ele fazia, mas não conseguia evitar. Minha mente estava tentando montar um quebra-cabeça sem saber como era a imagem.

Drew picou mais um monte de outras coisas, recusando minha ajuda. Quando serviu em pratos dois omeletes esplêndidos, percebi que pareciam que podiam ter sido feitos em um dos restaurantes chiques de Baldwin.

Baldwin.

Não poderia desperdiçar mais três anos desejando um homem que nunca iria corresponder aos meus sentimentos. Precisava me lembrar de que Drew não estava interessado em mais do que sexo. Me apegar e nutrir sentimentos por aquele homem não era uma opção.

Mesmo assim... não podia evitar sentir algum tipo de conexão com Drew. Como se houvesse um motivo de eu ter sido enganada e acabar sentada em seu escritório na véspera de Ano-Novo. Idiotice, eu sei. Não fazia ideia de qual era a conexão entre nós ainda, mas estava determinada a descobrir.

Conversamos amenidades durante nossa refeição e, então, eu limpei tudo. Não havia louça suficiente para ligar a máquina de lavar, então eu lavei e Drew secou. Nós dois trabalhávamos bem juntos, e me vi pensando como era interessante o fato de, no escritório, nossas opiniões e conselhos serem opostos e, mesmo assim, sermos tão sincronizados fisicamente.

— Quer uma bebida? Taça de vinho ou algo assim? — ele perguntou quando a cozinha estava perfeitamente organizada.

— Não, obrigada. Estou muito cheia.

Ele assentiu.

— Venha, vamos sentar na sala.

Drew moveu as almofadas no sofá, colocando uma na ponta para minha cabeça, depois apontou.

— Deite-se.

Ele ficou parado em pé até eu me ajeitar.

— Você tem cócegas?

— Vai tornar isso um desafio se eu disser que não?

Ele me lançou um sorriso torto.

— Não. Eu ia massagear seus pés.

Sorri e ergui um dos meus pés no ar, oferecendo-o a ele.

— Não tenho cócegas. Mas, quando se admite isso às pessoas, elas acham que é necessário enfiar os dedos nas costelas até machucar, tentando provar o contrário.

Drew pegou meu pé e começou a massagear. Seus dedos eram fortes e, quando ele usou os polegares e massageou com habilidade um ponto atrás do meu pé — o ponto onde meus calcanhares suportavam a maior parte do meu corpo —, soltei um pequeno miado.

— Bom?

— Melhor que bom. — Suspirei.

Após alguns minutos de massagem, meu corpo inteiro relaxou, e Drew começou a falar em voz baixa.

— Beck tinha 5 anos quando sofreu um acidente com minha ex-esposa.

Oh, Deus.

— Sinto muito. Sinto tanto.

A testa de Drew franziu e, então, ele rapidamente pareceu perceber o que eu pensei.

— Oh, merda. Não. Não pretendi fazer você pensar que... Ele está bem. Beck está bem.

Coloquei a mão no peito.

— Jesus. Você me assustou pra caramba. Pensei que...

— É. Percebi isso agora. Desculpe. Ele está bem. Foi assustador por um tempo depois do acidente, mas agora você nem saberia que ele passou por três cirurgias.

— Três? O que aconteceu com ele?

— Uma van de entrega amassou o carro de Alexa, formando um V.

— Que horrível.

— A cadeirinha de Beck e parte da porta do carro entraram na lateral dele, dilacerando seu rim. Os cirurgiões tentaram salvar, mas, por causa da localização e do tamanho do corte, tiveram que retirar uma parte. No dia do acidente, ele passou por uma nefrectomia parcial no rim esquerdo.

— Nossa. Sinto muito.

— Obrigado. — Ele pausou por um minuto, depois continuou. — Enquanto ele estava em cirurgia, as enfermeiras nos sugeriram doar sangue. Me sentia impotente, e faria qualquer coisa que pudesse.

— Claro.

— Enfim, fizeram teste de tipo sanguíneo em mim e em Alexa para ver se éramos compatíveis para doar sangue e guardar para Beck. Acabou que nenhum de nós era.

— Não sabia que os pais poderiam ter um filho para o qual não pudessem doar sangue!

Drew nivelou o olhar comigo.

— Não podem.

Demorou algumas batidas do coração para eu perceber o que ele estava dizendo.

— Você descobriu que Beck não é seu filho.

Ele assentiu.

— Eu estava lá no dia do nascimento, então tinha toda certeza de que era filho biológico de Alexa.

— Não sei o que dizer. Que terrível. Ela sabia que você não era o pai?

— Sabia. Não admitiu. Mas sabia desde o começo. — Ele balançou a cabeça. — Se não fosse pela cirurgia, talvez eu nunca tivesse descoberto.

— Deus, Drew. Você descobriu enquanto ele estava na cirurgia. Está falando de estresse em cima de estresse.

— É. Não foi um bom dia. Acabou que era um dos muitos dias não muitos bons que viriam. Nas semanas seguintes, ficou ainda pior.

— O que aconteceu?

— Alexa e eu terminamos antes mesmo de eu sair do hospital naquela noite. A verdade é que tínhamos terminado há muito tempo antes do acidente. Mas Beck e eu...

Drew virou a cabeça por alguns segundos, e o vi engolir em seco. Eu sabia que ele estava lutando contra as lágrimas. Ele ainda estava com as mãos nos meus pés, mas tinha parado de mexer. Não fazia ideia do que eu deveria dizer ou fazer, mas queria lhe oferecer o conforto que eu pudesse. Então me sentei e subi no colo dele. Me enrolei em seu corpo e lhe dei o maior abraço que consegui.

Após alguns minutos, me afastei e falei baixinho.

— Não precisa me contar mais. Outra hora, talvez.

Drew me deu um sorriso discreto.

— Esse dia mudou a forma como me sentia em relação a Alexa, mas não mudou nada do que sentia em relação a Beck. Ele ainda era meu filho.

— Claro.

— Enfim, alguns dias depois da cirurgia, ele ficou com febre. O ferimento ainda estava se recuperando, mas ele parecia estar adoecendo de novo. Colocaram-no em um tratamento com antibióticos para tratar uma possível infecção relacionada à cirurgia, mas não ajudou. Os médicos acabaram precisando abri-lo novamente e retirar a parte do rim que haviam deixado. E, nesse meio-tempo, o outro rim havia começado a mostrar sinais de problemas de funcionamento. Na verdade, não é incomum que, depois de um rim ser removido, ou parcialmente removido, o outro tenha dificuldade em trabalhar adequadamente por um tempo.

— Pobre criança. Ele deve ter sentido tanta dor. Um acidente de carro, cirurgia, começar a se recuperar e, depois, mais cirurgia.

Drew soltou uma respiração profunda.

— Os dias em que ele ficava chateado, na verdade, eram mais reconfortantes do que os dias em que ele estava muito fraco para fazer qualquer coisa. Ver seu filho deitado e não conseguir ajudar é a pior sensação do mundo.

— Não consigo nem imaginar.

— Depois de mais uma semana, as coisas não estavam muito melhores. A infecção tinha passado, mas o outro rim ainda não funcionava bem. Eles o iniciaram na hemodiálise, o que o fez se sentir melhor e ficar mais saudável, mas também começaram a falar em colocá-lo em uma lista de doadores se piorasse. As pessoas passam anos em uma lista de espera. E levar uma criança de 5 anos que não se sente saudável para horas de hemodiálise dia sim, dia não, era difícil. Então, os fiz testarem para ver se eu era compatível. E, milagrosamente, embora eu não fosse seu pai biológico, meu rim era compatível. Quando ele estava saudável o suficiente para mais uma cirurgia, doei um dos meus rins, o qual eles transplantaram para o lado esquerdo, de onde tinham retirado o rim danificado. Assim, ele teria dois rins completos, e, se o outro não funcionasse totalmente de novo, ele tinha dupla chance de um deles, pelo menos, funcionar.

Me lembrei das costas de Drew.

— É daí que veio a cicatriz?

Ele assentiu.

— Para resumir, o transplante foi um sucesso, e o outro rim melhorou e começou a funcionar de novo algumas semanas depois. Ele está tão saudável quanto um cavalo agora. Mas foi assustador pra caralho na hora.

A história toda era demais para absorver. Eu tinha muitos pensamentos, mas um deles prevalecia.

— Você é um homem lindo, Drew Jagger. E não estou falando do exterior. — Me inclinei e iniciei uma sequência de beijos de uma ponta à outra da sua cicatriz.

— Só acha isso porque pulei a parte em que arrumei as merdas de Alexa e a mudei enquanto ela não estava em casa — zombou, embora eu pudesse ver que ele não estava brincando.

— Ela mereceu. Eu teria feito buracos em todas as calças dessa vadia imbecil.

Drew jogou a cabeça para trás, divertindo-se.

— É esse o conselho de relacionamento que você teria me dado se eu tivesse aparecido no seu consultório buscando ajuda?

Pensei por um minuto. *O que eu teria feito?*

— Só trabalho com casais que genuinamente querem fazer dar certo. Se tivesse escutado sua história, visse seu olhar, não o teria aceitado como paciente. Porque eu estaria basicamente dando falsa esperança à parte que queria fazer dar certo. Sem contar que seria errado ganhar dinheiro para fazer algo que eu sabia que nunca aconteceria.

— Já aconteceu isso com você? Já teve casos em que um quis tentar e o outro não?

— Já. Na verdade, não é incomum. Faço sessões separadas no começo para que as partes possam dizer as coisas livremente sem se preocupar em magoar os sentimentos da outra pessoa. Acho que consigo mais verdade nessas sessões do que em qualquer outra. Quando comecei, tive um casal que era casado há 27 anos... Um casal bem sociável e rico com duas filhas crescidas. O homem era gay e estava vivendo uma vida que ele achava que deveria viver depois de crescer com pais religiosos e ultraconservadores. Demorou até ter 52 anos, mas ele saiu do armário para sua esposa e lhe disse que deveriam se separar. Ele se sentiu horrível e estava ficando com ela porque a amava, mas não da forma como um marido deve amar sua esposa. Acabei aconselhando-os a se separar e a ajudei a passar por aquilo.

— Merda. Queria que estivéssemos dividindo o espaço nessa época. Eu poderia ter conseguido um bom acordo para ela — Drew brincou.

Bati no peito dele.

— Achei que você só representasse homens.

— O quanto eles eram ricos? Poderia ter aberto uma exceção.

Dei risada.

— Por que só representa homens? Por causa do que sua ex-esposa fez?

Drew balançou a cabeça.

— Não. Simplesmente me entendo melhor com homens.

Sua resposta foi vaga, e tive a sensação de que ele estava relutante para responder.

Semicerrei os olhos.

— Me fale o motivo real, Jagger.

Ele buscou meus olhos.

— Você pode não querer saber.

— Bom, agora estou curiosa, então, mesmo se quiser ou não saber, você precisa me contar.

Drew tensionou a mandíbula.

— Foda brava.

— Perdão?

— Quando eu representava mulheres que estavam irritadas e bravas, elas queriam dar o troco.

— E... elas ficavam amargas. É normal em um divórcio.

Drew ficou envergonhado.

— Elas queriam dar o troco em seus maridos *comigo*.

— Você dormia com suas clientes?

— Não tenho orgulho disso agora, mas, sim. Tinha acabado de me divorciar e estava bravo comigo mesmo. E a foda brava pode ajudar muito a, temporariamente, aliviar esse ódio.

— Fazer sexo com suas clientes não vai contra alguma regra de advocacia ou algo assim?

— Como eu disse, não foram meus melhores momentos.

Eu podia sentir que Drew não estava apenas dizendo que estava envergonhado. Ele realmente estava arrependido da maneira como agira, e tinha sido verdadeiro comigo quando poderia ter mentido. Não era minha função julgar seu passado. Preferiria julgá-lo pela sinceridade que ele estava demonstrando.

— Sexo raivoso, huh? — Tentei esconder um sorriso.

Ele assentiu de leve e me observou com cautela.

— Bom, acho que você é um canalha galinha, egoísta e egocêntrico.

Drew jogou a cabeça para trás.

— Que porra é essa? Você queria que eu fosse sincero.

— Não achei que sua *sinceridade* seria uma canalhice.

Ele estava prestes a responder de novo quando me inclinei para perto dele e abri um sorriso safado.

— Te deixei bravo?

— Está *tentando* me deixar bravo?

— Ouvi que *foda* brava pode ajudar muito, temporariamente, a aliviar o ódio.

Antes de eu perceber o que estava acontecendo, Drew tinha me erguido no ar e me virado de costas no sofá. Ele subiu em mim.

— Legal. Então fico feliz que eu te irrite diariamente. Vamos precisar trabalhar *muito* nossas questões de raiva.

CAPÍTULO 27
Drew

Véspera de Ano-Novo. Dois anos atrás.

Juízes detestam ouvir casos em véspera de Ano-Novo, mas eu sabia o que minha ex-esposa estava planejando. Ela pensou em me arrastar ao tribunal em nosso aniversário com alguma moção ampla de emergência que iria me chatear. Será que ela era assim tão sem noção? Pensava que eu estava sentado em casa esperando-a por três meses depois do nosso divórcio ser finalizado? Eu tinha conseguido o que queria dela com o divórcio: minha liberdade e a guarda compartilhada liberal do nosso filho. Ele não ser meu filho biológico não mudava a forma como eu me sentia em relação a ele. Beck era meu filho. Nenhum teste de paternidade iria me convencer do contrário.

A coisa mais esperta que Alexa já fizera foi não brigar comigo pela guarda compartilhada. Após eu oferecer pagar uma quantia robusta por mês de pensão — embora tecnicamente não precisasse pagar nada —, ela, de repente, ficou a favor da guarda compartilhada. Tudo no que minha ex-esposa tinha interesse era dinheiro. Até enquanto eu era casado com ela, acho que, no fundo, eu sabia a verdade.

Eu havia ligado para saber que porra ela estava tramando uma meia dúzia de vezes, mas claro que ela não atendeu. Seu lado manipulador havia dado as caras desde que eu fizera suas malas e a mudara para um apartamento alugado a algumas quadras — que eu ainda pagava para ela. Se não fosse por Beck, teria jogado as merdas dela pela janela quando troquei as fechaduras. Mas queria meu filho perto de mim, e ele não merecia viver em um cortiço que Alexa mal conseguiria pagar.

— Véspera de Ano-Novo. Com que pobre miserável vai acabar e arruinar para começar um novo ano? — George, o oficial da corte na entrada do tribunal familiar, brincou conforme olhava minha identidade. Ele fazia trabalhos à parte para Roman, cobrindo vigilância e emboscadas à noite, e nos tornamos amigos no último ano.

— Essa pobre miserável. Minha ex-esposa continua vadia.

Ele assentiu, tendo escutado toda a minha situação fodida durante cervejas com Roman uma noite. Devolvendo a identidade, ele perguntou:

— Vai à festa de Roman esta noite?

— Estou ansioso para ir.

— Te vejo lá. Boa sorte hoje.

Alexa e seu advogado corrupto, Wade Garrison, já estavam sentados na sala do tribunal quando entrei. Era difícil não rir da sua saia até o joelho e sua gola parecendo que ia enforcá-la. Principalmente quando eu tinha milhares de fotos dela se divertindo nos fins de semana usando saias coladas que mal cobriam sua bunda e mostrando decote suficiente para ser confundida com uma prostituta. Eram cortesia de Roman depois que ela e eu nos separamos, no caso de eu precisar algum dia.

Minha ex-esposa permaneceu olhando para a frente, recusando-se a olhar para mim. Se havia uma coisa que eu sabia sobre Alexa era que ela evitava meus olhos quando estava sendo excessivamente pilantra.

O oficial da corte chamou o número do nosso caso, e fiz questão de ir à frente deles, para que pudesse abrir o portãozinho e forçar contato visual com Alexa.

— Está vestindo isso para a festa de fraternidade a que vai esta noite? — sussurrei. — Pode querer colocar um sutiã melhor. Seus peitos estão um pouco caídos. Provavelmente da amamentação.

Ela me lançou um olhar severo. Eu sorri amplamente.

— O que temos aqui, pessoal? Eu li a moção e não faço ideia de por que estão aqui diante de mim hoje me fazendo perder meu precioso tempo — o juiz Hixton disse.

— Também gostaria de saber por que estamos aqui — adicionei.

Juiz Hixton voltou sua atenção para o outro lado da sala.

— Por que não esclarece para nós, advogado?

Garrison limpou sua garganta gorda. Como ele conseguia falar com aquele colarinho abotoado tão apertado? Parecia que precisava mudar do tamanho 3 para 4.

— Vossa Excelência, na verdade, temos uma petição alterada que gostaríamos de submeter, junto com uma declaração do Laboratório de Nova York.

O juiz gesticulou para o oficial da corte pegar os documentos.

— Foram mostrados à oposição?

— Não, Meritíssimo. A declaração foi recebida ontem no fim da noite. Também temos um acordo para o sr. Jagger.

O oficial da corte distribuiu os documentos para mim, assim como para o juiz Hixton, e ambos pausamos para ler todos. Pulei a parte da petição alterada e dos resultados de paternidade do laboratório e fui direto para a terceira parte da declaração. Só precisei ler a primeira metade da página:

Nós, Alexa Thompson Jagger e Levi Archer Bodine, lemos e entendemos as consequências, alternativas, direitos e responsabilidades em relação a esta declaração e, devidamente jurado, depomos e dizemos que:

Eu, Alexa Thompson Jagger, sou a mãe biológica de Beckett Archer Jagger, como documentado na Certidão de Nascimento de Nova York número NYC 2839992.

Eu, Levi Archer Bodine, sou o pai biológico de Beckett Archer Jagger, a criança referida no caso número 80499F do Laboratório de Nova York.

Portanto, a paternidade fora estabelecida por Levi Archer Bodine com uma certeza científica de, no mínimo, 99.99%.

Assim, juntos, desejamos uma correção na certidão de nascimento a fim de identificar Levi Bodine como o pai. Também desejamos conquistar totais direitos paternos, incluindo guarda compartilhada e visita.

A voz do juiz Hixton foi solidária quando ele falou.

— Sr. Jagger, gostaria de alguns dias para responder a esta moção?

Meu coração estava pesado com ódio e tristeza. Senti que meu mundo inteiro tinha sido arrancado de mim. Limpei a garganta para lutar contra as lágrimas.

— Por favor, Meritíssimo.

Tudo que veio depois disso ficou enevoado. Garrison pediu visita temporária para Bodine, o qual o juiz declinou a fim de me permitir tempo para revisar a legitimidade do teste apresentado. Foi marcada uma data para nos reunirmos novamente em duas semanas a partir de terça e, então, ele bateu o martelo.

Eu ainda estava parado quando Alexa e seu advogado saíram da sala.

Levi *Archer* Bodine. O homem tinha o mesmo nome do meio do nosso filho. Alexa tinha escolhido a porra do nome do meio. Eu sugerira que usássemos os nomes dos nossos pais, mas ela insistiu que amava o nome do meio Archer. *Ela sempre sonhara em dar o nome do meio de Archer para seu menininho.*

Vaca mentirosa.

Mas por que seu maldito nome era tão familiar?

Levi Archer Bodine.

Levi Archer Bodine.

Levi Bodine.

Eu conhecia de algum lugar.

Em certo momento, o oficial da corte se aproximou e disse baixo que eu precisava sair para que ele pudesse chamar o próximo caso.

Aturdido, saí da corte. Passei por um monte de gente que conhecia e ignorei. Ouvi suas vozes, mas não conseguia identificar o que estavam dizendo. Demorou até eu sair ao ar livre e fresco para minha mente clarear. Foi a hora perfeita para ver Alexa entrar em um Dodge Charger amarelo brilhante com o número 9 pintado na lateral.

CAPÍTULO 28
Drew

— Sua cliente deveria estar mais preocupada em perder a licença médica do que a casa nas Ilhas Virgens. O paciente foi filmado em cima dela na mesa de exame enquanto lhe fazia um exame retal com o pau, Alan. Quando estivermos dividindo os bens, considere esse vídeo um dos meus. Meu cliente gastou vinte mil comprando esse vídeo, mas eu diria que vale cem vezes mais nesta sala.

Eu estava sentado em minha sala de reunião negociando um acordo com o advogado da oposição, Alan Avery. Tínhamos passado por muitos casos juntos para ele saber que eu não estava blefando. Roman encontrara um vídeo que existia antes mesmo de o bom Dr. Appleton saber disso. E agora o sr. Appleton queria a pensão e todos os bens conjugais.

Mas o foco de Alan não estava nas possíveis repercussões daquele vídeo. Sua mente parecia estar em outro lugar totalmente diferente. E, quando me virei para olhar por cima do ombro e ver o que ele estava observando, fiquei irritado mais do que por apenas ele estar desperdiçando meu tempo.

— Ela é sua nova secretária? — perguntou.

Emerie estava no fim do corredor, assinando uma encomenda do correio. Sua bunda estava fenomenal em uma saia marrom justa.

— Não. Ela é sublocatária por um tempo — eu disse, curto.

— Casada?

— Podemos voltar ao acordo? — Bati a pasta na mesa. — Meu cliente não vai dar um centavo à Dra. PauNaBunda.

— Isso é ridículo. O marido dela a traiu por anos. Ela pagou por todos os bens conjuntos que eles têm com dinheiro da sua prática médica.

— É, bom, diga a ela que agradecemos pelos presentes. Ela pode ganhar mais.

Tenho certeza de que é uma proctologista bem popular.

— Ela é otorrino.

— Sério? No vídeo, parece mais que ela é especialista em exames retais.

— Falando em cretinos, o que deu em você esta manhã? Você está com um humor e tanto.

— Vamos acabar logo com isso. Tenho uma tarde cheia — resmunguei.

Alguns minutos depois, Emerie bateu à porta aberta.

— Desculpe interromper, mas você tem uma ligação, Drew. Ela diz que é urgente.

— Quem é?

Emerie hesitou.

— Não sei. Ela não quis falar o nome.

— Diga que ligo de volta. Obviamente não é tão importante para ela não lhe dizer o nome.

Emerie travou o olhar comigo.

— A pessoa tem um sotaque forte do sul. Pensei talvez na Georgia.

Ótimo. Maldita *Alexa.*

Me levantei e falei para Alan.

— Me dê licença por um minuto.

— Fique à vontade. Sua locatária e eu podemos nos conhecer enquanto você atende à ligação.

Simplesmente perfeito.

Não impedi que a porta batesse quando entrei na minha sala e atendi ao telefone.

— Drew Jagger.

— A mulher que atendeu ao telefone é irritante.

Soltei um suspiro irritado.

— O que você quer, Alexa? Estou no meio de uma reunião.

— Vou ficar em Atlanta por mais duas semanas.

— Não vai mesmo. Minha visita começa na sexta, e você já está aí uma semana a mais do que as duas que concordamos. Não vejo meu filho há mais de três semanas.

— Você pode vir aqui para visitar.

— Não posso abandonar tudo e voar para Atlanta a cada duas semanas porque você quer brincar com suas amigas. Beck precisa ficar em casa, voltar para a escola e para sua rotina.

— Ele também precisa conhecer o *pai* dele.

Eu sabia exatamente o que ela queria dizer.

— *Vai se foder, Alexa.* Ele *conhece* o pai dele!

— O pai *biológico*. Levi quer conhecê-lo. É importante.

Senti aumentar minha pressão.

— Mesmo? Se é tão importante, por que não contou para ele há *sete anos* quando descobriu que estava grávida? E por que ele não tentou conhecer nosso filho, já que sabe da verdade há mais de dois anos? Sem contar que... ele já começou a pagar pensão?

Desperdicei os dez minutos seguintes da minha vida em outra discussão inútil com Alexa. Para o bem de Beck, alongava minha paciência o máximo que podia e não desligava na cara dela. Não confiava que minha ex-esposa não fosse usar a única carta que restara em seu arsenal sujo: me levar de volta para a corte e reduzir minha visita. Mesmo depois que a paternidade foi comprovada e o nome de Levi substituiu o meu na certidão de nascimento do meu filho, o ex-namorado caipira dela nunca tentou conhecer Beck. Havíamos estabelecido o acordo da guarda, e eu tinha concordado em pagar uma bolada em pensão adicional, embora tivesse elaborado uma moção para parar de pagar assim que a paternidade fosse refutada. Mas, no fundo, eu sempre a esperava terminar a jogada, principalmente agora que, aparentemente, ela estava conversando com Levi de novo. Meu filho ainda não fazia ideia de quem era o homem.

Saber o quanto Alexa poderia ser vingativa me impedia de fazer um monte de coisas que eu queria para tornar sua vida miserável, como desligar na cara dela.

Após um minuto de silêncio, Alexa finalmente chegou ao objetivo de estar ligando. Me bati por cair na armadilha da discussão que ela arranjara para mim.

— Se quer tanto que Beck volte para Nova York, acho que podemos entrar em um acordo.

— O que você quer, Alexa?

— Bom, Levi tem uma grande corrida na próxima semana, e eu quero estar aqui.

Por algum motivo, eu não guardava a mesma raiva de Levi quanto de Alexa. Uma parte minha, na verdade, se sentia mal pelo idiota. Ela tinha enganado o otário, referindo-se a ele como *um simples mecânico*, se me lembro corretamente, para agarrar um marido com uma conta bancária mais gorda. Mas agora que o simples mecânico era um piloto patrocinado da Stock Car, ele, de repente, era bom o suficiente para ela voltar a ter contato.

— Há um objetivo nessa história?

— Bom, o barulho é alto em corridas. Acho que, se quisesse voar até aqui e levar Beck com você por uma semana, eu poderia ficar aqui sozinha antes de voltar para Nova York. Apesar de que estou ficando sem dinheiro agora, e precisaria de uma grana extra para viajar para ver a corrida.

Eu queria mandá-la se foder, mas, em vez disso, disse:

— Vou comprar as passagens para mim e para Beck. Vou te mandar mensagem com a hora do meu voo e você o leva ao aeroporto para me encontrar. Vou te dar mil em dinheiro, e não me peça mais.

— Certo.

Depois que desliguei, sentei à minha mesa por um minuto, tentando me recompor. Aquela mulher me fazia querer beber uísque antes do almoço. Um ou dois minutos extras ajudaram um pouco, embora qualquer raiva que tivesse conseguido abafar tenha retornado quando voltei à sala de reunião e vi Alan ainda conversando com Emerie. Ela estava rindo de alguma coisa que ele acabara de falar.

— Já terminou? Não tem mais ligações que precise fazer? Emerie e eu estávamos começando a nos conhecer.

— Talvez devesse ter passado os últimos quinze minutos pensando em como sua cliente vai pagar seus honorários quando eu deixá-la sem nada além de sua licença médica.

— Fico feliz que sua ligação tenha melhorado seu humor, Jagger.

Resmunguei algo como *enfie no cu* e me sentei.

— Drew? — Emerie disse. — Antes de voltar ao trabalho, posso falar com você um minuto?

Assenti e a segui para sua sala. Ela fechou a porta.

— Alan parece legal.

— Ele é galinha. — Na verdade, eu não fazia ideia se era, mas simplesmente saiu.

Emerie sorriu.

— Posso ver por quê. Ele é bonito também.

Lancei um olhar para ela.

— Quer transar com Alan?

— Isso o deixaria bravo?

— Está me zoando agora? Porque acabei de falar com minha ex-esposa, e já estou com um humor péssimo sem você me dizer que está interessada no primeiro cara que entra no escritório depois de ter acordado na minha cama esta manhã.

Emerie foi até sua mesa e apoiou o quadril nela.

— Guarde esse sentimento. Vamos colocá-lo em uso mais tarde.

Eu estava em cima dela dois segundos depois disso. Meus dedos pressionaram seus quadris conforme a amassei entre meu corpo e sua mesa.

— Que fofa. Quer a foda brava? Estou mais do que disposto a te agradar agora.

— Alan está te esperando.

— *Alan* pode ouvir você gritar meu nome enquanto enterro meu pau dentro de você.

O desejo me atingiu como uma parede de concreto e, de repente, minha boca esmagou a dela. Engoli o som da sua respiração quando uma mão subiu do seu quadril e segurou seu seio por cima da camisa. Quando as mãos dela me envolveram e apertaram minha bunda, minha outra mão foi para seu pescoço para que eu pudesse inclinar sua cabeça no ângulo certo e fazê-la se abrir mais para mim. Seu cheiro era incrível, sua pele se arrepiava sob meus dedos, e sua boca gostosa tinha um sabor bom pra caralho.

Nós dois estávamos arfando quando paramos de nos beijar. Emerie parecia um pouco aturdida, e eu me sentia meio drogado.

— Qual é sua agenda para esta tarde?

Ela pensou por um instante.

— A última sessão é por vídeo das três às quatro. E a sua?

— Esteja em meu escritório às 16h01. — Nosso beijo tinha borrado seu batom. Usei o polegar para limpar seu rosto e, depois, o esfreguei em seu lábio inferior. — Passe batom antes de vir. Quero foder essa boca pintada de vermelho.

Emerie ainda parecia um pouco chocada quando arrumei suas roupas e, então, as minhas. Olhando para baixo, não havia muito o que fazer para esconder a protuberância nas minhas calças. Esperançosamente, meu oponente não iria olhar para o meu pau quando eu retornasse. Mas... pensando bem, esperançosamente, ele poderia olhar.

Assim que nós dois tínhamos nos arrumado, dei um rápido beijo em Emerie.

— 16h01 — eu a lembrei.

Ela engoliu em seco e assentiu. Quando minha mão chegou à porta, Emerie finalmente falou.

— Drew?

Virei de volta.

Ela apontou para o canto da minha boca.

— Você tem um pouco... de batom. Aqui.

Sorri.

— Que bom.

Drew: American Airlines voo 302. Pouso às 17h05. Voo de volta às 18h15. Veja o portão e me encontre lá.

Alexa: Eles têm algum voo um pouco mais tarde? O trânsito do aeroporto estará terrível para eu voltar para casa.

Como se eu desse a mínima se ela ficasse presa no trânsito.

Drew: Não.

Presumia que iria receber alguma mensagem babaca como resposta, mas, em vez disso, seu nome apareceu na tela me ligando.

De má vontade, atendi.

— Não vou mudar os voos.

A porta do meu escritório estava semiaberta, e minha atenção rapidamente se desviou para Emerie entrando e fechando-a. Tinha me esquecido da hora, então olhei no canto direito em cima do meu computador: 16h01.

Alexa estava ocupada tagarelando sobre como ela começara a ver os voos da semana seguinte para o voo de volta *dela*, e as taxas estavam muito altas. Mas eu não conseguia me concentrar. Em vez disso, observei Emerie trancar a porta da minha sala e vir na minha direção. Ela tinha um brilho endiabrado nos olhos e começou a desabotoar a camisa ao mesmo tempo que andava.

Chegando à minha cadeira, ela colocou as mãos no encosto alto e a virou para eu encará-la. Quase deixei cair o telefone quando ela lambeu os lábios e lentamente se ajoelhou diante de mim.

Puta merda.

Emerie começou a abrir minhas calças, e só quando ouvi a voz de Alexa gritando pelo telefone foi que me lembrei de que ainda estava na ligação.

— Está aí? — Alexa soltou.

— De quanto precisa?

— Mais mil. — Se ela soubesse que eu teria lhe dado cem mil só para desligar o telefone para que pudesse enfiar meu pau na boca de Emerie em paz...

— Certo. Vou levar. Não me ligue de novo. — Apertei *desligar*, joguei o celular na mesa e olhei para baixo para a linda visão diante de mim. Emerie olhou para cima sob seus cílios longos, e percebei que seus lábios estavam pintados de vermelho.

Caralho.

Ela abriu o zíper das minhas calças e me cutucou para me levantar para que pudesse tirá-las. Feliz, obedeci e a ajudei a retirar minha boxer ao mesmo tempo. Meu pau duro se libertou. Uma de suas mãos delicadas segurou meu pênis, e ela deu algumas bombeadas lentas até uma gota de pré-gozo brilhar na ponta.

Meus olhos estavam grudados nela quando ela se abaixou e a lambeu. Seus olhos se fecharam quando ela colocou a língua de volta em sua boquinha gostosa e lambeu os lábios.

— Porra — gemi.

Ela me deu um sorriso safado.

— Ainda está bravo?

— Está dissipando com rapidez.

Não sei se ela estava realmente tomando seu tempo, ou se era minha mente me zoando, mas ela abriu a boca amplamente e tudo pareceu acontecer em câmera lenta. Ela se aproximou do meu pau, com a língua para fora e, então, seus lábios gloriosos pintados de vermelho para me foder envolveram a cabeça e se fecharam. Ela me chupou, sugando todo o meu comprimento em uma engolida longa, profunda e firme.

— *Caralho.* Porra, Em.

Era a coisa mais bizarra, mas, em vez de me sentir aliviado por ela estar com a boca em mim, sabendo que meu alívio não iria demorar muito, de repente, me senti rígido e tenso. Fiquei bravo por descobrir que ela era boa em chupar, irritado por ela ter aprendido isso com outro cara.

Ela recuou lentamente, sugando forte conforme seus lábios deslizavam por meu comprimento enquanto a superfície da sua língua pressionava minha veia pulsante. Então, após quase tirar a boca, ela imediatamente engoliu de novo. A cada bombeada, eu sentia uma emoção diferente, vacilando entre bravo por ela ser boa nisso e dando graças a Deus por ela ser boa.

Ela alternava entre me engolir por completo e me bombear na base enquanto sua língua escorregadia se enrolava na cabeça do meu pau. Se estivesse dentro dela, o tempo que eu teria levado para terminar seria vergonhoso. Mesmo assim, foram menos de cinco minutos para eu estar me segurando e ter que avisá-la que estava prestes a explodir.

— Em. Eu vou... — Minhas palavras eram metade gemido e metade fala, mas ela deve ter entendido. — Em... — dei um alerta final. Mas, em vez de mover a cabeça e tirar a boca, ela me olhou e travou o olhar conforme me sugava para o fundo de sua garganta.

Maravilhosa pra caralho. Seus olhos azuis olharam para mim, as faces pálidas e cremosas cheias com meu pau e os lábios vermelhos envolvendo cada centímetro. Entrelacei os dedos no cabelo dela e falei seu nome mais uma vez quando o alívio desceu por sua garganta. Ela soltou um gemido conforme fechou os olhos e engoliu cada gota do meu gozo.

Incapaz de falar, me abaixei e a levantei, colocando-a no meu colo para que pudesse enterrar o rosto em seu ombro. Depois que minha respiração se acalmou, beijei seu pescoço.

— Isso foi... incrível. Parece estranho querer agradecer depois disso. Mas, porra, obrigado.

Ela deu risada. O som me fez sorrir como um idiota.

— Por nada.

Eu a segurei no colo por muito tempo. Quando o sangue finalmente voltou ao meu cérebro, me lembrei de ter falado com Alexa.

— Fique comigo de novo esta noite. Tenho que voar para Atlanta amanhã à tarde, então vou sair cedo do escritório.

— Ah! Quanto tempo vai ficar fora?

— Só amanhã à noite. É uma longa história. Mas vou voar para lá para pegar meu filho e voltar com ele uma hora depois. Alexa vai ficar lá por mais uma semana, e não quero que ele voe sozinho.

— Isso é bom. Então vai ficar com ele a semana toda?

Sem pensar, disse:

— É. Ele vai adorar você. É um homem de damas de verdade.

Ela sorriu.

— Eu adoraria ficar esta noite, e mal posso esperar para conhecer seu filho.

Nunca tinha apresentado nenhuma mulher para Beck. Mas, por algum motivo, queria que Beck conhecesse Emerie. Talvez fosse o melhor boquete que recebera na vida me fazendo não pensar com clareza, mas tive a sensação de que *era* para ele conhecê-la.

CAPÍTULO 29
Emerie

Acordei primeiro. Apesar de eu geralmente acordar mais tarde, era Drew quem ainda estava dormindo às quase sete e meia da manhã. Estava deitado de bruços, com o lençol enrolado em sua cintura, deixando sua bunda dura toda à mostra. Ambos os braços estavam na cabeça, debaixo do travesseiro, enquanto ele dormia tranquilamente, com o rosto virado para mim. Ele estava com a barba crescida e o cabelo bagunçado — tínhamos ido dormir há apenas algumas horas —, mesmo assim, se fosse possível, ele parecia ainda mais sexy do que no dia anterior.

Ele conseguia ficar mais sexy? Provavelmente, mas era mais provável que eu o estivesse apreciando mais, *gostando* mais dele. Provavelmente fosse bom que o filho de Drew estivesse com ele na semana seguinte. Não seria difícil me envolver rapidamente, e a última coisa de que eu precisava era pular de um homem que não estava interessado em mim para um que não estava interessado em relacionamento.

Meu celular vibrou no criado-mudo, então estiquei o braço antes de Drew acordar. Depois de digitar a senha, vi que tinha chegado uma nova mensagem.

Baldwin: Casablanca esta noite? Vou levar almôndegas marroquinas do Marrak da rua 53.

Suspirei. Esse era nosso outro hobby. Adorávamos alugar filmes e transformá-los em tema para o jantar. Quando estávamos na faculdade, cada vez era um que escolhia o filme, e o outro trazia comida para combinar com ele. Eu escolhera *Doce Lar* e ele levara frango frito. Ele escolhera *Um sonho de liberdade*, e eu levara sanduíches de mortadela.

Duas semanas atrás, eu teria torcido para uma noite de filme com Baldwin, mas agora me sentia confusa por algum motivo. Não que Drew e eu estivéssemos realmente saindo, ou, mesmo que estivéssemos, que Baldwin tivesse qualquer outro interesse em mim além da amizade. Então, por que parecia errado aceitar? Talvez porque estivesse deitada nua na cama com um homem, pensando em fazer planos com outro. Provavelmente isso não era correto. Apertei o botão da lateral do meu celular e decidi que depois pensaria em uma resposta para o convite de Baldwin.

Já que minha bexiga estava cheia, decidi ir ao banheiro e, então, fazer café antes de sair. Precisava ir ao meu apartamento para me trocar e tomar um rápido banho antes do meu compromisso das nove no escritório.

Quando terminei, deixei um bilhete debaixo da caneca de café vazia no balcão da cozinha e segui para o metrô.

Na segunda parada, percebi que tinha deixado meu celular no criado-mudo de Drew. Pelo menos, não teria que ir longe para pegá-lo quando voltasse para trabalhar daqui a um tempinho.

O telefone do escritório estava tocando quando entrei alguns minutos antes do meu compromisso chegar. Estiquei o braço por cima da mesa da recepção e o peguei.

— Escritório de Drew Jagger. Como posso ajudar?

— Preciso falar com Drew. — Tinha ouvido a voz de Alexa apenas uma vez, mas sabia que era ela. Não eram muitos clientes dele que tinham sotaque sulista e eram ríspidos.

Uma doçura excessiva saiu da minha voz.

— Posso saber quem está falando?

— Não, não pode.

Vaca.

Olhei por cima da mesa da recepção para o telefone e vi que a linha do escritório de Drew estava vermelha. Ele já estava ao telefone.

Sorri quando voltei à linha.

— O sr. Jagger não está disponível no momento. Gostaria de deixar um recado?

— Diga para ele ligar para Alexa. — Então desligou na minha cara.

Ouvi Drew falando quando passei por sua sala, então escrevi um recado no meu bloquinho e arranquei a folhinha para deixar em sua mesa antes do meu compromisso chegar. Mas, quando voltei ao seu escritório, ele estava desligando o telefone.

— Bom dia. — Sorri ao andar em sua direção. — Acabei de anotar um recado enquanto você estava no telefone.

Drew se recostou na cadeira com um olhar impassível.

— Também anotei um recado para você.

— Foi?

Ele deslizou meu celular para a beirada da sua mesa.

— Pensei que pudesse ser você, ligando para ver se deixou o celular na minha casa, então atendi.

Havia apenas duas pessoas que me ligariam cedo. Já que Drew estava agindo estranho, imaginei que não fosse minha mãe.

— Quem era?

O músculo da mandíbula de Drew se flexionou.

— Baldwin. Ele queria saber se deveria pedir as almôndegas marroquinas para hoje à noite.

Merda. Isso é ainda mais estranho do que pareceu de manhã. Senti que precisava explicar.

— Ele me mandou mensagem hoje cedo e perguntou se eu queria alugar um filme e jantar. Eu gosto de combinar comida com o tema do filme. Ainda não tinha respondido.

A expressão de Drew estava ilegível.

— Bom, ele está aguardando sua resposta.

Nos encaramos, minha mente estava pulando por todo lugar, tentando descobrir o que Drew esperava que eu dissesse ou fizesse. Felizmente, a campainha da porta da frente tocou. Olhei para meu relógio, aliviada por meu compromisso da manhã estar alguns minutos adiantado.

Drew se levantou.

— É para você?

— Acho que sim. Tenho uma sessão às 9. Vou abrir para ele.

— Eu atendo. Tenho uma reunião por telefone, então minha porta estará fechada, mas não gosto que as pessoas pensem que você está sozinha aqui.

Ele me entregou o celular ao passar por mim.

— Não quer deixar o Professor Canalha esperando.

Ironicamente, o problema com o casal que tinha acabado de sair da minha sala era que eles não falavam o que realmente estavam pensando. Não eram abertos um com o outro. Lauren queria mais sexo oral e estava com vergonha de pedir. Seu noivo, Tim, queria que ela iniciasse o sexo mais vezes. Mesmo que Drew e eu ainda não tivéssemos encontrado problemas no quarto, eu não fazia ideia do que ele queria de mim. Ali estava eu, aconselhando pessoas que a chave para qualquer tipo de relacionamento bem-sucedido é a comunicação, mas estava me escondendo em minha sala para evitar terminar a conversa que eu sabia que não estava terminada.

Sentei à minha mesa por mais meia hora, me sentindo frustrada e brava comigo mesma. Drew era o tipo de homem que dizia exatamente o que estava pensando, então por que não estava me contando como se sentia com o fato de eu jantar com Baldwin? E por que eu estava tão ligada ao que Drew pensava se estávamos apenas *transando*?

Quanto mais ficava sentada ali, mais ficava perturbada. Precisava de um esclarecimento com o que estava acontecendo entre nós. Se eu não tivesse esse esclarecimento antes de ele partir naquela tarde, iria enlouquecer. Então resolvi seguir o conselho que distribuía constantemente. E era bom acabar com isso enquanto estava irritada.

Me levantando, respirei fundo e marchei até a sala de Drew. Ele estava ao telefone quando entrei.

Olhando para mim, ele disse:

— Deixe-me pensar nisso. Vou te ligar de volta na próxima semana, ok, Frank?

Quando ele desligou, recostou-se em sua cadeira da mesma forma que fez mais cedo e assentiu.

— Emerie.

— Drew.

Nos encaramos.

Quando ele não disse nada, revirei os olhos.

— O que estamos fazendo?

— Agora? Você está parada em meu escritório parecendo um pouco irritada.

Semicerrei os olhos.

— Você sabe o que quero dizer.

— Não tenho certeza se sei.

— Nós estamos... — acenei de um lado para outro — ... apenas dormindo juntos?

— Passamos a maior parte dos dias juntos, fazemos quase todas as refeições juntos e, quando o assunto é dormir... não fazemos muito isso quando estamos juntos na cama.

Drew parecia se divertir. Eu não.

— Estamos... fazendo essas coisas juntos com exclusividade?

Ele se levantou e deu a volta na sua mesa. O ar brincalhão, de repente, sumiu do seu tom.

— Está me perguntando se não tem problema você transar com outro?

— Não! — *Sim? Não? Talvez?* Não havia outra pessoa com quem eu quisesse estar. Estranhamente, o pensamento de dormir com Baldwin nem era mais tentador. Mas eu queria saber se seria estranho passar um tempo com outro homem.

— Então *o que* está me perguntando?

— Eu... Eu não sei.

O silêncio pairou entre nós. Podia ver as engenhocas funcionando por trás dos seus olhos conforme me encarava, seu polegar esfregando seu lábio inferior. Depois de um minuto, ele se desencostou da mesa e aquele polegar foi para meu queixo e o ergueu.

Ele falou mirando meus olhos.

— Eu não estou planejando dormir com mais ninguém. E espero que não o faça também. Pensei que tivéssemos concordado com isso na banheira ontem.

Minha voz saiu fraca.

— Ok.

— Creio que isso seja por causa do recado que te dei mais cedo?

Assenti.

— Quer saber o que penso sobre passar uma noite sozinha em seu apartamento jantando e assistindo a um filme com o cretino?

Assenti de novo.

— Certo. — Ele desviou o olhar, parecendo pensar em sua resposta por um instante, depois disse: — Eu gosto de você. Gosto da forma como escuta os problemas das pessoas o dia todo e ainda acredita que haja um motivo para trabalhar as coisas. Gosto que tope qualquer coisa... que goste de ficar em casa e assistir a filmes antigos, ou ir a um bar de sinuca. Gosto da forma como seus olhos se iluminam quando fala dos seus pais. Realmente gosto da forma que me sinto quando estou dentro de você e do jeito que geme meu nome quando está prestes a gozar. Gosto que fez café para mim antes de sair hoje de manhã, e até gosto que esteja preocupada com o que vou pensar sobre você jantar com o Professor Pénosaco.

Ele pausou.

— Acho que tudo isso deveria lhe dizer mais de mim, que há mais coisa do que apenas sexo aqui. Dito isso, vou falar diretamente que odeio o pensamento de você se deitar no sofá para assistir a um filme com um babaca por quem foi apaixonada por três anos. Mas não vou pedir para não passar um tempo com ele. Essa é uma decisão que você precisa tomar por conta própria, e vou lidar com o que escolher porque sei que meus problemas de confiança vêm de um lugar que não tem nada a ver com você.

Engoli em seco. Era muito para absorver de uma vez. E era bem mais do que eu esperava que ele se comprometesse.

— Ok.

— Estamos bem? Porque tenho quatro horas para fazer oito horas de trabalho antes de subir em um avião para que minha ex-esposa preguiçosa pra cacete possa reclamar sobre o trânsito para levar meu filho ao aeroporto enquanto voo 1.500 quilômetros de volta para casa. E preciso de, pelo menos, meia hora livre dessas quatro horas para conseguir te foder em cima da sua mesa. Porque pode ter feito café para mim hoje de manhã, mas não ficou o suficiente para eu entrar em você, e planejo cuidar disso antes de ir para o aeroporto.

Minha cabeça devia estar rodando, mas eu tinha certeza de uma coisa: não havia nada que eu quisesse mais do que Drew terminasse seu trabalho e conseguisse cumprir seus planos.

Fiquei na ponta dos pés e beijei seus lábios.

— Vá. O que está fazendo aqui parado? Você tem trabalho a fazer.

CAPÍTULO 30
Drew

— Olhe como as pernas dela são compridas.

Dane-se biologia; aquele menino era definitivamente meu filho. Beck estava encarando uma aeromoça com as pernas mais longas que eu já tinha visto. Ela se esticou para guardar uma mala no compartimento acima do assento em frente ao nosso e vi Beckett se inclinando para o corredor e olhando.

— Qual é o seu nome? — Ela sorriu para ele.

— Beckett Archer Jagger.

Ele dissera isso tão orgulhoso que não tive coragem de dizer para ele que não era normal falar o primeiro nome, o do meio e o sobrenome para estranhos. A aeromoça fechou a porta do compartimento e se ajoelhou ao lado dele.

— Bom, olá, Beckett Archer Jagger. Sou Danielle Marie Warren, e você é adorável. Quantos anos tem, querido?

— Tenho 6 e três quartos.

— 6 e três quartos, huh? Bom, eu tenho 31 e meio. — Ela deu uma piscadinha para mim e continuou falando com Beck. — Geralmente só dou chance para 31 e meio até 27. Posso pegar alguma coisa para você beber, Beckett Archer Jagger de 6 anos e três quartos? Talvez um suco?

Ele assentiu. Então adicionou:

— Você tem pernas de girafa.

— Beck — ralhei.

A aeromoça deu risada.

— Tudo bem. Já ouvi isso. Quando eu era da sua idade, as crianças costumavam me zoar por ter pernas compridas. — Ela apontou para sua plaquinha, na qual estava escrito *Danny*. — Meu nome é Danielle, mas todo mundo me chama de Danny. E, quando eu estava no Ensino Fundamental, os meninos costumavam me chamar de Danny Pernalonga. Sabe... — Ela flexionou os dedos. — ... como o Pernalonga do desenho?

Beckett deu risada.

— Minha mãe tem um apelido para o meu pai.

— Tem? Aposto que é melhor do que Danny Pernalonga.

Interrompi.

— Não sei se queremos repetir algum dos apelidos que a mamãe usa para o papai recentemente. — Olhei para a aeromoça e expliquei: — Divorciado.

Ela sorriu e deu uma piscadinha.

— Bom, que tal eu pegar um suco para você antes de decolarmos? E alguma coisa especial para o papai também?

Alguns minutos mais tarde, ela chegou com um suco de maçã em um copinho de plástico com uma tampa e canudo, e um copo de vidro com dois dedos de um líquido claro com gelo.

Entregando-os para nós, ela disse:

— Vamos atrasar um pouco para esperar o tempo ruim passar. Espero que não tenham planos para esta noite. — Ela olhou para Beck e brincou: — Você não tem namorada ou algo assim, tem?

Ele enrugou o rosto como se ela tivesse acabado de lhe dizer para comer todo o seu brócolis e beterraba. *Vamos manter assim por um bom tempo, filho. Nem eu consegui entender as mulheres ainda. Estou longe de estar pronto para te dar algum conselho.*

Já que nem Beckett nem eu tínhamos planos para aquela noite, o comentário de Danny Pernalonga me fez pensar por quais planos *Emerie* decidira para aquela noite. Depois da nossa conversa naquela manhã, ela não tinha falado mais nada. Talvez fosse porque a única conversa que tivemos naquela tarde fui eu sussurrando em seu ouvido enquanto ela estava debruçada na mesa dela com sua saia erguida vinte minutos antes de eu ter que sair. *Venha no meu pau* era muito melhor do que qualquer discussão sobre o Professor Canalha.

Mas agora isso estava me corroendo. Será que ela estava sentada em casa ao lado daquele babaca por quem esteve a fim por mais de três anos? O canalha podia ter uma atitude mais refinada que a minha, mas, além disso, nós dois éramos homens, e Emerie era uma linda mulher. Eu tinha visto a maneira como ele agiu quando suspeitou que algo pudesse estar ocorrendo entre nós dois. Ele ficou territorialista — não invejoso. O que me dizia muito sobre como ele pensava. As pessoas têm inveja quando querem algo que outra pessoa tem. São territorialistas quando estão protegendo algo que já têm. Aquele otário sabia que a tivera por todo aquele tempo.

Meu instinto me dizia que ele estava evitando se envolver com Emerie porque queria aproveitar — foder todo mundo da faculdade e suas alunas, evitando qualquer relacionamento verdadeiro. E como, exatamente, eu sabia disso sobre o cara se o tinha encontrado apenas algumas vezes? Porque eu conhecia aquele tipo de homem. Eu olhara para ele todo dia no espelho nos últimos dois anos desde o meu maldito divórcio.

Beck pegara seu caderno de desenhos e estava desenhando uma girafa. Dei risada, pensando no quanto eu rabiscava enquanto estava ao telefone. Criação ganhava da natureza com frequência. Eu podia com certeza me ver desenhando uma girafa naquele momento se aquele lápis estivesse na minha mão. Embora minha girafa provavelmente tivesse peitos, porque, desde que fiz 10 anos, todos os meus rabiscos tinham peitos muito bem incorporados de alguma forma.

Enquanto durante toda a minha infância tudo me lembrava peitos, na última semana, tudo me lembrava Emerie. Uma propaganda de batom vermelho no aeroporto. *Os lábios vermelhos de Emerie envolvendo meu pau.* A aeromoça mencionou que nossos planos poderiam ser arruinados pelo atraso. *Os planos de Emerie — será que ela estava deitada no sofá com o cretino?* Meu filho desenhando uma girafa. *Se eu desenhasse uma girafa, teria peitos. Os peitos de Emerie eram incríveis.* Todas as estradas da minha mente tinham mudado sua rota para um destino ultimamente.

Acabei meu drinque em um gole e peguei o celular do bolso.

Drew: O que acabou fazendo hoje à noite?

Então, esperei o toque me dizendo que Emerie tinha respondido. E esperei.

Eu estava virando uma mulherzinha. Era a terceira vez que verificava meu celular esta manhã. *Nada.* Doze horas se passaram.

Depois de fazer panquecas com gotas de chocolate que eram mais gotas do que as panquecas, perguntara a Beck o que ele queria fazer. Sua resposta era sempre a mesma: patinar no gelo. O menino era obcecado por hóquei. Então agasalhei o monstrinho em três camadas, amarrei nossos patins juntos e pendurei um par em cada ombro antes de sair.

Chegamos ao lobby, e eu disse a Beck que precisava fazer uma parada rápida em meu escritório. Ainda não tendo recebido notícia de Emerie, estava começando a pensar se talvez devesse me preocupar em vez de ficar irritado com o que ela poderia estar fazendo.

Dentro do escritório, estava tocando uma música baixa. Era alguma instrumental, e meu coração acelerou, sabendo que Emerie estava logo no fim do corredor. Não sabia se era de empolgação ou raiva, mas ouvi o sangue correr em meus ouvidos conforme fui até sua sala.

A porta estava semiaberta, mas ela não pareceu me escutar entrar, então bati, sem querer assustá-la. Considerando que ela pulou na cadeira, diria que não tive sucesso.

O instinto me fez erguer as mãos em rendição. De novo.

— Sou só eu.

— Você me assustou pra cacete.

Com isso, Beck, que estava em pé atrás de mim, saiu de trás das minhas pernas. Emerie cobriu a boca.

— Ah, meu Deus. Desculpe. Falei palavrão.

Beck respondeu por mim.

— Meu pai diz coisa muito pior.

Sorri e amassei seu cabelo, mas precisava me lembrar de ter uma conversa com ele mais tarde sobre contar meus segredos.

Emerie levantou da cadeira, aproximou-se e se abaixou, dando a mão.

— Você deve ser Beck.

— Beckett Archer Jagger.

O lábio de Emerie se curvou, e ela olhou para mim. Dei de ombros.

— Bom, prazer te conhecer, Beckett Archer Jagger. Eu sou Emerie Rose.

— Rose é seu nome do meio ou o último?

Emerie sorriu e deu risada. Foi a mesma pergunta que eu tinha feito quando nos conhecemos.

— É meu último nome. Não tenho nome do meio.

Beckett pareceu ponderar sobre isso por um minuto, então interrompi.

— Não quis te assustar. Beck e eu vamos patinar no gelo. Só fiquei preocupado por não ter respondido minha mensagem ontem à noite. — Travei o olhar com Emerie.

Ela se virou e voltou para sua mesa, erguendo seu celular quebrado e balançando-o entre o polegar e o dedo indicador.

— Derrubei ontem à noite. Acabei de comprar um novo, e estou tentando descobrir se há uma forma de resgatar meus contatos da nuvem. Não sei mais o número de ninguém.

Soltei a respiração. Ela não estava me ignorando. Isso estava mesmo me corroendo. Provavelmente muito mais do que deveria.

Normalmente, se eu estivesse interessado em uma mulher e ela não respondesse... *próxima*. Havia muito peixe no mar. Só que, com Emerie, não apenas me deixou ansioso o fato de ela não ter respondido, como nem passou pela minha cabeça procurar outro número em minha agenda.

— Quer ajuda com isso? Quebro um celular por mês.

Ela viu os patins nos meus ombros.

— Não quero atrapalhar vocês, já que estão indo se divertir.

— Beck não se importa. Certo, amigão?

Meu filho era tranquilo. Ele deu de ombros.

— Não. Posso desenhar na sua mesa, papai?

— Claro. Última gaveta à direita.

Beck saiu correndo. Ele adorava se sentar à minha mesa grande e desenhar. Poderia ficar lá por horas.

Eu fui para o outro lado da mesa de Emerie.

— Ele é adorável — ela disse.

— Obrigado. É um bom garoto. — Puxei a cadeira dela. — Sente-se. Vou te mostrar como restaurar seus dados no novo celular.

Claro que eu poderia ter me sentado e feito para ela em dois segundos, mas preferi me debruçar sobre seu ombro e prendê-la entre a mesa e o meu corpo. Falei baixo de propósito e deixei minha respiração pinicar seu pescoço.

— Clique nesta pasta. — Coloquei a mão sobre a dela no mouse e cliquei. — Aí aqui. E depois vá nessa opção e aperte "restaurar".

Observei sua pele se arrepiar e me inclinei mais perto da sua orelha.

— Está com frio?

— Não. Estou bem.

Sorri para mim mesmo quando cliquei em mais algumas telas. Depois, seu novo celular, que já estava plugado no laptop, se iluminou e começou a restaurar da nuvem.

— Uau. Estava tentando fazer isso há uma hora.

— Como o quebrou, afinal de contas?

— Se te contar, tem que jurar não rir.

— Mas ainda posso te zoar?

— Não. Também não.

Me endireitei.

— Então qual é a graça de escutar a história?

Emerie deu risada.

— Como foi sua viagem para Atlanta, espertinho?

— O voo atrasou algumas horas por causa do tempo. Mas foi bem. Pelo menos, Alexa não me importunou.

Emerie tinha acabado de me dar uma abertura perfeita. Eu detestava precisar saber, mas, dane-se, eu precisava. Tentei pelo menos soar casual.

— Como foi seu jantar ontem à noite?

As sobrancelhas dela se uniram; depois ela percebeu o que eu estava perguntando.

— Oh. Só pedi comida chinesa para mim.

— Não jantou com o Cretino?

Ela mordeu o lábio inferior e balançou a cabeça. Dei mais um passo.

— Por que não?

— Só... não pareceu a coisa certa a fazer.

Havíamos concordado em ser sexualmente exclusivos, e eu até havia praticamente lhe dito que tínhamos mais do que boa química, mas não conseguia dizer que ela não podia jantar com um amigo. Não me entenda mal, era exatamente o que eu queria dizer, embora, como o pensamento assustava até a mim, pensei que devesse guardar essa merda para mim mesmo.

Em vez de revelar minha mulherzinha interna, fui até a porta. Meus olhos nunca deixaram os dela conforme gritei para o meu filho.

— Tudo bem, Beck?

— Tudo! — ele gritou de volta.

— Ok. Só vou demorar mais um pouco, amigão.

Então fechei a porta devagar.

— Venha aqui.

— O que está fazendo?

— Venha aqui.

Emerie fez o que pedi, aproximando-se de mim.

— O que foi?

— Pensei em você no avião o tempo todo.

Ela engoliu em seco.

— É?

— E no chuveiro hoje de manhã. Tive que jogar água gelada para controlar meu pau porque, toda vez que fechava os olhos, via sua bunda debruçada na mesa.

Ela arregalou os olhos.

— Seu filho está na sala bem ao lado.

— Eu sei. É por isso que você não está debruçada na mesa agora, e vou só dar um gostinho.

Ela lambeu os lábios e, decidindo que Beck poderia vir me procurar a qualquer segundo, cansei de desperdiçar meu tempo. Segurei sua nuca e usei isso para puxá-la mais perto conforme a beijei de forma bruta. Meu outro braço envolveu sua cintura, e ela choramingou quando colei seu corpo no meu. O cheiro dela era muito bom. Uma fragrância doce misturada com sua essência feminina naturalmente sexy era tóxica. Precisei de todo o meu controle para não a virar e empurrá-la contra a porta. Quando peguei a bunda dela com a mão cheia e ela gemeu na minha boca, quase perdi o controle.

Meu pau estava latejando quando soltei sua boca. Eu estava prestes a ter mais, quando escutei meu filho chamando.

— Porra — resmunguei, apoiando a testa na de Emerie. — Vou precisar esconder minha ereção para que ele não faça perguntas que não estou pronto para responder.

Felizmente, estava de jeans escuros e fui capaz de me ajustar antes de ir até Beck.

— O que foi, amigão?

— Podemos comprar chocolate quente antes de patinar?

— Você acabou de comer panquecas com gotas de chocolate no café. Não acha que é chocolate suficiente para a parte da manhã?

Meu filho era esperto.

— Mas vai estar frio lá fora, e vai me esquentar por dentro.

Emerie veio ficar ao meu lado. Ela sorriu.

— O argumento dele é bom.

— Você vai patinar com a gente? — Beck perguntou.

— Não acho uma boa ideia. Não sei patinar.

— Meu pai pode te ensinar. Ele é bom em tudo.

Boa, garoto.

Emerie olhou para mim, pedindo ajuda.

Dei de ombros.

— O garoto tem um bom argumento. Eu sou bom em tudo.

Ela revirou os olhos, depois falou para Beck.

— Você e seu pai não precisam de mim atrasando-os.

— Nunca fomos patinar com outra pessoa. Posso te mostrar meus movimentos.

Emerie se virou para mim com uma sobrancelha erguida.

— Ele tem movimentos, huh? Assim como o pai.

Baixei a voz.

— Venha. Deixe-o te mostrar seus movimentos, e eu mostro os meus mais tarde.

CAPÍTULO 31
Emerie

— Não acho que esteja quebrado. — O médico da emergência estava com meu tornozelo inchado na mão. Já estava ficando azul. — Mas vamos fazer um raio-X para ter certeza.

— Obrigada.

— A enfermeira virá em alguns minutos para pegar alguns dados e, depois, vai trazer o técnico de raio-X.

— Ok. — Me virei para Drew. — Isso é tudo culpa sua.

— Minha culpa?

— É. Você me fez ir muito rápido.

— Muito rápido? Uma vovozinha empurrando um balde no gelo passou a gente. Você não deveria ter soltado minha mão.

— Fiquei com medo.

Tínhamos patinado por mais de duas horas, e eu ainda não parecia ter pegado o jeito. Estava tão desequilibrada que meus tornozelos constantemente viravam, o que fez meus patins se alargarem. Da última vez que caí, não tivera nenhum suporte no tornozelo, e torci o maldito. Doeu, mas não pensei que estava quebrado.

Drew, no entanto, olhou para o inchaço e resolveu que precisávamos ir para o pronto-socorro. Não houve como convencê-lo do contrário. Seu amigo, Roman, tinha nos encontrado na frente do hospital e levado Beck de volta para casa para que Drew pudesse ficar comigo.

A enfermeira veio com uma prancheta.

— Preciso te fazer algumas perguntas. Seu marido pode ficar, se você quiser, mas vai precisar sair quando o técnico vier fazer o raio-X.

— Ele não é... — Apontei para Drew e mim. — Não somos casados.

A enfermeira sorriu. Não para mim, mas para Drew. Também bateu os cílios rapidamente.

Sério?

— Bom, então vou precisar pedir para sair — ela disse a ele. — Vou te chamar depois que terminar de perguntar para sua...

Ela esperou que Drew preenchesse o espaço.

— Namorada.

— Oh. Sim. Vou te chamar quando terminar com sua namorada.

Eu estava imaginando ou ela tinha acabado de jogar verde para ver se estávamos juntos? Drew me beijou na testa e disse que voltaria. Assim que ele saiu, a enfermeira começou a despejar perguntas médicas. Só então percebi que Drew tinha acabado de me chamar de namorada.

— Consigo andar.

Drew me pegara no colo pela décima vez. Ele havia me carregado da pista de patinação para o táxi, do táxi para o hospital, do hospital para o táxi e do táxi para seu apartamento, onde me colocou no sofá com o pé elevado. *Exatamente como o médico instruiu.*

Agora, ele tinha acabado de pegar a comida que pediu, e estava me carregando para a mesa.

— O médico disse para não se apoiar nele.

— Está tudo bem. É só uma torção. A bota vai me impedir de me apoiar muito nele, de qualquer forma.

Beck puxou a cadeira quando seu pai se aproximou comigo em seus braços. Roman, que estivera tirando recipientes de comida da caixa do delivery, olhava para nós de um jeito engraçado. Era minha primeira vez com ele, e ele provavelmente pensava que eu era a rainha do drama.

— Estou com tanta vergonha. Juro que normalmente não sou tão desastrada.

Roman continuava a assistir à cena diante dele, observando Drew me colocar sentada e servir a comida para mim. Tive a sensação de que Roman era um homem que não deixava muita coisa passar.

— Você está bem. Florence Nightingale aqui que não deveria ter te deixado cair.

Drew resmungou.

— Eu não a deixei cair. Ela soltou minha mão.

Dei uma piscadinha para Roman, avisando-o de que estávamos na mesma página, depois brinquei.

— Ele me deixou cair.

— Mentira. — Drew parou com uma bandeja de macarrão na mão. Ele já tinha servido muito no meu prato. Olhou para mim e para Roman. — Eu não a deixei cair, mas vou te derrubar se começar a falar merda.

— Olha a boca — eu disse.

Roman apenas riu.

O jantar foi tudo menos pacífico. Primeiro, Drew e eu discordamos em política, depois Roman, Drew e Beck tiveram uma discussão sobre quem ia chegar às finais de hóquei nesta temporada. Estava alto e, de vez em quando, falávamos um em cima do outro, mas não conseguia me lembrar da última vez em que me diverti tanto em uma refeição.

Quando terminamos, Drew insistiu que eu não precisava arrumar tudo e me levou de volta à sala de estar. Roman, que Drew tinha instruído a limpar tudo, em vez de fazer isso, abriu uma cerveja e se juntou a mim.

— Quer uma cerveja?

— Não, obrigada. — Afundei no sofá e juntei as mãos sobre a barriga. — Estou muito cheia dos nove quilos de massa e parmegiana de frango que Drew empilhou no meu prato.

Roman deu um gole em sua cerveja, me observando de cima.

— Vocês dois brigam muito?

Sorri.

— Na verdade, sim.

— Esse é o sinal dele.

A confusão deve ter ficado aparente no meu rosto, porque Roman colocou a cerveja no joelho e começou.

— Nos conhecemos no sexto ano. Eu roubei a namorada dele...

Interrompi.

— Do jeito que Drew contou a história, ele roubou a *sua* namorada antes de vocês serem melhores amigos.

— Ele te contou isso?

Assenti.

— Contou. Foi uma história estranhamente comovente. Ele a contou com veneração.

— Enfim, nós dois brigamos desde o sexto ano. Mas ele também é meu melhor amigo. Ele e seu velho eram mais próximos do que qualquer pai e filho que já conheci. Brigavam diariamente. Não é uma coincidência que ele brigue para viver também.

Roman bebeu sua cerveja e pareceu ponderar suas palavras seguintes.

— Quer saber como eu sabia que não ia dar certo com Alexa?

— Como?

— Eles nunca brigavam. Até o fim, quando ela começou a mostrar as garras da vadia egoísta que sempre foi. E esse é um tipo diferente de briga que Drew tem quando ama.

— Não estamos...

Roman recostou-se no sofá com um sorriso aberto.

— Eu sei. Posso ver que nenhum de vocês entendeu ainda. Converse comigo em um ou dois meses.

— Tem uma construção noturna na 49. Deve tentar a 51.

— Jesus Cristo, você é um pé no saco — Drew murmurou quando fez uma curva fechada para a esquerda.

Estávamos discutindo por meia hora enquanto ele me levava para casa. Ele queria que eu ficasse em sua casa para que ele pudesse me ajudar com as coisas. Mas, com seu filho lá, não era a coisa certa a se fazer. Em certo momento, ele cedeu, mas aguardamos até Beck ir dormir. Então Roman tinha ficado para que Drew pudesse me levar para casa.

Quando chegamos ao meu prédio, fiz uma tentativa estúpida de discutir contra ele me carregar, depois desisti. Envolvendo os braços em seu pescoço, me joguei para aproveitar.

— Você pode querer pensar em cortar os hambúrgueres — Drew provocou.

— Espere e verá. Faça alguma piada de gordo e vou cortar *todas* as carnes.

— Você é muito mentirosa. Gosta muito da minha carne para isso.

— Você é muito cheio de si.

— Talvez. Mas você estará cheia de mim em uns cinco minutos também.

A porta do elevador se abriu.

— Não temos tempo para isso. Você precisa voltar para Roman poder ir para casa.

— Dane-se Roman. — Uma das mãos me segurando desceu para minha bunda e a apertou forte. — Fiquei com a mão na sua bunda o dia todo. Vamos ficar nus.

— E se eu não te convidar para entrar?

— Bem pensado. Talvez eu deva te foder bem aqui no elevador, então. — Ele apontou o queixo para cima para uma pequena câmera no canto. — Alguém pode estar assistindo. Vamos dar um bom show.

Eu estava com a cabeça apoiada no peito de Drew, então a inclinei para olhar para ele. Seus olhos estavam cheios de desejo. Se não subíssemos para a privacidade do meu apartamento logo, havia uma chance de alguém realmente assistir a um show. Mas por que não estávamos nos movendo ainda?

— Você apertou o botão para o meu andar?

— Porra. — Drew deu risada e se inclinou para a frente, a fim de apertar o botão no painel do elevador. Logo antes de as portas se fecharem, um braço as impediu.

Claro que tinha que ser Baldwin.

Ele olhou para mim nos braços de Drew e viu a bota envolvendo minha perna.

— Emerie? O que aconteceu?

Senti o abraço em mim se apertar.

— Caí patinando no gelo. Foi só uma torção.

Baldwin olhou para Drew.

O que era aquilo? Ele precisava verificar?

— Ela se consultou. Não está quebrado — Drew disse, curto. Sua mandíbula estava tão apertada que eu podia ver o músculo se flexionando.

A porta do elevador se fechou, e ficou pior que bizarro lá dentro. Estava... sufocante. Os dois homens estavam lado a lado. De repente, desejei ter discutido mais sobre ser carregada. Quando chegamos ao terceiro andar, eu tinha certeza de que não tinha muito oxigênio sobrando no elevador. Baldwin estendeu o braço para nos deixar passar primeiro.

Tentei encontrar as chaves na bolsa, mas estava difícil com minha posição atual. Quando Drew parou na frente da minha porta, eu disse:

— Se importa de me colocar no chão para eu achar as chaves?

Ele me baixou gentilmente, mantendo o braço à minha volta para reduzir o peso no meu pé.

Baldwin parou à minha porta.

— Há alguma coisa que eu possa fazer?

Abri a boca para responder, mas Drew falou primeiro.

— Vou cuidar do que você precisar.

Baldwin praticamente o ignorou.

— Posso te deixar no escritório de manhã e te buscar.

— Eu tenho carro — Drew murmurou quando pegou as chaves da minha mão e destravou a porta.

— Não é necessário vir até aqui. Vamos sair do mesmo lugar, e posso deixá-la a caminho da universidade.

Ignorei os olhos queimando para mim e virei para Baldwin.

— Seria ótimo. Obrigada. Ou posso pegar um táxi. Não quero que Drew venha de onde mora de manhã, principalmente trazendo o filho.

— Então está combinado. Me mande mensagem de manhã se precisar de ajuda para se arrumar ou algo assim.

— Obrigada.

Baldwin assentiu para Drew e, *finalmente*, foi para seu apartamento. O encontro inteiro provavelmente durara o total de três minutos, mas pareceram horas.

Lá dentro, acendi as luzes e me ocupei tirando o casaco. Drew estava quieto, e senti que faria um comentário. Depois de um minuto, comecei a relaxar e pensar que talvez estivesse tudo na minha cabeça, que eu tinha entendido mal a situação e a bizarrice fora sentida apenas por mim.

Estava enganada.

— Aquele cara é um imbecil.

— O que ele fez?

Drew deve ter entendido minha pergunta como se estivesse defendendo Baldwin. Todo o seu comportamento mudou.

— Você quer transar com ele?

— O quê? Não! De onde veio isso?

Ele passou a mão pelo cabelo.

— Preciso ir. Não quero que Beck acorde e eu não esteja de volta.

Eu entendia isso, mas cinco minutos antes ele não estava planejando ir logo para casa. Drew tinha acabado de mudar de desesperado para ficar comigo para desesperado para ficar longe de mim em menos de cinco minutos.

— O que acabou de acontecer aqui?

— Quer que eu tire sua bota ou faça alguma coisa antes de ir?

Frustrada, fui grossa.

— Não. Só vá.

Pressionei a cabeça na porta depois de fechá-la. Minha mente estava girando, mas a mesma pergunta continuava correndo por ela:

Eu quero dormir com Baldwin?

CAPÍTULO 32
Drew

Na manhã seguinte, debati sobre ir até a casa de Emerie meia dúzia de vezes antes de decidir que só pioraria as coisas se aparecesse. Não queria que ela pensasse que minha desculpa era só fingimento para impedir que o Cretino a levasse ao trabalho. Claro que eu não queria que o babaca a levasse. Mas, lá pelas duas da manhã, depois de revirar muito na cama, finalmente tinha encontrado minha razão.

Minha atitude de babaca não tinha nada a ver com Emerie. Entre uma ex-esposa traidora e minha dose diária de clientes que foram traídos ou traíram suas esposas, eu não era a pessoa mais confiante. Ainda não achava que estava errado sobre Baldwin — o cara era um imbecil, e meu instinto me dizia que alguma coisa iria acontecer quando ele percebesse que Emerie não mais o estava aguardando no banco de reserva. Mas isso também não era culpa dela.

Eram quase 10 horas quando ela finalmente apareceu no escritório. Beck tinha apenas meio período na escola, então eu estava torcendo para que ela não tivesse compromisso de manhã. Eu estava atento para ouvi-la chegar, então ela mal tinha entrado quando a encontrei na recepção.

E o imbecil estava com ela. Com o braço na cintura dela, ele estava tentando ajudá-la a andar. Podia ver pela cara dela que tudo aquilo a deixava desconfortável.

— Bom dia.

— Bom dia. — Emerie forçou um sorriso melancólico. — Eu disse a Baldwin que ele não precisava me trazer até aqui, mas ele insistiu.

Consegui responder com um toque de sinceridade.

— Você precisa de ajuda. O médico disse para não se apoiar nesse tornozelo.

Para ser educado, recuei e o deixei ajudá-la a ir até sua sala enquanto voltei para a minha. Mas estaria mentindo se dissesse que não escutei tudo. Ele lhe perguntou que horas deveria buscá-la, e Emerie disse que tinha planos para depois do trabalho e que iria de táxi.

Assim que o Cretino saiu, respirei fundo e fui até sua sala. Ela estava arrumando o laptop.

— Você tem paciente agora?

— Não. — Ela não olhou para cima.

— Então podemos conversar?

Ela olhou para mim.

— Oh. Está com vontade de conversar agora?

Eu mereci.

— Talvez devesse começar pedindo desculpa logo de cara.

Sua expressão suavizou, mas ela cruzou os braços à frente do peito, tentando ser durona.

— Seria bom.

— Desculpe pela forma como agi ontem à noite.

— Quer dizer quando me acusou de querer transar com outro cara depois de já termos concordado que iríamos dormir juntos com exclusividade?

— É. Isso.

Emerie suspirou.

— Não sou esse tipo de pessoa, Drew. Mesmo se eu quisesse dormir com outra pessoa, não o faria enquanto estivesse comprometida com alguém.

Sem querer, ela acabara de atingir meu ponto fraco. Passara metade da noite e da manhã aceitando o fato de eu ter problemas de confiança — era fácil culpar outras pessoas por isso. *Era culpa de Alexa. Meu trabalho destruíra minha fé na raça humana.* Mas, na realidade, eu gostava dessa mulher — talvez mais do que deveria depois de tão pouco tempo — e isso me assustava pra caramba. Ela passara os últimos anos da vida esperando que outro cara a notasse, e eu não sabia o que iria acontecer quando ele finalmente o fizesse.

Claro que eu estava com ciúme. Mas também estava com um medo do caralho. E definitivamente não gostava de me sentir assim.

Fui até ela, não tanto porque senti que precisava estar perto para dizer o que precisava dizer, mas porque detestava estar do outro lado do cômodo quando poderia estar perto dela.

Estava especialmente frio lá fora hoje, e suas faces estavam cor-de-rosa, combinando com a ponta do nariz. Segurei seu rosto frio, me inclinei e dei um beijo suave em seus lábios.

Então recuei para que ficássemos no mesmo nível.

— Desculpe por ser um otário ciumento. Tinha planejado te dizer por que não era minha culpa o fato de ter ciúme... que meu histórico e meu trabalho me deixaram assim... e talvez em parte seja isso. Mas não é tudo. Para ser sincero, percebi a verdade apenas alguns minutos atrás.

— E qual é?

— Preciso saber onde sua cabeça está com aquele cara. Você o seguiu pela metade do país há alguns meses. Sei que teve sentimentos fortes por ele. E se disser que me falaria se quisesse parar de ter essa coisa exclusiva, eu acredito em você. Mas o que preciso saber é: se ele te dissesse hoje que tem sentimentos por você, iria me falar que quer sair?

Emerie ficou paralisada, e um flash de alguma coisa passou por sua expressão antes de nossos olhos se encontrarem.

— Por que não se senta?

CAPÍTULO 33
Emerie

Pratique o que prega.

Esse era um pedido difícil quando Drew Jagger estava te encarando, esperando uma resposta. Ele queria saber o que aconteceria se o homem pelo qual eu fora louca nos últimos anos, o homem que foi o motivo de eu ter mudado para Nova York para ter uma chance com ele, de repente, decidisse que queria ficar comigo. Era uma pergunta que estive me fazendo desde que ambos me deixaram sozinha com meus pensamentos na noite anterior.

Eu devia sinceridade a Drew. Droga, eu devia a mim mesma.

— Tive sentimentos por Baldwin por muito tempo, não me lembro como é não os ter.

Drew se inclinou na beirada da minha mesa, com as pernas abertas de uma forma que era muito característica de homem e dominante — algo tão simples, e mesmo assim me lembrava de que era verdade o que eu estava prestes a dizer.

— Mas o que quer que fosse que eu sentisse por Baldwin é muito diferente do que está havendo entre nós.

Os olhos de Drew brilharam, e tive que apertar as coxas para me impedir de ficar excitada com sua crescente raiva. Não tinha dúvida de que irritar um ao outro era um tipo de preliminar para nós, mas não era hora disso.

— Baldwin é inteligente e cortês. Compartilhamos uma paixão por psicologia e sociologia. Ele não usa linguagem chula, me leva a restaurantes chiques e nunca levantou a voz para mim.

Drew estava chocado.

— É melhor ter a porra de um *mas* chegando.

Meu lábio se curvou. Eu precisava passar pela parte difícil antes de falar tudo.

— Tem. Mas quero ser totalmente sincera.

O olhar dele me disse para chegar ao ponto. Ele assentiu para eu continuar.

— Eu estaria mentindo se dissesse que não tenho sentimentos por Baldwin. *Mas* aí vem você. Você me confunde toda, e não faço ideia de aonde o que temos vai parar, mas tenho certeza de uma coisa.

— O que é?

— Quando olho para você, percebo por que nunca teria dado certo com ele.

Seus olhos suavizaram.

— Eu tenho dificuldade em confiar.

— Eu sei.

— Ainda vou gritar, e uso *porra* como substantivo, adjetivo e verbo.

Dei um sorrisinho.

— Percebi que sua linguagem *realmente* funciona para mim.

Drew esticou o braço e passou dois dedos em meu queixo, por meu pescoço e em minha clavícula antes de seguir para meu decote.

— Ah, é?

Foi tudo que precisou. A rouquidão profunda de seu *ah, é* e um simples toque. Não conseguia explicar por que sentia coisas por Drew mais do que conseguia explicar o gosto da água. Mesmo assim, de alguma forma, ele se tornara uma necessidade para mim, e não estava nem um pouco pronta para ficar sem ele.

Sussurrei:

— Onde está Beck?

Os olhos de Drew seguiram seus dedos conforme mergulharam dentro da minha blusa.

— Na escola. Só tenho que buscá-lo daqui a uma hora.

Meu corpo formigou só de pensar em como poderíamos passar aquela hora.

— Tem algum cliente antes disso?

Ele começou a desabotoar os botões pequenos de pérola que fechavam minha blusa.

— Não. E você?

Balancei a cabeça.

Qualquer que fosse a paciência que Drew estivesse praticando saiu pela janela depois disso. No minuto seguinte, ele me ergueu da cadeira, rasgou minha calcinha e me colocou em cima da mesa, de frente para a cadeira, com a saia erguida até a cintura. Todo o tempo sendo cuidadoso com minha perna no ar.

Então ele se sentou na cadeira, encarando minha boceta exposta, e alargou sua gravata.

— O que está fazendo?

— Mostrando que estou arrependido. Abra mais.

Ah, nossa.

Abri as pernas e me arrepiei pela forma como ele olhou lá embaixo. Quando ele lambeu os lábios, puxou a cadeira mais para perto e me arrastou até minha bunda estar na beirada da mesa, eu já estava no meio do caminho para o orgasmo, e ele não tinha nem colocado um dedo ainda.

— Posso não gostar de comer em restaurantes chiques, mas você sempre estará alimentada, e vou te comer até ser você a gritar obscenidades.

Isso funcionava totalmente para mim.

As coisas ficaram diferentes depois da nossa conversa naquela manhã. Havia intimidade, algum tipo de conexão, que não estava ali antes. Drew buscou Beck na escola e trouxe almoço para todos nós antes de os dois saírem para a biblioteca e depois para patinar no gelo de novo. Eu adorava que Drew fazia de suas tardes com o filho parte do seu trabalho e parte brincadeira para ambos. Beck ouvia histórias no tapete das crianças enquanto Drew trabalhava em um caso na sala ao lado. Quando acabavam, Beck lia livros para Drew, e a recompensa era a patinação.

Tive uma tarde cheia de pacientes e, mesmo sendo 18h30, sentia uma esperança renovada de que havia solução para os problemas de todo casal. Meu otimismo tinha sido demonstrado nas minhas sessões de uma maneira boa.

Eu estava guardando o laptop quando escutei a porta da frente se abrir e, então, pezinhos voando para o meu escritório.

— Compramos todas as coisas para a noite de cinema! — Beck gritou. Suas bochechas fofinhas estavam vermelhas do frio, e ele estava agasalhado como um bonequinho de neve.

— Oh, mesmo? O que estão planejando assistir?

Beck ergueu dois dedos.

— Pegamos *dois* filmes. Um é para o jantar e o outro para a sobremesa.

Não entendi muito bem o que ele quis dizer, mas sua empolgação era contagiosa.

— Parece ótimo. Qual filme vão assistir primeiro?

Drew apareceu atrás do filho.

— Ele me fez parar na esquina em vez de descer para o estacionamento para que pudesse entrar correndo e te contar primeiro.

Beck sorriu tão amplamente que eu quase podia contar seus dentinhos. Ele segurava uma capinha de CD.

— Para o jantar, pegamos *Tá chovendo hambúrguer*. — Então apontou para o pai, que ergueu um saco de comida.

— Mamma Theresa faz o melhor hambúrguer da cidade.

Beck assentiu rápido, depois ergueu uma segunda capinha.

— E para a sobremesa pegamos *Branca de Neve e os sete anões.*

Beck apontou para seu pai. Era como se estivessem apresentando uma peça.

Drew ergueu outro saco.

— Torta de groselha do The French Pastry.

Eu sorri.

— O que é torta de groselha, afinal?

Drew deu de ombros.

— Até parece que eu sei. Mas tivemos que ir a três padarias para encontrar, e a coisa custa 26 dólares, então é melhor ser boa.

Beck adicionou:

— Vou comer a minha com sorvete de baunilha. Mas não faz parte da sua festa do filme.

— *Minha* festa do filme?

— Papai disse que você gosta de festas com tema de filme. Você pode vir?

Outro pedacinho da parede que erguera em volta do meu coração porque estava com medo de me apaixonar por aquele homem caiu.

Drew me observava, analisando minha reação. Eu não conseguiria esconder nem se quisesse.

Coloquei a mão no peito.

— Você é o mais fofo do mundo. Não posso acreditar que fez uma noite com tema de filme para mim. Eu adoraria ir.

Ansioso para começar, Beck saiu correndo gritando pelo corredor:

— Vou chamar o elevador.

— Não entre até ver se está lá — Drew alertou.

Terminei de guardar as coisas e fui até a porta. Ficando na ponta do pé, dei-lhe um beijo suave nos lábios.

— Obrigada.

Ele deu uma piscadinha.

— Não tem de quê.

Drew me pegou no colo — porque aparentemente não era permitido andar até tirar aquela bota — e fomos para o elevador.

Baixando a voz, ele disse:

— Acho que vou gostar dessa coisa de filme e jantar temáticos... Finalmente darei uma utilidade boa para minha coleção de pornô.

CAPÍTULO 34
Emerie

O restante da semana foi tão maravilhoso como a noite de cinema. Ficar na casa com Drew e Beck me mostrou muito mais sobre ele do que eu teria visto em dúzias de encontros. Fiquei pensando que isso deveria fazer parte do ritual de namoro. No segundo ou terceiro encontro, o homem deveria trazer uma criança, talvez uma sobrinha ou um sobrinho, se não tivesse filho, para que se pudesse ver sua relação com eles. Cortaria caminho para a decisão final melhor do que seis meses de namoro.

Mesmo que tomássemos café ou jantássemos juntos todos os dias, Drew sempre conseguia encontrar tempo para nós três juntos e para apenas eles dois. Estava começando a sentir como se fosse minha própria família. Mas, no fundo, sabia que as coisas não seriam sempre assim. Alexa retornaria no dia seguinte, e eu não sabia o que iria acontecer. Estava definitivamente curiosa para conhecê-la.

Naquela tarde, eu ficaria com Beck sozinha por algumas horas enquanto Drew ia a um depoimento que ele não podia reagendar. Ele planejara pedir para uma das professoras-assistentes da escola do Beck que ficava com ele às vezes, mas insisti que poderia dar conta.

Drew tinha uma coleção de filmes a que poderíamos assistir no seu apartamento, e eu tinha comprado pipoca Jiffy Pop. Ficar de babá seria facinho.

Ou foi o que pensei.

Então precisei ligar para o celular de Drew e interromper seu depoimento por dez minutos após ter começado. Para lhe dizer que precisávamos ir ao hospital.

— Desculpe. — Era a milionésima vez que eu dizia. Estávamos em uma salinha com cortinas no mesmo pronto-socorro a que fomos para ver meu tornozelo torcido há menos de uma semana. Só que, desta vez, era Beck que estava sendo examinado.

— Incidentes acontecem. Foi um acidente. Agora ele sabe que não é para tocar no fogão.

— *Eu* deveria saber. — Beck e eu tínhamos feito a pipoca juntos. Ele nunca tinha visto pipoca feita daquela forma. Seus grandes olhos cor de chocolate cresceram como círculos assistindo à pipoca estourar dentro do alumínio. Quando os estouros diminuíram, e parecia que o pacote iria explodir, deslizei-o do fogão para uma superfície mais fria e abri um pouco o topo para permitir que a fumaça saísse. Quando Beck foi mexer no armário dos filmes, pensei simplesmente em ir ao banheiro. Fiquei fora da cozinha por menos de três minutos, pensando no quanto a tarde estava boa ao lavar as mãos... quando a gritaria começou.

O pobrezinho do garoto tinha voltado para o fogão e, sem saber que ainda estava quente, tentou apoiar-se para ver a fumaça sair do pacote Jiffy Pop. Sem saber, ele colocou a mão inteira no cooktop ainda quente.

— O fogão da mãe dele é a gás. Eu deveria ter explicado que a superfície ficava quente quando comprei o novo fogão há um ano. Não é sua culpa. É minha.

Beck deu de ombros. O menino era um guerreiro.

— Nem está doendo muito mais.

O médico disse que foi uma simples queimadura de primeiro grau e aplicou uma pomada, depois enfaixou a mão de Beck com gaze por dentro e bandagem por fora.

Coloquei a mão no joelho de Beck.

— Desculpe, querido. Eu deveria ter te falado que ficava quente mesmo quando mudava de cor.

Pouco depois, uma enfermeira veio e nos deu instruções, um tubo de pomada e um pouco de gaze para usar no dia seguinte para que não precisássemos comprar logo. Mesmo que todo mundo tratasse isso como se fosse uma ocorrência normal, eu ainda me sentia uma bosta.

Na primeira vez que Drew me deixou sozinha com seu filho, eu o machuquei.

— Pareço um boxeador! — Beck anunciou no caminho do hospital para casa.

— Pai, pode enfaixar minha outra mão? E talvez comprar essa coisa vermelha? — Ele apontou para a bandagem.

— Claro, amigão.

Os dois estavam agindo normalmente, mas eu me sentia horrível. Drew se esticou e colocou a mão no meu joelho enquanto dirigia.

— As pessoas vão começar a olhar engraçado para mim com vocês dois.

Franzi o cenho.

— Você está com bota, e ele, com a mão enfaixada.

Cobri a boca.

— Ah, meu Deus. Imagine... eles olharem engraçado para *você*, sendo que as duas coisas foram totalmente culpa minha.

Drew baixou a voz.

— Sério, vejo você sentada aí procurando todo tipo de culpa. Foi um acidente. Poderia ter sido eu fazendo a pipoca, e a mesma coisa teria acontecido.

— Mas não foi.

— Pare de se martirizar. Dois meses atrás, ele ficou com olho roxo por bater de cara no armário enquanto estava com a mãe. Ele é um menino. Eles fazem essas merdas sem pensar e se machucam.

— Ah, não.

— O quê?

— Nem tinha pensado na mãe dele. Ela vai me odiar.

— Não se preocupe com ela. Não era muito do estilo dela gostar de você, de qualquer forma.

Ótimo. Que ótimo.

CAPÍTULO 35
Emerie

— Quem é você?

Só precisou de três palavras para saber que a mulher que entrou no escritório na manhã seguinte era uma *vaca*.

Jeans justíssimos, botas de cano alto de couro marrom, pernas longas e finas e uma cintura minúscula com uma blusinha que mostrava a barriga, apesar de ser fim de janeiro e estar congelando em Nova York. Eu não queria continuar subindo o olhar. Queria ir para casa e me trocar para algo menos profissional e mais sexy. Não tinha dúvida de quem ela era.

Com medo, subi o olhar para verificar o restante e vi um rosto tão bonito quanto o corpo. É claro.

— Sou Emerie Rose. E você?

— Alexa Jagger. *Esposa* de Drew.

Drew, de repente, apareceu ao meu lado na recepção.

— *Ex*-esposa. — Seus olhos semicerrados combinavam com sua resposta curta.

Alexa revirou os olhos.

— Que seja. Precisamos conversar.

— Marque uma hora. Estou ocupado esta manhã.

Ela ignorou Drew completamente e passou por ele, seguindo para seu escritório.

Nós dois ficamos parados na recepção por um instante.

Eu falei baixinho.

— Bom, ela é adorável.

Drew respirou fundo.

— Talvez seja bom você colocar fones.

— *Nós vamos*!

— Você não vai levá-lo para a estrada para seguir um bando de carros de corrida pelo país e dar aulas em casa para ele! Vá, se quiser, mas Beck vai ficar aqui.

— O que ele vai fazer aqui? Você trabalha sessenta horas por semana.

— Eu me viro. Pelo menos, ele vai à escola, tem sua rotina, sua casa.

— Você não se vira. Você o joga para uma babá. Hoje de manhã, escutei mais sobre a nova babá do que sobre você. E, aparentemente, ela nem é competente, já que a mão dele está queimada.

Merda.

A gritaria silenciou, e eu sabia que Drew estava tentando se controlar. Imaginei sua mandíbula ficar tensa e se flexionar conforme ele inspirava fogo e tentava expirar gelo.

Quando ele finalmente falou, seu tom estava mais do que bravo; beirava um tom fatal.

— Você não faz ideia do que está falando. Eu não jogo meu filho para uma babá. Ele estava comigo ou com minha namorada o tempo todo, e foi bem cuidado.

— *Namorada*? — Alexa cuspiu. — Agora você traz meu filho para conhecer sua foda do mês?

— *Nosso* filho — Drew rosnou. — E ela *não é* uma foda do mês. Diferente de você, eu nunca apresentei a Beck ninguém com quem estava apenas saindo. Todas as vezes que ele mencionou homens aleatórios junto com você, fiquei de boca fechada e confiei que você seria cuidadosa e teria respeito perto dele. E espero que faça a mesma coisa em troca por Emerie.

— Emerie? A mulher que conheci na recepção? Está transando com a funcionária?

— Estamos compartilhando o espaço. Ela é psicóloga, não funcionária. E que porra significaria para você se ela limpasse o chão aqui? Pelo menos, ela *tem* um emprego. Você deveria tentar. Talvez te falte apreciar as botas de mil dólares que está usando agora.

— Estou criando nosso filho. É um emprego de período integral.

— Engraçado como ele é *nosso* filho quando estou te pagando por esse emprego de período integral. Mas *seu* quando você quer levá-lo em um tour NASCAR de caipiras.

— Eu vou levá-lo — ela soltou.

— Não vai levá-lo.

— Não acho que seja algo que você queira discutir. Beck deveria conhecer o pai e passar um tempo com ele.

Me preparei para o rugido que eu sabia que viria.

— *Ele está passando tempo com o pai dele!*

— Estou falando do pai biológico.

— Não foi escolha minha. Você se certificou disso. Deus sabe que *eu não teria me casado com você se soubesse que era uma prostituta carregando o filho de outro homem!*

— Vá se ferrar!

— Vá embora, Alexa. Vá embora desta porra.

Mesmo que eu estivesse esperando, pulei quando a porta de Drew se abriu rapidamente e bateu contra a parede. Alexa saiu pisando duro e batendo tudo.

Aguardei na minha sala por alguns minutos, sem saber se deveria dar um tempo para Drew se acalmar ou tentar confortá-lo. Em certo momento, quando não escutava nada além de silêncio, resolvi ver como ele estava.

A cadeira de Drew estava longe da mesa, e ele estava sentado com os cotovelos nos joelhos e a cabeça entre as mãos.

— Você está bem? — perguntei baixinho.

Ele não olhou para cima quando respondeu. Sua voz estava rouca.

— Estou.

Entrei em sua sala com passos hesitantes.

— O que posso fazer?

Drew balançou a cabeça algumas vezes, depois olhou para cima.

— Pode me transformar no pai *de verdade* daquele garotinho? — Meu coração apertou quando vi sua expressão de derrota. Seus olhos estavam vermelhos e cheios de lágrimas não derramadas, e senti a dor que podia ver em seu rosto.

Me ajoelhei diante dele.

— Você é o pai *de verdade* dele, Drew.

Embora ele estivesse me escutando, eu não estava conseguindo alcançá-lo. Então resolvi contar uma história que nunca tinha contado a ninguém.

— Quando eu tinha 19 anos, decidi que queria conhecer minha mãe biológica. Não faço ideia do porquê; não tinha dado nada errado. Acho que eu só estava curiosa. Enfim, minha adoção era aberta, então a informação estava lá se eu quisesse ver. Sem querer magoar meus pais, decidi não contar para eles, e eu mesma peguei a informação.

Agora Drew estava prestando atenção, então continuei.

— Um sábado, eu disse a meus pais que iria na casa de uma amiga, mas, em vez disso, dirigi quatro horas pelo estado para o endereço da minha mãe biológica. Me sentei do lado de fora da casa dela e esperei que saísse. Depois, a segui para onde ela trabalhava em um restaurante. Após algumas horas, tive coragem de entrar. Tinha visto pela janela, então sabia que seção ela estava servindo e pedi uma mesa perto da janela para que ela fosse minha garçonete.

Apesar de Drew estar magoado, ele esticou o braço e apertou minha mão, me encorajando.

— O que aconteceu?

— Ela veio tirar meu pedido, e balbuciei toda palavra que saiu da minha boca. Mas consegui pedir torrada e chá enquanto a encarava. — Pausei, pensando de novo naquele dia. — Ela tinha cabelo vermelho.

Drew acariciou meu rosto.

— Enfim, enquanto ela estava tirando um pedido na mesa ao lado da minha, meu celular tocou, e vi que era minha mãe. Deixei cair na caixa-postal porque pensei que talvez ela tivesse, de alguma forma, descoberto o que eu estava fazendo e tivesse ficado brava. Mas, quando escutei seu recado, ela só queria ver como eu estava e se estava tudo bem. Ela disse que eu parecia um pouco triste no dia anterior. Não preciso dizer que me senti culpada pra caramba. Quando a garçonete, minha mãe biológica, veio trazer minha torrada alguns minutos mais tarde, eu estava chorando. Ela olhou diretamente para mim, mas não perguntou se eu estava bem. Mal podia esperar para jogar a torrada na mesa e desaparecer.

Suspirei.

— Olhei mais uma vez para a mulher que me dera à luz e percebi que minha mãe era a mulher que deixara o recado na caixa-postal. Eu era biologicamente conectada àquela garçonete, mas ela não sentia nada de diferente por mim do que por um completo estanho. Porque era isso que eu era... uma completa estranha. Joguei uma nota de vinte na mesa e nunca olhei para trás.

Encontrei os olhos de Drew.

— Ser pai é uma escolha, não um direito. Nunca entendi de verdade por que meus pais comemoravam o Dia da Recepção até esse dia. Você é o pai de Beck, como Martin Rose é meu pai. Qualquer um pode se tornar pai, mas é necessário um pai de verdade para amar e criar uma criança como se fosse seu filho.

— Venha aqui. — Drew me levantou do chão e me colocou em seu colo. Ele colocou uma mecha de cabelo atrás da minha orelha. Sua raiva anterior e seus olhos tristes haviam suavizado. — De onde você saiu?

— Invadi e te mostrei minha bunda, lembra?

Ele deu risada, e senti um pouco da tensão se dissipar quando ele me abraçou e beijou o topo da minha cabeça.

— Obrigado. Eu precisava disso.

Fiquei emocionada por tê-lo acalmado. Já que Drew esteve com Beck a semana toda, essa era, na verdade, a primeira tarde que tínhamos sozinhos em muito tempo.

— Eu não tenho compromisso por mais duas horas, se precisar de *mais alguma coisa*.

Drew estava se levantando comigo agarrada em seus braços praticamente antes de eu terminar a frase. Dei um gritinho com o movimento repentino. Esperando que ele me colocasse na mesa dele com as pernas abertas, fiquei surpresa quando começou a seguir para a porta da sala.

— Sem sexo na mesa? — perguntei.

— A mesa é para foder. Eu quero fazer amor com você.

CAPÍTULO 36
Drew

Eu poderia me acostumar com isso.

Tinha acabado de sair do chuveiro e ido para a cozinha. Emerie estava no fogão usando uma das minhas camisas, que chegava aos seus joelhos, fazendo algo que cheirava quase tão bem quanto ela. Havia música tocando, e parei na porta e a observei balançar de um lado para outro, cantando uma música que não reconheci.

Como se me sentisse, depois de um minuto, ela se virou e sorriu.

— O café da manhã está quase pronto.

Assenti, mas fiquei parado por mais um minuto, gostando de observá-la. Cinco dias atrás, depois que Alexa pisoteou e me encheu falando sobre querer levar Beck em uma viagem de carro, achei que minha semana fosse ser uma merda — como era normalmente depois de uma das nossas discussões. Mas Emerie tinha um jeito de me acalmar, me fazendo focar no lado positivo. Talvez pode ter ajudado o fato de ela estar na minha cama toda noite para ajudar a aliviar qualquer estresse, e que, naquela manhã, eu havia acordado com a cabeça dela debaixo das cobertas e sua língua me lambendo como se eu fosse um pirulito.

Ela sorriu e deu uma piscadinha, ruborizando.

— Vá se sentar. É minha vez de te alimentar.

É. Havia uma grande po*ssibilidade de eu me acostumar com isso.*

— A que horas é seu primeiro compromisso? — perguntei. Tínhamos terminado de tomar café da manhã, então eu a tinha fodido no balcão da cozinha para depois lavar a louça enquanto ela se aprontava. Agora ela estava passando alguma merda nos cílios conforme se inclinava para o espelho.

— Às dez. Mas preciso ir ao meu apartamento primeiro. E o seu?

— Não tenho compromissos até a tarde, mas preciso escrever uma moção e levar para a corte de família depois. O que você precisa do seu apartamento?

— Roupas. A não ser que ache que posso sair com um cinto e saltos com isso? — Ela apontou para minha camisa, que estava aberta, e ela sem nada por baixo. Adorando o fácil acesso, segurei um peito antes de me abaixar e beijar seu mamilo endurecido.

— Por que não deixa algumas roupas para as noites que passa aqui? Assim não precisa correr para casa com as roupas do dia anterior. — Embora a declaração tivesse saído sem pensar muito, não me assustei depois de ter falado. Estranho.

Emerie olhou para mim.

— Está me oferecendo uma gaveta?

Dei de ombros.

— Pegue metade do closet, se quiser. Não gosto da ideia de você andar pela cidade com sua saia e sem calcinha de manhã... apesar de que não consigo entender por que você não pode simplesmente virá-la do avesso e usar de novo.

Ela enrugou o nariz.

— Isso é coisa de homem.

Depois de ela se maquiar com o que tinha na bolsa, vestiu-se e voltou para seu apartamento. Liguei para Alexa e deixei um recado que passaria lá para pegar Beck para o fim de semana umas 17h.

Grato por sua caixa-postal ter atendido em vez de ela mesma, desci para trabalhar um pouco, ainda com meu bom humor — só para ser recebido por um oficial de justiça aguardando na minha porta. Eu era um advogado de divórcio; não era incomum encontrar um deles na primeira hora da manhã. O que era incomum era o oficial ser da corte de Atlanta.

Tinha acabado de ler o mesmo parágrafo do processo pela quinta vez.

Ocorreram mudanças desde o último julgamento de custódia que necessitam de modificação na ordem de visita do filho. As mudanças eram desconhecidas na época do decreto final e justificam uma revisão do acordo de custódia.

Era a parte seguinte que tinha me feito sentar na cadeira, em vez de seguir para o apartamento de Alexa, porque eu temia o que seria capaz de fazer depois de ler o resto.

Em anexo, a paternidade foi estabelecida para Levi Archer Bodine, e não o réu para o qual foi garantida visita no decreto final de custódia.

A peticionária exige uma modificação de guarda compartilhada igualitária para permitir ao réu uma visita a cada dois fins de semana por um período de oito horas. O aumento da visita do peticionário permite tempo para a apresentação do pai biológico ao sujeito menor.

Além disso, a guarda compartilhada do réu deveria ser reduzida baseado em incidentes recentes de negligência à criança. Especificamente, o réu se envolveu em conduta que colocou o sujeito menor em risco ao expor a criança a criminosos conhecidos. Como resultado direto dessa conduta, o sujeito menor foi ferido.

Portanto, a peticionária tem motivo para se preocupar com a segurança do menor e exige uma modificação imediata no decreto de custódia.

O documento anexo para apoiar a petição incluía uma cópia da prisão mais recente do suposto criminoso e um relatório do pronto-socorro. A criminosa era Emerie e, claro, era apenas uma cópia parcial das acusações de atentado ao pudor. Não havia menção de que ela era uma adolescente ou de que a acusação foi retirada no mês anterior. Além desse monte de merda, havia uma cópia do relatório do pronto-socorro com o diagnóstico de uma queimadura acidental, junto com uma declaração de uma enfermeira que verificou que Beck foi levado com seu pai e a mulher que estivera com ele na hora do ferimento: *Emerie Rose.*

Após a terceira vez que caiu na caixa-postal, não consegui mais aguentar e fui falar com Alexa pessoalmente. Não era a ideia mais inteligente, considerando o humor que eu estava, mas precisava conversar com ela. Eu tinha apenas uma coisa para jogar nessa mulher, mas tinha muito disso: dinheiro. Eu não estava longe de pagá-la para parar com essa merda. *De novo.* Esse joguinho era retaliação por ter lhe dito que não poderia levar Beck a uma viagem de duas semanas seguindo o circuito NASCAR. Ela precisava me mostrar quem estava no controle. Eu conhecia minha ex-esposa; ela era astuta e fazia de tudo para se certificar de que estivesse por cima. Nossa briga, e talvez o fato de ter visto Emerie, a deixara com a sensação de que eu precisava ser colocado em meu lugar.

A primeira vez que bati na porta do seu apartamento não foi respondida e serviu apenas para me irritar e me fazer bater mais forte. Depois de dois impacientes minutos, peguei minha chave. Quando expulsara Alexa e alugara seu apartamento, tinha guardado uma chave para mim. Nunca houve uma ocasião para usá-la, mas eu estava cansado de ela me ignorar.

A fechadura estava emperrada, mas, depois de um minuto remexendo a chave, senti um alívio ao ouvir o barulho alto de destravamento. Sem querer levar uma pancada na cabeça com uma frigideira, abri um pouco a porta e gritei.

— Alexa?

Não tive resposta.

Uma segunda vez.

— Alexa?

O corredor estava quieto, e não havia som vindo de dentro do apartamento. Decidindo que era seguro, abri a porta.

E meu coração parou quando vi o que tinha dentro.

CAPÍTULO 37
Emerie

Estava acontecendo alguma coisa.

As portas do escritório bateram pela meia hora em que estava atendendo pelo telefone. Nos últimos dez minutos, também havia começado uma gritaria. Uma voz era de um Drew muito bravo, e a outra era de Roman, que chegara recentemente. Com frequência, ele fazia investigações para Drew, mas o que quer que estivesse acontecendo parecia bem mais pessoal do que apenas um caso.

Depois de me desculpar de novo com meus pacientes — mentindo e dizendo que iria falar com a equipe de construção sobre a linguagem deles —, desliguei e fui para a porta fechada do escritório. Parei ao escutar meu nome.

— Emerie? O que ela tem a ver com isso?

— Alexa basicamente disse à corte que estou dormindo com uma ex-condenada.

— Uma ex-condenada? O que ela fez? Levou uma multa?

— É uma longa história, mas ela foi presa por atentado ao pudor no mês passado.

— O quê?

— Aconteceu quando ela era adolescente. Era uma multa por nadar nua que se transformou em um mandado porque ela não pagou. É um delito... nada mais sério do que uma multa. Mas claro que Alexa está fazendo parecer que é algo mais. A petição a chama de ex-condenada com uma inclinação a atentado ao pudor. E ela também adicionou que foi a mesma ex-condenada que recentemente fez Beck se queimar.

— *Porra.*

— É. Porra. Essa não é a pior parte. Eu podia sair dessa em uma corte de Nova York com a merda que os juízes escutam todos os dias por aqui. Mas ela preencheu o processo de mudança de custódia em Atlanta.

— Como ela pode fazer isso quando vocês dois moram aqui?

— Acabei de chegar do apartamento dela. Ela foi embora. O porteiro disse que ela saiu ontem e deixou um endereço de correspondência. O apartamento dela está vazio. *A desgraçada se mudou!*

Drew não era de beber muito. Ele bebia o copo ocasional de uísque ou uma ou duas cervejas, mas beber tudo de uma vez não era coisa que o via fazendo.

Até aquela noite.

Mesmo que ele tivesse me assegurado de que nada disso era minha culpa, eu ainda me sentia culpada como a catalisadora por fazê-lo parecer um pai irresponsável.

Estávamos sentados no apartamento de Drew; nós dois cancelamos todos os compromissos da tarde. Eu tinha prometido a Roman que Drew estaria no aeroporto para seu voo da manhã seguinte. Os dois iriam voar para Atlanta, a fim de tentar conversar com Alexa, e eu estava muito grata por Drew não ir sozinho. Ele nem conseguia falar o nome da ex-esposa sem rosnar.

Fechando a porta quando Roman saiu, tranquei a fechadura de cima, peguei a bebida de Drew do balcão da cozinha e servi o que restava. Depois fui para o sofá onde ele estava deitado com um braço cobrindo os olhos. Suas pernas eram mais compridas que o sofá, e seus pés se entrelaçavam no fim. Desamarrei os sapatos dele e comecei a tirá-los.

— Está tentando me deixar nu? — Drew falou arrastado. — Fodam-se os sapatos. Tire minhas calças.

Sorri. Mesmo bêbado, ele ainda era ele mesmo.

— São quase 23h. Seu voo é em dez horas. Acho que precisa dormir um pouco. Amanhã o dia pode não ser muito gentil com sua cabeça.

Seus sapatos grandes caíram no chão quando os retirei, seguidos por suas meias.

— Não posso perder meu filho.

Meu coração se partiu, sentindo a angústia em sua voz falhada.

— Não vai. Se não puder comprá-la, vai convencer um juiz de que seu filho precisa de você e pertence a você.

— Não há muita justiça em nosso sistema. As pessoas como eu a transformam em um jogo todos os dias.

Eu não sabia como responder a isso. Só queria fazer o que pudesse para ele se sentir bem. Então tirei os sapatos, subi no sofá e o abracei, me aconchegando em seu peito.

— Sinto muito por isso estar acontecendo. É tão óbvio o quanto você ama aquele garotinho. Um juiz precisa enxergar isso.

Ele me apertou em resposta e, alguns minutos depois, após eu pensar que ele tinha dormido, ele falou de novo, suas palavras menos que um sussurro.

— Você quer filhos, Oklahoma?

— Eu quero. Adoraria ter alguns e talvez também adotar.

— Você vai ser uma boa mãe um dia.

— Não conseguimos encontrá-la. O endereço de correspondência que ela deixou era da casa do irmão dela. O cara é um vagabundo. Cheguei à casa dele às duas e ele ainda estava dormindo. — A risada de Drew fez um estrondo pelo telefone. — Bom, estava dormindo até Roman o erguer no ar com as mãos.

— Você invadiu?

— Não precisei. A porta da frente nem estava trancada. Acredite, ele não precisa trancar. Nem as baratas querem entrar naquele lugar.

— Ele te disse onde Alexa está?

— Ele não sabia.

— Está mentindo pela irmã?

— Acho que não. Ele teria falado. Sua bunda magricela estava com tanto medo de Roman que se mijou. Além disso, eu conheço o cara. Ele teria tentado me vender onde ela estava por dinheiro suficiente para comprar droga se tivesse alguma ideia. O cara venderia a própria mãe por vinte dólares.

— Então o que você sabe?

— Cheguei à corte antes de fecharem e preenchi uma ordem de restrição de emergência pedindo ao juiz que a obrigasse a voltar a Nova York. Nosso acordo de custódia não permite que nenhum de nós tire Beck do estado sem a permissão do outro. Eles vão adicionar o processo ao calendário com o pedido de mudança de custódia dela para depois de amanhã. Se não conseguirmos encontrá-la na quinta, ela terá que, no mínimo, aparecer na corte.

— Há algo que eu possa fazer?

— Não. Obrigado, querida. Só de ouvir sua voz já faz bem para mim.

Sorri.

— Talvez hoje à noite te ligue e esta voz terá coisas safadas para dizer.

— É?

Mordi o lábio.

— Jogo em equipe. Quero ajudar de qualquer maneira que puder.

— Vou me livrar de Roman por um tempo mais tarde. Ele gosta de sentar no bar e beber alguns uísques no fim do dia. Não acho que eu farei isso por muito tempo depois de ontem à noite. Prefiro ouvir você gozar enquanto me diz o quanto sente falta do meu pau.

— Pode deixar. Vou para casa logo.

— Ok, querida. Me ligue mais tarde quando estiver livre.

— Drew?

— Sim.

— Só para você saber, estou com saudade de você e do seu pau.

Ele rosnou meu nome.

— Vá logo para casa.

Eu nunca tinha feito sexo pelo telefone, e estava realmente ansiosa para ligar para Drew. Tanto que coloquei um baby-doll fofo de seda e perfume para a ocasião. Era um pouco depois das dez, então pensei que ele estaria se arrumando para dormir também. Peguei meu celular, liguei e sorri quando ele atendeu com uma voz rouca.

— Está nua?

— Não, mas posso ficar.

Minha mão estava no interruptor da cozinha, pronta para apagar a luz e levar meu celular para a cama, quando ouvi uma batida na porta. Drew também ouviu.

— Tem alguém aí?

— Acho que sim. Espere um segundo. — Fui até a porta e olhei pelo olho mágico mesmo sabendo quem era sem nem olhar. Eu não tinha muitos amigos na cidade, muito menos alguém que fosse simplesmente passar em casa.

— Posso te ligar de volta daqui a uns minutos?

— Eu quero saber quem é?

— Provavelmente não. Me dê um tempinho para me livrar dele.

Depois que desliguei, peguei uma blusa do armário e vesti antes de abrir a porta.

— Baldwin? Está tudo bem?

— Está, sim. Só queria ver como você estava. Bati aqui ontem à noite, mas você não estava. Então tentei esta manhã, e você também não estava, e aí não respondeu minhas mensagens hoje. Estava começando a ficar preocupado.

Meus sentimentos por Baldwin estiveram tão atrapalhados que havia me esquecido de que ele foi um bom amigo para mim por uns anos.

— Desculpe. Não quis te preocupar. Eu estou bem. Está tudo bem. Ontem foi somente um dia maluco, seguido por um agitado hoje.

Ele não pareceu convencido, então resolvi ser sincera.

— Comecei a sair com alguém e dormi na casa dele ontem à noite.

— Oh. — Ele deu um sorriso triste que pareceu forçado. — Bom, fico feliz que esteja bem.

Quando não ofereci para ele entrar, seus olhos analisaram meu rosto todo como se estivesse procurando alguma coisa. Esperei em um silêncio bizarro, fechando minha blusa enquanto ficava ali parada.

Em certo instante, Baldwin assentiu de forma curta, e seus olhos pararam em minhas pernas nuas.

— É o advogado?

Por algum motivo, fiquei incomodada por ele tê-lo chamado de *o advogado* e não por seu nome.

— Drew. É.

Ele me olhou nos olhos.

— Está feliz?

Nem precisei pensar para responder.

— Estou.

Os olhos de Baldwin se fecharam rapidamente, e ele assentiu de novo.

— Talvez possamos tomar café e conversar este fim de semana.

Sorri.

— Claro.

Café no Starbucks provavelmente era a melhor forma de recomeçar nossa amizade. O recomeço era totalmente por causa do meu fim, porque Baldwin nunca realmente tinha se interessado por mim da forma que eu era interessada por ele. Mas, agora que eu estava saindo com alguém, não parecia certo sair com ele para jantar. Talvez algum dia no futuro, quando se passasse mais tempo entre os sentimentos que eu tinha por Baldwin e o início de uma relação, mas, naquele momento, apenas parecia errado.

Depois de nos despedirmos, esperei um minuto para reagrupar meus pensamentos antes de ir para o quarto ligar de volta para Drew. Havia muito tempo que meus sentimentos por Baldwin tinham sido intensos. Não conseguia desligá-los completamente, mas algo definitivamente tinha mudado. Embora eu soubesse que parte de mim sentiria falta do conforto irrestrito que eu gostava de ter com Baldwin quando não havia nada me contendo, percebi que era mais importante respeitar os limites que sabia que Drew iria querer que eu tivesse, como não convidar um homem para entrar em meu apartamento tão tarde enquanto estivesse com meu pijaminha fofo.

Me sentindo satisfeita, apaguei todas as luzes e deitei na cama ao ligar para Drew pelo celular.

— Ei — eu disse.

— A visita foi embora? — A cautela tinha se instalado na voz confiante de Drew.

— Era Baldwin. Queria ver como eu estava. Aparentemente, bateu aqui ontem à noite e hoje de manhã e ficou preocupado porque também não respondi às mensagens dele.

— O que disse a ele?

— Eu disse que tinha dormido na casa do meu namorado e estive ocupada, mas que estava tudo bem.

— Seu namorado, hein? É isso que eu sou? — Havia alívio em sua voz.

— Prefere ser chamado de alguma outra coisa?

— Não sei. O que mais você tem?

— Humm... vamos ver... que tal homem que me dá muitos orgasmos?

— Parece ser meu nome indiano.

Dei risada.

— Que tal senhorio com benefícios ou Capitão Prolactinador?

— Me chame do que quiser para seu Professor Cretino, contanto que ele saiba que você é minha.

Minha. Eu gostava do som disso. Não tinha certeza de como acontecera. Nos conhecendo, começara a florescer no meio de uma briga e floriu enquanto eu estava debruçada na mesa dele, mas, independentemente de como chegamos ali, chegamos de alguma forma. E percebi que não havia outro lugar em que preferiria estar.

— Está sozinho?

— Roman está no bar lá embaixo. A bartender é uma mulher. Não acho que ele vá sentir falta da minha companhia.

— Ok, que bom. — Estiquei a mão para o criado-mudo e abri a gaveta. — Ouviu isso?

— Não me diga que ele está batendo de novo.

Tirando meu vibrador da gaveta, decidi que Drew precisava de um pouco de distração dos últimos dois dias horríveis. Liguei e o segurei perto do meu celular por alguns segundos antes de descê-lo pelo meu corpo.

— Isso é...

— Meu vibrador. Esteve solitário nas últimas semanas.

Drew rosnou.

— Caralho. Queria estar aí para te observar.

— Acho que eu iria gostar. Talvez quando você voltar.

— Talvez, não. Vou direto para seu apartamento quando sair do avião.

Sua reação me recarregou. Esfreguei o vibrador no meu clitóris e falei com a voz tensa.

— O que acha de você gozar de um jeito diferente primeiro?

CAPÍTULO 38
Drew

— Ela tem coragem — Roman sussurrou não muito baixo para mim quando Alexa sorriu em nossa direção enquanto entrava na corte com seu advogado, Atticus Carlyle.

Minhas mãos cerraram-se em punhos. Depois de não ter nenhum resultado procurando-a por um dia e meio, não sei por que fiquei surpreso por ela ter escolhido aquele imbecil. Detestava o desgraçado quase tanto quanto ele me detestava. Ele era o bom rapaz popular do sul: fala grossa, gravata-borboleta, e mencionava Deus em seus argumentos de abertura e finais. Também era o único advogado que já tinha me feito perder na corte. E aconteceu de termos sido atribuídos ao juiz que me deu sanções como resultado daquele desfecho. Estava começando a sentir que não era uma coincidência.

Precisando manter qualquer semblante de calma que me restara, não conseguia nem olhar para o outro lado da corte. O juiz Walliford entrou e o assistente uniformizado chamou o número do nosso caso. Ele passou alguns minutos lendo com seus óculos na ponta do nariz e, então, olhou para cima.

— Muito bem, olhe o que temos aqui. Parece que nós três já fizemos essa dancinha antes, não é? — Seu sotaque saiu carregado em *antes*.

— Sim, Meritíssimo — eu disse.

— Com certeza, aham. Bom vê-lo de novo — o advogado da oposição se demorou a falar.

Walliford folheou alguns papéis e retirou os óculos, depois se recostou na cadeira.

— Sr. Jagger, por que acha que este caso deveria ser processado na corte da cidade de Nova York em vez de aqui em Atlanta? O senhor não confia que as rodas da justiça vão na mesma velocidade que vocês, do norte, gostam?

Como eu deveria responder a isso? Preenchi uma moção para uma mudança no local baseado na residência. Pigarreei.

— Não, Meritíssimo. Tenho certeza de que esta corte faria um bom trabalho em qualquer caso apresentado, mas, já que a queixosa e eu moramos em Nova York, acredito que a jurisdição adequada seria o condado de Nova York. Segundo nosso acordo...

Carlyle se intrometeu.

— Meritíssimo, minha cliente é residente do bom estado da Georgia. Ela nasceu e cresceu aqui. Durante seu curto casamento com o sr. Jagger, foi residente temporária de Nova York por um período, mas recentemente comprou uma casa em Fulton County, e *este* é o estado em que ela reside. — Ele ergueu alguns papéis e continuou. — Tenho aqui uma cópia da ação para sua nova casa, sua carteira de motorista de Atlanta e uma cópia do aluguel em que ela estava ficando *temporariamente* em Nova York. O senhor vai ver que o aluguel nem estava no nome da sra. Jagger.

— Isso é mentira. O aluguel estava em meu nome porque eu estava pagando por ele. Ela morou lá por dois anos. — Eu sabia, antes de terminar, que cometera um erro enorme com minha explosão.

O juiz Walliford balançou o dedo.

— Não vou tolerar essa linguagem na minha corte. Os senhores do norte podem achar aceitável se comunicar assim, mas não estamos em um bar cheio de cigarro ou uma rua qualquer da cidade. O senhor vai respeitar este tribunal. Estou avisando, sr. Jagger. Depois do seu último comportamento nesta sala, o senhor está em rédea curta.

E *essa* foi a melhor parte do meu dia. O juiz Walliford negou meu pedido para mudar o local para Nova York e pediu um julgamento completo para a mudança na petição de custódia que Alexa preenchera, a começar em duas semanas a partir de segunda. A única coisa que ele fez a meu favor foi aplicar nossa agenda de custódia atual, na qual eu ficava com Beck sexta, sábado e domingo, assim como no jantar de quarta-feira. Embora ele tenha pedido que minha visita se localizasse, adivinhe, *no grande estado de Georgia.*

Esperei até estarmos do lado de fora do prédio para ao menos tentar me aproximar de Alexa. A última coisa de que eu precisava era que ela gritasse que eu a estava assediando e fizesse Walliford me prender.

Cerrei os dentes.

— Alexa, posso falar com você, por favor?

Carlyle pegou o cotovelo dela.

— Não acho que seja uma boa ideia, Alexa.

Eu o ignorei, olhando no olho da minha ex-esposa.

— Você me deve pelo menos isso. Faz mais de dois anos que descobri, e ainda dói bastante. Mas nunca deixei Beck ver ou sentir algo diferente do que o que ele é para mim. Independente de algum maldito exame de sangue, ele é meu filho. — Ela desviou o olhar. — Olhe para mim, Alexa. *Olhe para mim.* — Quando ela finalmente encontrou meus olhos, continuei. — Você me conhece. Será que vou desistir mesmo se perder em duas semanas?

Seu advogado se intrometeu.

— Está ameaçando minha cliente?

Continuei olhando para Alexa.

— Não. Estou pedindo para ela pensar primeiro em nosso filho e não continuar com isso.

Ela respirou fundo.

— Ele não é seu filho. Vamos, sr. Carlyle.

Ainda bem que Roman estava ao meu lado. Ele envolveu os braços em meu peito para eu não conseguir ir atrás dela, mesmo quando ela já estava longe.

Antes do voo para casa, tentei, sem sucesso, sincronizar meu calendário para que pudesse passar algumas horas mexendo em minha agenda a fim de passar segunda, terça e metade da quarta em Nova York, depois voltar para Atlanta para jantar com Beck na quarta à noite. Então ficaria em Atlanta e trabalharia remotamente de quinta à sexta antes de pegar Beck de novo para o fim de semana. Não seria fácil acumular toda uma semana de compromissos com clientes, depoimentos e aparições na corte em dois dias e meio, mas que escolha eu tinha? Meu filho precisava ser prioridade. Ele já estava confuso com a repentina mudança e por não poder passar os fins de semana na casa do seu pai. Eu também duvidava um pouco de que, se faltasse a uma única visita, o juiz Walliford não ficasse sabendo.

Não precisava lhe dar mais munição para usar contra mim.

Apesar de o meu filho ser minha prioridade, eu tinha outro foco agora que estava de volta em solo nova-iorquino. Não tinha certeza se conseguiria pegar o último voo de Atlanta para casa, então não falei para Emerie que haveria uma chance de voltar naquela noite. Estava tarde, quase meia-noite, mas dei ao taxista o endereço dela em vez do meu, mesmo assim.

Pelos seis dias que estivera fora, conversamos toda noite — e a maioria das noites terminou comigo me masturbando com o som do vibrador dela. Ajudara a aliviar a tensão, mas, ao mesmo tempo, me deixou mais faminto pela coisa de verdade.

O interior do seu prédio estava quieto. Subi de elevador sem ninguém me questionar, já que não tinha porteiro. Mas eu odiava isso. Ela precisava de um lugar mais seguro para viver; qualquer babaca poderia bater à porta dela. Falando nisso, um estava prestes a bater. Coloquei as malas no chão, dando uma olhada para a porta do apartamento vizinho.

É. Ela definitivamente precisa de um lugar mais seguro para viver.

Depois de duas rodadas de batidas na porta — a segunda tão alto que pensei que fosse acordar um ou dois vizinhos —, uma Emerie com cara de sono veio atender.

Já que ela estava dormindo, estava sem lentes e com óculos. *Deus, eu a adorava naquelas coisas.*

— Ei. O que está...

Não lhe dei chance de terminar, nem disse oi. Pelo menos não em palavras. Em vez disso, entrei logo, fazendo-a andar de costas enquanto segurava seu rosto não muito gentilmente e a beijava. Beijei-a forte e por muito tempo, chutando a porta para se fechar atrás de mim e, depois, erguendo-a para que suas pernas pudessem se envolver em minha cintura. Foi incrível, como a cura para a sensação esmagadora perpétua que tivera na última semana.

Quando deslizei a mão sob seus shortinhos de dormir sexy e segurei sua bunda, ela gemeu na minha boca, e tive o desejo de colocá-la no chão para poder fodê-la com o dedo. Mas isso significaria afastar meu pau já totalmente ereto do calor de suas pernas abertas, e não havia jeito de isso acontecer. Então, ao invés, de alguma forma, consegui chegar ao sofá sem tropeçar e, sem cerimônia, a joguei nele e a cobri com meu corpo.

— Senti pra caralho sua falta. — Minha voz estava crua.

Os olhos de Emerie estavam redondos e felizes.

— Imaginei pelo seu oi.

Comecei a chupar seu pescoço quando minhas mãos se abaixaram para tirar seus shorts e calcinha ao mesmo tempo.

— Sentiu minha falta?

Suas unhas cravaram nas minhas costas conforme a mordiscava do pescoço à orelha.

— Sim. — Ela respirou. — Senti. Muita.

Mordi seu lóbulo da orelha ao enfiar e tirar dois dedos em sua boceta.

— Quanto? Está molhada para mim? — Eu já sabia a resposta, claro, mas esperei que ela me dissesse.

— Estou.

Massageei seu clitóris com meu polegar.

— Está o quê?

— Estou molhada para você.

— Me diga que sua *boceta* está molhada para mim. Quero ouvir você dizer. — Eu já estava desafivelando as calças. Quem diria que eu tinha tanta destreza... De algum jeito, consegui nos despir com uma mão enquanto chupava o pescoço, a orelha e os lábios dela e a outra mão massageava sua boceta molhada.

— Minha... boceta está molhada para você.

Porra, não havia nada mais sexy do que escutar Emerie dizer que estava com tesão por mim. A última semana de inferno ficou em uma lembrança distante, e tudo que conseguia pensar era em estar dentro dela.

— Eu estava com muita saudade — disse a ela de novo, porque, apesar de já ter dito, era simplesmente a maldita verdade.

E eu precisava estar dentro dela. Eu ficaria devendo uma preliminar muito grande desta vez, apesar de que, pela forma como ela arfava e por sua umidade quente, ela não parecia se importar. Coloquei para dentro devagar, meu corpo tremendo para manter o controle. Quando entrei totalmente, teria jurado que aquelas terminações nervosas esquecidas tinham se reavivado pela primeira vez em anos. Sua boceta apertada envolveu meu pau, e suas pernas em minha cintura me apertaram ainda mais.

Caralho, não me lembro da última vez que foi tão bom.

Comecei a me mexer, basicamente porque precisava sentir aquele torno apertado me sugando conforme eu entrava e saía, e percebi que eu não ia durar muito. Estava simplesmente incrível demais. Emerie abriu os olhos quando tirei, e nossos olhares se encontraram. Pegando as mãos dela, entrelacei nossos dedos e os ergui acima da sua cabeça. Eu queria beijá-la, mas não conseguia parar de olhar para ela. A forma como ela arfava quando eu tirava e dava uma gemida quando voltava para dentro era maravilhosa de se ver.

Seus quadris se juntaram, movendo-se em uníssono com o meu. Para cima e para baixo, para dentro e para fora.

— Oh, Deus, Drew. Bem aí. Não pare.

Milagrosamente, consegui me conter até ela gozar. Observei seu rosto se transformar: sua cabeça se inclinou para o lado, seus olhos se reviraram e fecharam, seus lábios carnudos se abriram, e foi a coisa mais linda que eu já tinha visto.

Quando ela começou a se acalmar, aumentei a velocidade, com estocadas mais fortes e mais rápidas, perseguindo seu orgasmo conforme o meu chegava. Quando eu estava prestes a explodir, percebi por que parecia tão diferente, por que cada terminação nervosa, de repente, estava acordada pela primeira vez.

Eu não tinha colocado camisinha. *Merda.* Teria que tirar...

— Em, eu não... — tentei explicar por que estava prestes a arruinar seu orgasmo, mas estava sem palavras assim como sem resistência. — Sem camisinha.

Ela me olhou nos olhos.

— Tudo bem. Estou tomando pílula. Goze dentro de mim. *Por favor.*

Não havia nada mais que eu quisesse — terminar dentro dela. Meu corpo doía por essa necessidade animalesca, mas, quando libertei, também pareceu que eu estava lhe dando algo que tinha segurado em um nível muito mais profundo.

Pela primeira vez desde a noite em que conheci Alexa e ela me disse que estava tomando pílula, arrisquei confiar em alguém. Só que, por algum motivo, não pareceu que me arrisquei com Emerie. Apenas pareceu certo.

CAPÍTULO 39
Emerie

Senti a cama afundar quando Drew se levantou.

— Aonde está indo?

— Eu estava tentando não te acordar. — Ele deu a volta até o meu lado da cama e beijou minha testa. — Está cedo. Volte a dormir.

— Que horas são?

— Cinco e meia.

Me apoiei nos cotovelos no escuro.

— Por que levantou tão cedo?

— Preciso ir ao escritório descobrir como acumular os seis dias de trabalho, dos quais já tenho cinco agendados, em apenas dois por semana por um tempo.

— Acredito que não olhe seu calendário há uns dois dias.

— Tentei, mas a maldita coisa estava travada e não sincronizava.

Me arrumei na cama e puxei a coberta para cima.

— Seu primeiro compromisso é só depois das 10h. Não sabia que voltaria antes de hoje de manhã, ou teria marcado para mais cedo. Tudo está reagendado para as duas semanas seguintes. São longos dias, mas consegui deixar dois dias da semana para você fazer reuniões remotamente. Transformei uma reunião presencial em uma reunião pelo telefone, e você pode fazê-la de Atlanta na quinta da semana que vem. Mas todo o resto está ajustado. Também reagendei meu calendário da forma oposta, assim fico livre nos dias em que você está aqui e cheia nos dias em que não está. Assim, posso te ajudar com as coisas relacionadas à secretaria que você precisar para manter o dia andando.

Drew ficou em silêncio por um minuto, e comecei a me preocupar que talvez tivesse passado dos limites e não devesse ter mexido na sua agenda. Mas queria fazer o que podia para ajudar. O quarto estava escuro, e ouvi o arrastar das roupas, embora não tivesse certeza se ele estava tirando ou colocando até ele subir de volta na cama. Senti seu corpo quente se pressionar contra o meu. Ele ainda estava quieto, então me virei para encará-lo.

— Passei dos limites?

Ele acariciou minha face.

— Não, querida. Você não passou dos limites.

— É que você está tão quieto que pensei que tivesse passado.

— Só estou pensando.

— Em quê?

— No quanto sinto que estou em casa neste momento, e não coloco o pé no meu apartamento há uma semana.

Isso poderia ser a coisa mais gentil que alguém já tinha me dito. Ele também tinha razão. Estive agitada a semana inteira e não percebera até agora que me acalmara no minuto em que olhei pelo olho mágico na noite anterior.

— Sei o que quer dizer. Você me deixa calma. Em paz, acho que é isso.

— É? — Sua mão baixou por minha face, e seu polegar acariciou meu pescoço.

— É.

— Fico feliz. — Ele beijou o topo do meu nariz. — Sabe no que estou pensando agora?

— No quê?

— Como eu deveria te agradecer por consertar minha agenda. Se eu deveria usar a boca para te comer de café da manhã ou te virar e te pegar por trás enquanto enfio o dedo na sua bunda.

Dei risada.

— Você é bem grosseiro. Foi de gentil para porco em dez segundos.

A mão dele em meu pescoço caiu para meu seio, onde seu dedo perambulou e beliscou... forte.

— Você gosta da minha boca grosseira.

Decidindo que ele tinha razão, não contestei a verdade.

— Quais são minhas opções mesmo?

Ouvi o sorriso em suas palavras.

— Boca ou de quatro?

Engoli em seco.

— Por que só uma delas? Você não precisa estar no escritório antes das 10h.

— Quer mais café? — Passava das 18h, e Drew ainda tinha outro cliente para atender e uma dúzia de telefonemas para retornar.

— Adoraria. Obrigado.

Fiz seu café da forma que ele gostava e levei ao seu escritório. Ele estava lendo alguma coisa com uma capa azul que eu assinara há uma hora.

— Obrigado — ele disse sem olhar para cima.

— Você parece estar me agradecendo muito hoje.

— Apenas aguarde e verá o que eu tenho na manga para esta noite.

Eu sabia que ele estava ocupado, então não tomei muito do seu tempo brincando com ele. Drew me fez parar quando cheguei à porta.

— Na minha casa hoje à noite? Você pode ficar dormindo enquanto começo cedo amanhã, ou tomar um banho de banheira, se quiser. Minha nova secretária administradora de escravos agendou para eu começar às 7 da manhã.

— Tem certeza de que não dormiria melhor se eu ficasse em casa? Você precisa descansar com toda a viagem e o estresse pelo que está passando.

Drew jogou a pasta de documentos que estava lendo na mesa.

— Venha aqui.

Fui perto diante dele na mesa.

— Mais perto.

Quando dei a volta para onde estava sentado, ele me surpreendeu me puxando para sentar no seu colo.

— Quatro horas de sono ao seu lado são melhores do que oito horas em uma cama vazia.

— É melhor tomar cuidado, Jagger. Está perdendo sua amargura e ficando gentil comigo.

— Fui gentil com você desde a primeira noite em que tentou chutar minha bunda. Agora vá. Vá pegar suas coisas. Não precisa ficar aqui se terminou tudo, e a previsão é de neve mais tarde.

Saí para fazer como Drew instruíra: pegar roupas para uma noite e voltar.

No caminho inteiro para o meu apartamento, não conseguia parar de pensar nele. Drew era o tipo de homem que não facilitava ultrapassar seu exterior durão, mas, quando se conseguia, valia a pena vencer a dificuldade que ele colocava em te manter longe. Ao longo da semana anterior, pareceu que realmente teve uma mudança em nosso relacionamento.

Até liguei para meus pais enquanto pegava minhas roupas e resolvi contar a eles sobre o novo homem na minha vida — algo que eu raramente fazia. Ultimamente — digo, não sei, nos últimos três anos —, fora porque *não havia* nenhum novo homem, mas eu também sabia que minha mãe se preocupava comigo. Ela se preocupava que eu fosse me magoar, ou se eu, sem saber, escolhesse um assassino em série para namorar, porque, claro, todo mundo que morava em cidade grande tinha o potencial de estar a um passo de ser um assassino em série. Então eu era cuidadosa no quanto divulgava.

— Isso é maravilhoso, querida. Como vocês se conheceram?

Ãh... ele invadiu meu escritório, depois me tirou da cadeia no dia seguinte. Melhor primeiro encontro da vida.

— Na verdade, ele é o proprietário do meu novo escritório.

— E ele é um homem legal?

Nós não brigamos... hoje.

— Sim, mamãe. Ele é muito legal.

— No que ele trabalha?

Bom, ele sofre com tendências misóginas que desenvolveu por causa da sua ex-esposa traidora e mentirosa, e tenta libertar homens de seus casamentos falidos ao deixar as mulheres sem dinheiro.

— Ele é advogado. Advogado de família.

— Um *advogado*. Muito bom. E de direito de família. É uma profissão nobre. Quando vamos conhecer esse rapaz?

— Não sei, mamãe. Ele está muito ocupado com o trabalho agora.

E lutando para conseguir a custódia do filho... que não é tecnicamente seu filho porque a vaca da sua ex-esposa o viu como seu vale-refeição quando engravidou de outro homem.

Ela suspirou.

— Bom, só se certifique de que ele tenha os valores certos. Dinheiro e um rosto bonito causam cegueira temporária com frequência.

— Sim, mãe.

Conversamos mais um pouco e, então, não faço ideia de onde veio, mas lhe fiz uma pergunta que caiu da minha boca.

— Como soube que papai era o certo para você?

— Parei de usar a palavra *eu* quando pensava no futuro.

— Como assim?

— Antes de conhecer seu pai, todos os meus planos eram simplesmente isso... *meus* planos. Mas, depois dele, mesmo depois de apenas algumas semanas, eu parei de ver o futuro como meu e comecei a vê-lo como *nosso*. Nem reparei nisso por um tempo, mas, quando falava sobre as coisas que viriam... sábados à noite, feriados, o que fosse... em certo momento, percebi que tinha começado a dizer *nós*, e não *eu*.

Parei no mercado na volta para o escritório e comprei algumas coisas para fazer o jantar. Drew iria morar em um hotel em Atlanta e trabalhar muitas horas quando estivesse aqui, então pensei que gostaria de uma comida caseira. Ele entrou quando eu estava tirando a lasanha do forno.

— Que cheiro bom.

— Espero que goste de lasanha.

— É minha segunda comida favorita.

— Qual é a primeira?

Ele chegou por trás, colocou meu cabelo para um lado só e beijou meu pescoço. A palavra vibrou contra minha pele.

— Você.

— Controle-se. Você precisa comer uma refeição caseira quando pode. Suas próximas semanas serão ocupadas.

Abri a gaveta à direita do fogão para pegar uma espátula e encontrei dois carrinhos de brinquedo e um celular velho junto com os utensílios de cozinha.

— Eu me perguntava mesmo onde você guardava os carrinhos de brinquedo.

Drew deu risada.

— Quando falo para Beck arrumar suas coisas, ele simplesmente joga tudo nas gavetas. No ano passado, encontrei giz de cera na seção de colher da gaveta de utensílios. Ele tinha pegado as colheres e as jogado no lixo. Quando perguntei por quê, ele deu de ombros e disse que não precisávamos delas porque poderíamos imitar colher com a mão, mas nada substituía coisas para colorir.

Sorri.

— Ele tem um bom argumento.

Drew colocou a mão na gaveta e pegou o celular.

— Lembra quando nos conhecemos e eu olhei as fotos no seu celular?

— Lembro. Você me disse que o melhor jeito de conhecer alguém é olhando suas fotos no celular quando eles menos esperam. Depois que deixei você olhar as minhas, descobri que o seu estava vazio. — Exagerei um suspiro. — Babaca.

Drew abriu o celular de flip, apertou alguns botões e me deu.

— Vou tomar banho e me trocar para jantar. Este é o celular de Beck. Não tem sinal, mas ele gosta de usar para tirar fotos. Toda vez que começo a duvidar se estou fazendo a coisa certa ficando na vida dele, se estou confundindo as coisas ao não recuar e deixar seu pai biológico assumir, vejo essas fotos. Dê uma olhada.

Drew foi para o quarto, e me servi de uma taça de vinho e sentei à mesa da sala de jantar para olhar as fotos.

A primeira era de Drew se barbeando. Ele estava em pé no banheiro apenas com uma toalha amarrada na cintura. Havia creme de barbear no lado esquerdo do seu rosto, e ele segurava a lâmina de barbear perto do queixo após barbear uma faixa. A outra face já estava perfeitamente barbeada. Ao lado, no reflexo do espelho, pude ver Beck segurando o celular com uma mão, e a outra segurava uma espátula coberta de creme de barbear perto do rosto, que também estava com metade limpo de espuma.

A foto seguinte era de Beck em pé em um rio. Parecia ser no norte do estado. Provavelmente fora tirada há um ano, dado o quanto o rosto de Beck amadurecera. Ele usava galochas e sorria amplamente para a câmera conforme segurava um peixinho que deve ter pescado do rio.

Continuei vendo: fotos de Beck e seu pai patinando no gelo, uma foto deles sentados juntos no metrô, uma de Drew lendo *Harold e o giz de cera roxo* para Beck na cama, deles andando de bicicleta com Roman no Central Park, uma que tive que virar o celular de ponta-cabeça para perceber que estava olhando para a foto do lado certo — era Beck tirando a foto dos dois enquanto estava nos ombros de Drew. Ele tinha se inclinado para tirar foto do rosto deles.

Foto após foto revelava a vida deles juntos e mostrava o quanto Drew *era* o pai de Beck, independente do que um exame de laboratório dizia.

A última foto me surpreendeu. Eu nem sabia que Beck tinha um celular quando foi tirada, muito menos que ele tirara uma foto. Era a tarde em que fomos patinar no gelo — antes da minha queda e de torcer meu tornozelo. Beck deve ter ficado em um lado do rinque, enquanto Drew e eu estávamos do outro lado, e eu tentava patinar. Minhas pernas estavam bem separadas — algo que eu não conseguia impedir naquele dia — e eu estava rindo a caminho do chão em uma abertura nada graciosa. Drew estava com um braço em minha cintura, tentando me segurar, e eu estava olhando para baixo, rindo enquanto ele também estava rindo. Parecíamos tão felizes — quase... como se estivéssemos apaixonados.

Meu coração inchou no peito. Drew tinha razão. A melhor forma de conhecer alguém era olhar suas fotos. Ele olhava as fotos e via o amor de um pai e um filho; um lembrete do porquê precisava lutar. Eu via um bom homem, um que tinha paixão feroz pelas coisas que amava e que faria qualquer coisa para protegê-las. Passando o dedo pela tela enquanto encarava a nossa foto, de eu caindo, percebi que tinha caído também de amor naquele dia.

Precisei piscar para evitar que as lágrimas caíssem e que minhas emoções me tomassem, e decidi que deveria me levantar e cortar a lasanha, a fim de me ocupar.

Ainda pensativa, não percebi e segurei a parte quente da travessa para que pudesse cortar.

— Droga. — Chacoalhei a mão e abri a torneira da cozinha para deixar cair água fria na parte queimada. *Estou arrasando com este fogão.*

Claro que Drew apareceu naquele instante.

— O que aconteceu?

— Peguei na travessa quente. Não queimou muito, só está doendo um pouco.

Drew tirou minha mão da água fria corrente, inspecionou-a e a colocou de volta quando terminou.

— Eu sirvo. Vá se sentar. Não quero acabar no pronto-socorro pela terceira vez só este ano.

Passamos o jantar inteiro nos atualizando, já que não tínhamos exatamente conversado muito na noite anterior ou naquela manhã; a menos que contasse a comunicação entre nossos corpos. Drew me informou da estratégia do julgamento de custódia, e eu lhe contei sobre alguns novos pacientes que eu pegara. A coisa toda pareceu doméstica e natural de forma bizarra. Depois de terminarmos de comer, Drew encheu a máquina de lavar louça enquanto eu limpava os balcões e a mesa.

— Onde foi tirada aquela foto de Beck pescando? Ele estava tão adorável com suas galochas.

— No norte. Roman tem uma cabana nas montanhas em New Paltz. É rústica, mas tem uma banheira antiga que você iria gostar. Nós deveríamos ir na primavera.

— Eu adoraria.

Algumas horas mais tarde, estávamos escovando os dentes e nos preparando para dormir quando Drew disse:

— Tess ligou hoje.

— Quem?

— Minha secretária. Ela disse que o médico acha que ela pode voltar a trabalhar meio período em duas semanas. Sua recuperação depois da cirurgia de quadril está melhor do que o esperado, e se mexer ajuda na fisioterapia.

— Isso é ótimo. — Na correria do mês anterior, eu não tinha realmente procurado um novo escritório. Na primeira semana, eu ligara para um corretor de verdade, que me mostrara espaços pequenos em áreas que eu não queria por mais do dobro do meu orçamento. Havia dado uma pausa depois disso. Apesar de que, no momento, o pensamento do que eu conseguiria com meu dinheiro não era nem metade da depressão que era pensar em não ver mais Drew todos os dias. — Desculpe. Eu preciso voltar a procurar um novo espaço.

Drew franziu as sobrancelhas.

— Do que está falando?

Enxaguei a boca e falei com Drew pelo espelho.

— Do nosso acordo. Você me deixou ficar enquanto sua secretária estava fora em troca de eu atender ao telefone e ajudar até encontrar um novo local.

Ele me virou com suas mãos em meus ombros.

— Você não vai a nenhum lugar.

— Não posso pagar minha parte do que deve ser o aluguel do seu escritório.

— Bom, vamos encontrar um jeito.

— Mas...

Ele me calou com um beijo, mas manteve o rosto perto do meu.

— Vamos dar um jeito. Vamos só resolver essa merda em Atlanta e, então, vamos sentar e conversar sobre isso, se quiser. Ok?

Eu não queria adicionar estresse ao que ele já estava sentindo, então assenti.

— Ok.

Só quando fui para a cama e pensei em tudo que tinha acontecido no dia foi que conectei alguns pontos das últimas horas.

— *Roman tem uma cabana nas montanhas em New Paltz. Nós deveríamos ir na primavera.*

— Vamos *encontrar um jeito.* Vamos *só resolver essa merda em Atlanta...*

— *Como soube que papai era o certo para você?*

— *Parei de usar a palavra* eu *quando pensava no futuro.*

Drew estava usando *nós* tanto quanto eu estava, independente se tinha consciência ou não disso.

Quando ele se deitou ao meu lado na cama, abracei-o forte. Talvez, apenas talvez, nenhum de nós tivesse achado a pessoa certa antes... porque ainda não tínhamos nos conhecido.

CAPÍTULO 40
Drew

Foram as três semanas mais longas da minha vida.

O meirinho chamou a seção da corte. O juiz Walliford, com sua bunda gorda, demorou para entrar; tenho certeza de que ele chamaria isso de *demora adequada sulista*. Então, entrou e folheou um monte de documentos. Roman se sentou na primeira fileira da sala bem atrás de mim, e se inclinou para apertar meu ombro e me confortar enquanto eu esperava para descobrir o quanto minha visita iria sofrer. Eu sabia que iria mudar alguma coisa. Só não fazia ideia do quanto seria ruim.

A última vez que fiquei nervoso assim, à beira do que mudaria o resto da minha vida, foi no dia em que me casei com Alexa. E nós sabemos como aquela porra acabou. Olhei para minha ex-esposa uma-vez-na-vida-vestida-adequadamente. Ela, claro, olhava para a frente, sem retornar meu olhar. Aquela mulher era uma peça rara.

Finalmente, Walliford terminou de folhear os papéis e pigarreou antes de mergulhar em um monte de formalidades para registro.

— Número do caso *179920-16. Jagger vs. Jagger*. Petição para redução de custódia. Moção cruzada para obrigar realocação e reforçar o acordo prévio de custódia.

Então, enfim, ele olhou para cima.

— Antes de eu começar com minhas decisões, gostaria de um instante para dizer que este não foi um caso fácil. Precisei considerar os direitos de ambas as partes presentes neste tribunal, os direitos de um pai biológico do qual foram roubados anos de convivência com o filho, assim como o que é melhor em relação ao garoto.

Ele olhou diretamente para Alexa.

— Sra. Jagger, responsabilizo amplamente a senhora pela confusão que temos aqui hoje. Se a senhora tivesse a mínima dúvida de que seu marido pudesse não ser o pai do garoto, tinha o dever de descobrir a verdade quando essa criança abençoada nasceu.

Pela primeira vez, senti uma pontada de esperança. Walliford não tinha exposto sua opinião nenhuma vez, e presumi que ele tivesse caído no charme sulista de Alexa desde o primeiro dia. O que saiu de sua boca depois me chocou mais ainda.

— Sr. Jagger, gostaria de elogiá-lo na sua devoção ao jovem Beckett. Está claro que o ama e se importa com a criança, independente do resultado do teste de paternidade ter sido diferente há alguns anos.

Por dentro, eu pulava no ar comemorando, mas, de alguma forma, consegui simular modéstia.

— Obrigado, Meritíssimo. Significa muito vindo do senhor.

— Certo. Bom, dito isso, vamos ao ponto da questão hoje. Na petição da sra. Jagger por uma mudança de custódia, não encontrei circunstâncias que garantam uma modificação. A visita de Andrew M. Jagger está, pelo presente, confirmada sem mudança.

Ele olhou para Alexa.

— Sra. Jagger, o fato de sua petição aumentar a custódia a fim de permitir que o sr. Bodine comece a ter visitas com seu filho é um passo na direção certa. No entanto, não passou despercebido que o sr. Bodine não apareceu nenhuma vez durante esses procedimentos. Para ser bem franco, a falta de interesse e de participação dele me faz questionar as prioridades e interesses dele na vida do filho. Independente disso, ele é o pai do menino, e vou garantir visitas para o sr. Bodine. Todavia, esse tempo sairá do *seu* tempo com seu filho, não do sr. Jagger. Esta corte garante a petição de Levi Bodine para custódia por oito horas por semana. Depois de uma relação estabelecida, e de o sr. Bodine ter provado a esta corte seu desejo de estar envolvido na vida do filho, vou considerar visitas adicionais. Entretanto, provavelmente também sairão do seu tempo, sra. Jagger.

Fiquei extremamente boquiaberto diante da corte. Mentalmente, estava passando pela linha amarela de chegada com as mãos para cima conforme terminava uma maratona que corria há quase quatro semanas. Não conseguia acreditar que tinha ganhado.

Atrás de mim, Roman soltou um triunfante *isso*, e eu fiquei lá atordoado, sentindo como se estivesse em um sonho e, a qualquer segundo, iria acordar para encontrar o pesadelo da realidade.

Então o juiz Walliford finalizou.

— Por último, na moção do sr. Jagger para compelir Alexa e Beckett Jagger a realocarem sua casa de Nova York, este pedido é negado.

Espere. *O quê?*

— Meritíssimo, se vou continuar com minha visita, como pode negar meu pedido de que meu filho volte para casa?

— Não é óbvio, sr. Jagger? Seu filho estará aqui no grande estado da Georgia. Pode pensar em se realocar. — Ele bateu o martelo e se levantou para sair da sala.

— Isso é estúpido! Eu trabalho em Nova York. Alexa nem tem um emprego aqui.

Walliford parou de andar.

— Mil dólares por usar essa linguagem e esse tom no meu tribunal. Se não gosta da minha decisão, leve para o tribunal de apelação.

Apoiei-me na parede do banheiro para me manter ereto o suficiente para mijar, então saí cambaleando do banheiro de volta para o meu banquinho. Gravata e paletó só Deus sabia onde estavam, zíper ainda aberto, camisa metade para dentro e metade para fora; eu estava o desastre que sentia por dentro.

— Vou querer outro uísque. — Deslizei meu copo para o barman. Ele olhou para Roman, depois para mim. — Precisa pedir a permissão do meu pai ou algo assim? Só me dê a maldita bebida.

Mencionei que sou ainda mais babaca do que o normal quando estou bêbado?

Meu celular pulava no balcão do bar. Emerie. Era a terceira vez que ela estava ligando. E era a terceira vez que eu não atendia.

— Não vai atender de novo? — Roman perguntou.

Arrastei a fala:

— Praaaaqquuê?

— Que tal para deixar a moça ter uma boa noite de sono hoje? Deus sabe que você vai dormir bem quando cair às 5 da tarde, seu egoísta idiota. — Roman bebeu sua cerveja e a colocou no balcão. — Ela te ama. Você vai conseguir.

— Conseguir o quê? Está acabado.

— Do que está falando? Não seja um cretino. É a primeira mulher pela qual eu vejo você se apaixonar. Há quanto tempo somos amigos?

— Aparentemente, muito tempo, se vai começar a me dar sermão.

— O que eu te disse no fundo da igreja logo antes de se casar com Alexa?

Na condição em que eu estava, a maior parte da minha vida era um borrão, mas aquela manhã era sempre clara como cristal. Pensei em Roman me oferecendo as chaves para fugir em mais de uma ocasião depois disso. "*O carro está nos fundos, se quiser fugir*", ele tinha dito. Quando o lembrei que Alexa estava carregando um filho meu, e eu ia fazer a coisa certa, ele disse: "*Foda-se a coisa certa*".

O barman trouxe minha bebida e, já que eu ainda conseguia me lembrar de uma parte da minha vida que não tinha vontade de recordar, imediatamente bebi metade do copo.

Então me virei para olhar para Roman — bom, dois Roman.

— Você nunca disse "eu te avisei".

Ele balançou a cabeça.

— Não. Também não vou dizer isso se não seguir meu conselho e descobrir um jeito de fazer dar certo com Emerie. Não sou muito de esfregar más escolhas na cara das pessoas.

— Às vezes, a escolha é feita para você pela circunstância.

Roman deu risada.

— Isso é mentira, e você sabe disso. — Ele pausou. — Lembra de Nancy Irvine?

Demorei um minuto para procurar nas profundezas do meu cérebro marinado pelo álcool.

— A garota da catapora?

Ele inclinou a cerveja na minha direção.

— Essa mesma.

— O que tem ela?

— Lembra do pacto que fizemos de nunca pegarmos a mesma garota?

— Aham.

— Bom, depois que se mudar para Atlanta e deixar Emerie de coração partido porque é muito idiota para não tentar descobrir um jeito de as coisas darem certo, eu estarei lá para confortá-la... dentre outras coisas. Vingança é uma merda.

— Vá se foder.

— Você se importa? Ela é só boceta para te manter ocupado. Não vale a pena para você se preocupar.

Como se fosse um sinal, meu celular se acendeu com o nome de Emerie, indicando que uma mensagem tinha chegado. Peguei o celular e minha bebida e me levantei.

Cambaleando, me inclinei para meu amigo.

— Vá se foder.

E saí tropeçando para encontrar o elevador do hotel.

CAPÍTULO 41
Drew

Se pudesse simplesmente abrir meu crânio e deixar um pouco das baterias que estavam dentro dele saírem, eu poderia ter tido chance de me levantar do sofá.

Era a porra de um milagre até eu ter entrado no avião. Nunca teria acontecido se não fosse por Roman, que arrastou minha bunda de ressaca do quarto do hotel às 6 da manhã.

Agora era meio-dia. Eu chegara em casa há mais de uma hora, e finalmente tive colhões para responder Emerie.

Eu *mandei mensagem*.

É. *Colhões*. Com certeza.

E menti.

Não que fosse a primeira vez. Certamente não seria a última.

Drew: Desculpe por ontem à noite. Estava doente como um cachorro. Intoxicação alimentar. Sushi ruim, eu acho.

Os pontinhos começaram a pular imediatamente.

Emerie: Só fico feliz de estar bem. Estava preocupada. O que aconteceu no tribunal?

Admitir a verdade significaria ter de ligar para ela, e eu ainda não estava pronto.

Drew: O juiz adiou a decisão até a semana que vem.

Emerie: Poxa. Ok. Bom, talvez isso seja bom. Ele realmente está dando atenção.

Eu não poderia ser um otário quando ela estava tentando bastante se manter positiva.

Drew: Talvez.

Emerie: Quando você volta?

Foi aí que comecei a me sentir um verdadeiro monte de merda. Uma coisa era omitir a decisão. Na minha cabeça, eu podia justificar isso como para evitar magoá-la, mas ficar lá sentado mentindo para ela quando provavelmente ela estava lá embaixo atendendo telefone... Isso era simplesmente covardia.

Mas essa conclusão não me tornou menos babaca.

Drew: Provavelmente vou pegar o último voo desta noite. Vai estar tarde quando eu chegar.

Emerie: Estou ansiosa para te ver.

Finalmente eu disse algo que não era mentira.

Drew: É. Eu também.

Havia um espelho na recepção que refletia o corredor que levava aos escritórios particulares. Parei quando avistei Emerie — linda pra caralho. Tão doce e sincera e tudo de bom. Minhas mãos começaram a suar conforme fiquei ali parado observando-a. Sua porta estava fechada, e ela estava escrevendo alguma coisa no quadro branco, provavelmente algo positivo sobre fazer as coisas darem certo e que iria me fazer sentir mais desprezível ainda quando lesse.

Tinha passado as últimas 24 horas pensando em como deveria falar, o que a magoaria menos. Não havia motivo para lhe contar o que acontecera na corte. Ela acreditava que relacionamentos pudessem aguentar qualquer coisa se duas pessoas se esforçassem. Não havia dúvida em minha mente de que ela iria querer tentar ficar junto enquanto ficaríamos separados por quase 1.500 quilômetros. Primeiro, poderia até parecer que dava certo. Mas, em certo momento, a merda começaria a desmoronar. Sempre acontece. Provavelmente não perceberíamos como as coisas tinham ficado ruins até explodir na nossa cara. Emerie tinha acabado de ajustar sua vida em Nova York; deixá-la viver essa vida era a coisa certa a fazer.

Então, tudo que eu podia fazer era acabar rápido com aquilo. Não arrastar essa merda e tentar a coisa a longa distância, porque isso só desperdiçaria mais o tempo dela. Ela desperdiçou três anos da vida esperando aquele babaca do Baldwin; eu não queria fazer a mesma coisa. Término rápido e total, como arrancar um band-aid. Na hora, dói pra cacete, mas, depois que você deixa o ar fresco entrar, descobre que a ferida se cura.

Ela fechou a caneta e deu um passo para trás, lendo o que quer que tivesse escrito. Um sorriso lento se abriu em seu rosto, e minha dor de cabeça tinha finalmente chegado como uma vingança.

Respirei fundo e fui para minha sala.

Emerie saiu da dela quando eu estava prestes a passar.

— Ei, dorminhoco. — Ela abraçou meu pescoço. — Que pena que não demorou um pouco mais. Eu já ia subir para te acordar. — Ela me beijou nos lábios e completou: — Nua.

— Emerie... — Limpei a garganta porque minha voz estava pateticamente falhando. — Precisamos... — Não consegui finalizar a frase, porque, antes que pudesse adicionar a palavra *conversar*, nossos celulares começaram a tocar, e o cara do correio gritou da recepção. Em vez de ignorar, optei por adiar, como o otário sem colhões que eu era.

Então, depois que o cara do correio foi embora, o supervisor do prédio veio falar comigo sobre algum trabalho que iriam fazer para o qual precisariam cortar a água por umas duas horas no dia seguinte. Na hora que fui liberado dessa conversa, meu cliente tinha aparecido mais cedo para a reunião. Não podia simplesmente deixá-lo esperando na recepção enquanto terminava com minha namorada, então minha conversa com Emerie iria atrasar por, pelo menos, uma hora.

Mas um compromisso seguiu o outro, e uma hora se transformou em duas, e, de repente, eram quase 19h. Emerie não fizera nada além de sorrir e parecer feliz o dia todo por eu estar de volta. Ela até pedira almoço e se sentara na recepção falando besteira com um dos meus clientes por dez minutos para que eu pudesse engolir a comida. Agora, todas as minhas desculpas tinham se acabado, e o escritório estava quieto.

Olhei para fora pela janela, bebendo o café que tinha magicamente aparecido na minha mesa há meia hora, quando Emerie entrou no meu escritório. Eu soube por causa do barulho do seu salto, não porque me virei.

Ela veio por trás e colocou as mãos na minha cintura.

— Que dia louco.

— É. Obrigado por tudo. Pelo almoço, pelo café, por atender aos telefones e à porta o dia todo. Por tudo.

Ela apoiou a cabeça nas minhas costas.

— Imagine. Formamos um bom time. Não acha?

Fechei os olhos. Droga. *Só arranque o band-aid, Drew, seu merdinha. Arranque essa porra.* Engoli em seco e me virei para encará-la.

— Emerie... Eu não sirvo para estar em um time.

Ela deu risada, provavelmente ainda não entendendo por completo o que eu estava dizendo. Então, ela me olhou e viu uma expressão sombria. Seu sorriso murchou.

— O que está dizendo? Você trabalha muito bem em equipe. Eu faço o que você precisa, e você faz a mesma coisa por mim.

Arranque a porra desse band-aid. Rápido.

— Não, Emerie. Isso é o que um funcionário faz para o chefe. Nós não somos um time.

Parecia que ela tinha sido acertada por um golpe físico. Seu lábio inferior inchado tremeu por meio segundo e, então, ela se recompôs e todo o seu comportamento mudou. Braços que estavam casualmente ao lado do corpo cruzaram à frente do peito em uma postura protetora, e ela endireitou as costas. O foda é que, por um breve segundo, eu *fiquei excitado* vendo-a mudar para o modo discussão. Afinal de contas, foi discutindo que começamos essa confusão. Mas não era definitivamente a hora nem o lugar para pensar no meu pau.

— Todo relacionamento passa por períodos em que uma pessoa precisa se apoiar mais na outra. Chegará o dia em que vou precisar me apoiar em você.

A conselheira de relacionamentos apareceu, e eu percebi que teria que ser grosseiro. Então, em vez de arrancar o band-aid, abri uma nova ferida.

— Não quero que se apoie em mim, Emerie. Preciso terminar as coisas entre nós.

Ela deu um passo para trás, então assumi a responsabilidade e falei tudo.

— Meu filho é minha prioridade, e não há espaço para mais ninguém na minha vida.

A voz de Emerie era um sussurro.

— Entendo.

— Sinto muito. — Por força do hábito, estiquei o braço para tocar seu ombro, confortá-la, mas ela se afastou como se minha mão pegasse fogo.

Olhando para baixo, ela disse:

— Deixei seus recados na mesa, e seu primeiro compromisso foi alterado para 7h30.

Deveria ter dito muito mais coisa, mas tudo que fiz foi assentir. O que ela nem viu.

Emerie saiu do meu escritório, e tudo que eu queria era voltar os últimos cinco minutos — voltar no tempo e lhe dizer que não queria somente ser seu colega de equipe, queria ser todo o seu time. Mas, em vez disso, fiquei ali parado e a observei ir embora. Porque seria difícil apenas um mês ou um ano a partir de agora — *relacionamentos* à *distância não funcionam*. Um de nós ficaria muito pior quando o tempo passasse e alguém traísse.

Emerie desapareceu na sua sala e saiu um instante depois usando seu casaco com seu laptop e a bolsa pendurada no ombro. Fechou gentilmente a porta do seu escritório — tão gentil que quase não a escutei sair. Talvez esse fosse o objetivo. Mas escutei e, quando olhei para cima para vislumbrá-la, vi que ela estava chorando. Precisei agarrar na cadeira diante de mim a fim de me impedir de ir atrás dela.

Depois, ela se foi.

E, conforme fiquei parado no lugar pela hora seguinte com aquela merda girando na minha mente, tudo no que podia pensar era: quem eu estava tentando proteger?

Ela... ou *eu*.

CAPÍTULO 42
Drew

Não achei que fosse possível ficar ainda pior do que na semana anterior. Alexa e eu tínhamos brigado por uma hora quando peguei Beck e, então, ela começara de onde parou quando o levei de volta dois dias depois. Meu filho não se sentira bem o fim de semana inteiro e queria saber por que não poderíamos mais ir para a minha casa. Eu não sabia o que lhe dizer e, quanto mais eu perambulava pelo limbo, mais difícil era sair dele.

Para piorar tudo, meu voo de volta a Nova York atrasou seis horas, e a última noite decente de sono que eu tivera foi a noite antes de o juiz declarar sua decisão. Até a aeromoça perguntou se eu estava me sentindo bem. A verdadeira questão era que eu não estava me sentindo bem — estava me sentindo desgraçadamente miserável tentando pensar na minha mudança para Atlanta. Embora esse não fosse o motivo *real* do meu recente ódio pela vida.

Quando meu voo pousou no JFK, era meia-noite. Estava tão exausto da falta de sono que pensei que realmente fosse desmaiar; precisava desesperadamente fechar os olhos. Mas, então, cometi o erro de passar no escritório, só para dar uma olhada.

Estava quieto. Eu não esperava que Emerie estivesse lá naquela hora. Ela havia me evitado a todo custo antes de eu ir para Atlanta, indo ao escritório para encontrar seus pacientes pessoalmente e saindo imediatamente depois. Achei que ela estivesse fazendo o resto do seu trabalho em casa. Além disso, ao ter acesso à minha agenda, ela saberia que eu iria voltar mais cedo, então tinha certeza de que não a veria.

Deixei as malas na mesa da recepção e caminhei pelo escritório estranhamente silencioso. A porta de Emerie estava fechada, e tentei o meu melhor para só passar por ela, mas simplesmente não consegui. Mesmo que eu tivesse relativa certeza de não haver ninguém ali, bati primeiro, então lentamente abri a porta. Estava escuro, mas a luz do corredor iluminou o suficiente para eu ver lá dentro. Mas tive certeza de que a escuridão estava me fazendo imaginar coisas. Então acendi a luz. Meu coração pulou para a garganta quando congelei e encarei.

Vazio.

A porra do escritório estava *vazia*.

Pisquei algumas vezes, torcendo para que meus olhos estivessem aplicando truques em mim, mas não... Ela tinha ido embora. Para sempre, desta vez.

— Preciso que localize alguém para mim.

— Bom dia para você também, flor do dia, caralho. — Roman se jogou na cadeira de visita do outro lado da minha mesa.

Quando lhe mandei mensagem às seis da manhã, ele já estava indo para minha casa. Já que não dormi a noite inteira e decidi tornar minha insônia algo produtivo, eu disse a ele para me encontrar no escritório.

— Não há nada de bom hoje. — Joguei o arquivo que estava na minha mão na mesa e esfreguei os olhos.

— Você está um lixo, cara. — Roman se recostou na cadeira e colocou seu pé com bota na minha mesa, cruzando os tornozelos. Normalmente, eu os empurraria, mas não me importei naquela manhã.

— Toda essa ideia de viajar acabou comigo.

— É, é esse o motivo.

— O que quer dizer com isso?

— Nada. Do que precisa?

— Quero que siga Emerie para mim.

— Para que essa porra? Ela não está do outro lado do corredor metade do dia?

— Ela se mudou.

— Quando aconteceu?

— Alguma hora nos últimos dias, presumo. Voltei à meia-noite e sua sala estava vazia.

— Acho que isso explica por que parece que não dorme há dois dias.

— Só preciso saber se ela encontrou um novo lugar para alugar. Encontrei uma casa pequena em Atlanta. Dave Monroe vai se juntar a mim aqui por meio período, assumindo um pouco do trabalho que meus clientes não vão se importar se eu não tratar pessoalmente. Entre isso e trabalhar remotamente, estou pensando que posso voltar duas vezes por mês por alguns dias em vez de ir e voltar toda semana. Não há motivo para que ela não possa ficar aqui. Seria fácil não me encontrar.

— Então você vai mesmo fazer isso? Vai abandonar seu trabalho e se mudar para Atlanta?

— Que escolha eu tenho? Vou entrar com apelação, mas não há garantia de que vá mudar alguma coisa. Beck sente o limbo em que estou. Não posso morar em um quarto de hotel... Ele nunca vai se adaptar sem ter seu próprio lugar para dormir e guardar suas coisas. Precisa sentir que está em casa, que estou lá se precisar de mim... eventos da escola, consultas médicas. Ele acabou de entrar em um pequeno time de hóquei. O que eu faria quando os jogos dele fossem em dias em que eu estivesse em Nova York? Além disso, não posso ir e voltar 52 vezes por ano, acumulando 40 horas de trabalho em dois dias. Fica difícil depois de um tempo.

— De quanto tempo é o aluguel da casa que encontrou?

— De um ano. — Meus ombros caíram. — Acho que vai levar nove meses até eu conseguir uma data para meus argumentos orais na minha apelação da custódia.

— Já assinou?

— Ainda não. Vou encontrar o proprietário quando voltar no fim desta semana.

— Que bom. Me dá mais alguns dias.

— Para quê?

— Estou com um cara em Atlanta trabalhando em uma coisa para mim.

— Eu quero saber?

Roman sorriu.

— Caralho, não, porque aí você não fica comprometido.

Era a primeira vez que eu ria desde... não sabia quando. Aquele era Roman, um homem com um plano e que sempre me apoiava.

— Bom, o que quer que seja, obrigado.

— Então o que quer que faça com Emerie? Só segui-la? Que tal uma pista do que estou procurando?

— Só preciso saber se ela está bem. Ver se ela encontrou um escritório e se está em um bairro seguro.

Roman ergueu uma sobrancelha.

— Então não quer que eu descubra se ela está transando com alguém?

Cerrei minha mandíbula tão forte que quase quebrei um dente.

— Não. Se descobrir, nem me conte essa merda. Principalmente se esse babaca for Baldwin... porque ele vai apenas ferrar com ela.

— Como você?

— Que porra isso significa? Eu não ferrei com ela. *Eu* me ferrei. Estou fazendo o que é melhor para ela.

Roman se levantou.

— Não vou discutir com você, cara. Vou segui-la, se é isso que você quer. Mas talvez deva se perguntar se o melhor para Emerie não seria deixá-la tomar a própria decisão de como lidar com seu relacionamento.

CAPÍTULO 43
Emerie

— Você foi maravilhosa — Baldwin disse da porta.

Olhei para cima enquanto guardava os materiais da minha aula.

— Há quanto tempo está aí parado?

— Peguei os últimos cinco minutos.

— Você está sendo gentil. Eu estava uma pilha de nervos.

Ele sorriu.

— Vai ficando mais fácil. Mas, sério, não pareceu.

Dois dias antes, Baldwin tinha me ligado para dizer que uma das assistentes do departamento precisou sair inesperadamente e perguntou se eu queria substituí-la. Iria praticamente me garantir a vaga de professora-adjunta para a qual faria a entrevista no dia seguinte, então concordei, embora tivesse zero vontade de fazer qualquer coisa naqueles dias. Sair da cama foi uma dificuldade.

Depois de terminar de guardar tudo, fui até a porta.

— Está indo para uma aula?

— Não. Acabei de terminar de corrigir uns trabalhos e queria ver como você estava. Que tal almoçarmos? Há um ótimo bistrô a algumas quadras que faz a melhor salada de atum.

No último mês, estivera evitando Baldwin por respeito a Drew, mas não havia mais motivo para fazer isso. Apesar de não estar muito no clima de companhia, eu sabia que me trancar no apartamento e ficar triste não era realmente saudável.

— Claro. Adoraria.

Baldwin e eu almoçamos do lado de fora perto dos postes de aquecimento, já que estava uma tarde linda. Em certo momento, levantei para ir ao banheiro e vi um homem sentado em um carro estacionado a um quarteirão. O carro estava atrás de mim enquanto eu estava comendo, então não fazia ideia de quanto tempo estivera ali, mas poderia jurar que o homem ali dentro era Roman. Depois de terminarmos o almoço, procurei o carro de novo, mas já tinha sumido.

Mais tarde naquele dia, depois de fazer algumas tarefas na rua, fui para casa atender uma consulta on-line. Eu nem conseguia abrir toda a porta da frente porque meu apartamento estava abarrotado com móveis de escritório. Provavelmente não foi a ideia mais inteligente sair antes de encontrar um novo espaço, mas simplesmente não conseguia mais ficar lá. Mesmo quando Drew não estava, eu só conseguia pensar nele. Pensei que me livrar de ver a mesa onde fizemos sexo e a sala de cópias onde nos conhecemos me ajudaria a pensar menos nele. Infelizmente, meus pensamentos se mudaram comigo em vez de ficarem para trás no escritório.

Enquanto eu estava arrumando meu laptop para que meus pacientes não vissem a loucura que o cômodo estava, cheio de móveis, uma batida soou à porta. Detestava ter esperança, pensando que talvez fosse Drew. Fiquei confusa quando vi Roman pelo olho mágico.

Abri a porta.

— Roman?

Ele estava parado segurando o batente de cima da porta.

— Fui instruído a te seguir.

— Pensei ter te visto no restaurante hoje.

— Posso entrar? Não vou tomar muito do seu tempo.

— Hummm... claro. Lógico. Mas devo alertá-lo de que minha casa está uma bagunça. Mudei o escritório para o meu apartamento minúsculo e não tenho lugar para colocar nada, então está basicamente tomando toda a sala. — Abri a porta o máximo que pude, e Roman entrou. — Posso pegar alguma coisa para você beber?

Ele ergueu uma mão.

— Estou bem.

Havia pilhas de arquivos por todo o sofá. Comecei a juntá-los para abrir espaço para ele.

— Quer sentar? Fique confortável para me contar por que está me seguindo.

Ele riu.

— Claro.

Sentei na cadeira do meu escritório diante dele e esperei que começasse.

— Drew me pediu para te seguir. Ele diz que quer se certificar de que seu novo escritório seja em um bairro seguro.

— E daí se não fosse? O que ele vai fazer com essa informação?

Roman deu de ombros.

— As coisas nem sempre fazem sentido quando um homem está apaixonado.

— Apaixonado? Você perdeu a parte que ele terminou comigo?

— Nunca pensei que diria isso sobre o meu melhor amigo. Conheço o homem desde o Ensino Fundamental, e ele sempre teve coragem, mas está com medo.

— De quê?

— De amar. A mãe traiu o pai dele e foi embora quando ele era criança. A esposa mentiu para ele sobre o filho de quem estava grávida, então continuou a transar com o pai do bebê depois que eles estavam casados. Ele se apaixonou por aquele garotinho, depois ela tirou a paternidade dele. Também é lembrado dia sim, dia não, no trabalho, de como alguns relacionamentos acabam... principalmente aqueles em que os casais não passam tempo juntos. Finalmente, encontrou uma bondade na vida dele com você. Detesto vê-lo desistir disso porque está com muito medo de arriscar. Ele ao menos te contou que o juiz deixou Alexa ficar em Atlanta, e que ele vai se mudar para lá?

— Não.

Havia uma dor no meu peito. A forma como ele terminara as coisas fazia um pouco mais de sentido agora. Uma parte de mim conseguia entender por que Drew era tão cético de que as coisas poderiam funcionar entre nós. Seu passado praticamente o ensinara que, quando você se apaixona, você é afastado. Mas isso não era desculpa para o que ele tinha feito. Mesmo se fosse justificado, não mudava o fato de que ele nem tentara brigar por nós. Nem me contou o que estava acontecendo.

— Sinto muito pelo que ele está passando, Roman. Nada disso é justo para ele, mas, mesmo se fosse verdade que ele ainda se importa comigo, o que eu poderia fazer? Não posso fazê-lo não ter medo. Ele nem quer tentar. Isso me diz que não valia a pena se arriscar por mim. Preciso valer mais que isso.

Roman assentiu.

— Entendo. É só que... eu te vi com aquele professor hoje no almoço.

— Baldwin e eu somos amigos. Sim, nós temos um histórico... ou deveria dizer que *eu* tenho um histórico de sentimentos por Baldwin. Mas me apaixonei por Drew, e isso me fez ver que os sentimentos que eu tinha por Baldwin não eram realmente amor. Porque nunca foi assim com Baldwin... O que tenho com Drew está em um nível diferente.

Roman sorriu.

— Você disse *tem*, não "tinha".

— Claro. Não consigo desligar os sentimentos só porque fui magoada. Vai ser difícil esquecer Drew.

— Me faz um favor? Ainda não comece a tentar muito. Tenho esperança de que meu amigo vá cair em si.

CAPÍTULO 44
Drew

Eu não suo.

Já tinha levantado no tribunal e voado para o meu assento quando uma testemunha mudou seu depoimento e o juiz estava me encarando com severidade — nada. Ainda assim, de alguma forma, naquele dia, eu tive que secar a testa, e o guardanapo grudou nas minhas mãos suadas.

Por que eu tinha que fazer isso hoje? Eu não estava pronto. *Beck* não estava pronto. Mas isso não iria impedir minha ex-esposa. Ela ameaçara contar a Beck quando eu o devolvesse naquela noite, se eu não contasse, e, apesar de ela não ser uma mulher de palavra, eu tinha certeza de que ela cumpriria essa ameaça.

Era a segunda vez, em muitas semanas, que eu estava canalizando meu pai. *Arranque o band-aid* era seu clichê favorito. Só esperava que a expressão de Beck não se parecesse em nada com a de Emerie quando terminei tudo.

Me virei para Beck, que estava gargalhando assistindo a desenhos, e olhei meu relógio. *Merda*. Eu estava sem tempo para enrolar.

— Beck? Amigão? Preciso conversar com você sobre uma coisa antes de você voltar para a mamãe hoje. Acha que pode desligar a TV?

Ele se virou para mim, um garoto muito tranquilo e doce.

— Ok, papai.

Depois de se levantar e pegar o controle da mesa, ele se sentou de volta e se virou, me dando sua total atenção. Minha boca, de repente, ficou seca, dificultando para falar. Não havia jeito fácil de falar isso para uma criança, independente do quanto eu fosse devagar.

— Está tudo bem? Você está fazendo a cara que eu faço antes de vomitar.

Beck se levantou.

— Quer que eu pegue um balde igual você faz para mim quando vomito?

Dei risada de nervoso.

— Não, amigão. Não preciso de um balde.

Pelo menos, eu acho que não.

— Sente-se. É sobre eu ser seu pai.

— Você não vai mais ser meu pai? É por isso que não me leva mais para sua casa?

Talvez eu precise, sim, daquele balde.

— Oh, Deus. Nada disso. Eu nunca vou parar de ser seu pai. Mas... — Porra, aqui vai. — Mas algumas crianças são sortudas e têm mais de um pai e uma mãe.

Seus olhos se iluminaram.

— Você vai se casar com Emerie?

Jesus. Aquilo doía em muitos níveis.

— Não acho que isso vá acontecer, Beck. Não.

Ele estava ficando empolgado e desatou a falar.

— Porque Mikayla da escola tem uma madrasta. Seus pais são divorciados como você e mamãe, e agora ela tem *duas* mamães.

— Não. Bom, sim. Não. Quase isso. O negócio é que... na verdade, *eu sou* o seu padrasto.

— Então eu tenho dois pais? — Ele franziu o nariz.

— Tem. Quando você nasceu, sua mãe e eu éramos casados. Eu não sabia que você não era meu... — Senti as palavras começarem a se acumular na minha garganta e precisei de alguns segundos para não demonstrar o quanto eu estava magoado. Precisava que Beck soubesse que o que eu estava lhe contando não causaria nenhum efeito em nosso relacionamento, e meu choro não enviaria o recado correto.

Comecei de novo.

— Eu não sabia que você não era... meu filho, biologicamente falando, até anos depois que você nasceu.

— Se você não é meu pai biológico, então quem é?

— É um homem chamado Levi. Mamãe disse que você já o encontrou algumas vezes.

Seus olhos se iluminaram.

— O piloto de carro de corrida?

Eu estava emocionalmente em conflito. Enquanto era horrível para mim que ele estivesse empolgado por aquele babaca ser parente dele, se facilitasse para ele aceitar a novidade, eu apoiaria.

— Isso. O piloto de carro de corrida.

— Ele dirige um carro legal! Tem um *scoop*, e é muito alto.

Forcei um sorriso.

— Sua mãe vai começar a te levar para conhecer Levi. Mas não significa que alguma coisa vá mudar entre mim e você.

Ele pensou sobre tudo que eu disse por um instante, depois perguntou:

— Você ainda me ama?

Beck podia ter quase 7 anos e estar começando a não querer segurar minha mão ao ir para a escola, mas todas as defesas tinham caído agora. Eu o coloquei no meu colo e falei diretamente para seus olhos.

— Eu te amo mais que tudo neste mundo.

— Então você não vai me abandonar porque eu tenho um novo pai?

— Não, Beck. Eu nunca iria te abandonar. As pessoas não abandonam quem amam. Ficam juntas para sempre. É por isso que vou me mudar para Atlanta. Sua mãe o trouxe para cá, e eu vou aonde você for.

— Será que meu pai biológico não me ama, e por isso a gente morava em Nova York?

Jesus. Ele tinha umas perguntas difíceis.

— Sei que é confuso, mas Levi não sabia que você era filho dele quando você nasceu. Então ele não teve a chance de te conhecer. Agora que ele sabe, vai te amar também, tenho certeza.

Percebi que era hora de me sentar e ter uma conversa com Levi para me certificar de que meu filho seria a prioridade que ele precisava ser. Se iria fazer parte da vida dele, era melhor ele não ser uma decepção.

— Ele também vai morar aqui?

— Não sei, amigão.

— Mas você disse que as pessoas não abandonam quando amam alguém.

Então ele só vai embora se não me amar?

Deus, eu estava fodendo com isso em um nível surreal.

— Às vezes, você precisa ir embora fisicamente, como talvez para trabalhar, mas descobre outras formas de estar com as pessoas todos os dias. Quando eu disse que as pessoas não abandonam quem amam, não quis dizer que elas tinham que estar com a pessoa no mesmo lugar todos os dias. Só é necessário ser mais criativo para encontrar formas de estar junto quando não se pode estar lá pessoalmente. Como você e eu fizemos mês passado quando precisei voltar para Nova York para trabalhar.

— Como Facetime com o iPhone da mamãe?

— Exatamente.

— Como Snapchat?

— Não conheço esse aí. Mas se você diz, então sim.

Beck assentiu e ficou em silêncio por um tempo.

Era muito para absorver, principalmente para uma criança da idade dele. Até hoje, *eu* mal conseguia entender.

— Você tem alguma pergunta, amigão?

— Ainda vou te chamar de pai?

Meu coração caiu.

— Sim, definitivamente. Sempre serei seu pai.

— Do que vou chamar Levi, então? — O pensamento do meu filho chamando outro homem de pai era fisicamente doloroso. Mas minha própria dor não importava.

— Tenho certeza de que você, mamãe e Levi vão pensar nisso uma hora.

Alguns minutos mais tarde, Beck perguntou se podia ligar de novo no desenho. Ele não parecia triste. Eu, por outro lado, parecia que tinha feito dez séries com pesos pesados e as mãos amarradas nas costas. Estava mental e fisicamente exausto.

Naquela noite, depois que deixei Beck com Alexa, deitei na cama do hotel e repassei nossa conversa muitas vezes. Era importante, para mim, que eu cumprisse as coisas que falara para o meu filho. Os filhos aprendem mais com o que os pais fazem do que com o que falam. Eu precisava mostrar a ele que estava ali para sempre, principalmente porque não conseguia controlar o que Levi e Alexa faziam.

Quando tentei dormir, uma coisa continuou martelando na minha mente e não me deixava relaxar. Era algo que eu tinha dito. Enquanto eu acreditava que as palavras eram verdade, se fosse ser sincero comigo mesmo, não estava exatamente vivendo o que eu mesmo disse. E não tinha nada a ver com o meu filho.

Pessoas não abandonam quem amam. Elas ficam para sempre juntas.

Na manhã seguinte, minha sensação inquieta tinha brotado. A raiz estivera ali nas últimas semanas, mas, desde minha conversa com Beck, tinha crescido como uma trepadeira e se instalado em meu estômago e na minha cabeça. E se enrolara em meu coração tão apertado que eu mal conseguia respirar.

Precisei me arrastar para fora da cama para conseguir chegar ao aeroporto. No assento de trás do táxi, verifiquei a hora da decolagem e pensei. Eu me conhecia, como podia ficar obcecado por uma merda, e eu *precisava* saber. Finalmente cedendo, mandei mensagem para Roman às cinco da manhã.

Drew: Ela está saindo com alguém?

Como sempre, ele respondeu depois de alguns minutos. Era a única pessoa que eu conhecia que precisava de menos sono do que eu.

Roman: Achei que não fosse para eu te contar.

Drew: Me fale logo.

Roman: Certeza que aguenta?

Jesus Cristo. Na verdade, não tinha tanta certeza. Se ele estava perguntando, não era bom.

Drew: Me fale.

Roman: O vizinho está dando em cima dela. Mandou umas flores... uma coisa enorme de rosas amarelas. Também a levou para almoçar outro dia em um lugar chique com uma comida supercara e que servia pouco.

Porra.

Drew: Mais alguma coisa?

Roman: Comecei a segui-lo um pouco. Levou uma mulher para jantar ontem à noite. Alta. Ótimas pernas. Pareceu que discutiram metade do jantar. Ela falou alguma coisa dramática, levantou e jogou o guardanapo na mesa, depois saiu pisando duro.

Acho que ele pode ter terminado com ela.

A sensação inquieta nas minhas entranhas estava ali por um maldito motivo. Eu iria perdê-la para sempre se não caísse em mim. Quando cheguei ao aeroporto, mandei uma última mensagem para o meu amigo antes de sair do táxi.

Drew: Obrigado, Roman.

Ele respondeu de volta imediatamente.

Roman: Vá atrás dela. Já está na hora.

Eu estava quase tão nervoso quanto estivera no dia anterior quando precisei dar a notícia para Beck. Mas também estava me sentindo um pouco diferente. *Determinado.* Não importava o que precisasse fazer, eu iria fazer Emerie me perdoar e me dar outra chance. Eu tinha fodido com tudo. Poderia culpar um milhão de experiências na minha vida, mas a verdade era que *eu era fodido*. E estava prestes a consertar.

Havia uma placa de fora de serviço na frente dos dois elevadores do prédio dela. Fiquei parado diante do único que estava funcionando, batendo o pé enquanto assistia aos números descendo ao longo dos andares. Parou no nove por trinta segundos, depois parou no oito pelo mesmo tempo. *Não tenho tempo para isso.* Já tinha desperdiçado muito tempo. Olhei em volta, vi a placa para as escadas e comecei a correr. Meu coração acelerou quando subi de dois em dois degraus de uma vez até o terceiro andar.

Então estava em pé diante da porta de Emerie e, pela primeira vez, pensei que eu não fazia ideia do que iria dizer. Duas horas no avião, e eu não tinha pensado em como começar. O bom era que eu era o tipo de cara que improvisava em argumentos orais.

Respirei fundo, me controlei e bati.

Quando a porta abriu, percebi o quanto estava despreparado.

Porque era Baldwin quem estava me olhando de dentro.

CAPÍTULO 45
Drew

— Onde está Emerie?

— Ela está se trocando. Temos uma reunião com café da manhã na faculdade. Não que seja da sua conta.

O Professor Cretino ainda estava parado dentro do apartamento, e eu estava fora no corredor. Aquele simbolismo me corroía. Passei por ele e entrei na casa de Emerie.

— Claro, pode entrar — ele murmurou, sarcástico.

Me virei para encará-lo, cruzando os braços à frente do peito.

— Agora saia.

— O que disse?

— Preciso conversar com Emerie sozinho, então gostaria que você desaparecesse.

Ele balançou a cabeça.

— Não.

Ergui as sobrancelhas. Não sabia que o bundão tinha essa coragem. Se fosse outro momento, poderia ter ficado impressionado com sua atitude. Mas, naquele instante, só me irritou ainda mais. Dei um passo à frente.

— Você pode sair sozinho ou eu posso te ajudar. De qualquer forma, você vai sair. O que vai ser?

Vendo que eu não estava brincando, ele abriu a porta.

— Diga a Emerie que a encontrarei na faculdade mais tarde.

— É. Vou me certificar de passar o recado. — Empurrei a porta, batendo-a logo que ele saiu.

Virando-me, vi a sala de Emerie abarrotada de móveis de escritório. O lugar mal tinha espaço para um sofá e uma cadeira antes disso. Agora estava lotado com uma mesa, cadeiras, gabinetes de arquivo, equipamento de computador e todo o resto do seu escritório.

A porta do quarto se abriu, e Emerie saiu, olhando para baixo ao verificar alguma coisa em seu celular.

— Achei o perfil do departamento de psicologia no site da faculdade. Me fale de novo quem vamos encontrar. Sou muito ruim com nomes.

Minha resposta a fez parar de andar.

— Somos só eu e você.

A cabeça de Emerie se ergueu rapidamente, e ela piscou algumas vezes como se estivesse imaginando o homem parado em sua sala.

— Drew. O que está fazendo aqui? — Ela olhou para trás de mim. — E onde está Baldwin?

— Já foi.

— Foi aonde?

Olhei para os meus pés por um minuto, depois encontrei seu olhar. Havia uma sensação esmagadora em meu peito quando encontrei nos olhos dela a mesma tristeza que estava dentro de mim.

Minha voz era baixa e rouca.

— Você o ama?

Ela me encarou por muitos segundos, as engenhocas trabalhando em sua mente. Prendi a respiração o tempo inteiro. Finalmente, ela balançou a cabeça.

Graças a Deus.

Era tudo que eu precisava saber. Tudo e qualquer outra coisa poderíamos ajeitar. Eu poderia fazê-la me perdoar, ela poderia confiar em mim de novo, mas eu não conseguia fazê-la não amar outro homem. Ela ainda estava parada na porta do quarto e, de repente, havia espaço demais entre nós. Eu me aproximei dela, sem dar a mínima se parecesse com um homem das cavernas. O desejo extremo de tocá-la superava qualquer necessidade de etiqueta.

Ela não se mexeu. A cada passo que dei, meu coração bateu mais rápido. Ela ainda não se moveu quando cheguei perto, segurei seu rosto e, lentamente, passei meus lábios nos dela, testando. Assumindo que era uma luz verde, ou pelo menos não uma bem vermelha brilhante, voltei para mais. Plantando os lábios na boca dela, a tranquilidade desapareceu, e eu a beijei forte. Ela abriu a boca, e gemeu quando a puxei contra mim. O som atingiu bem no meu pau, e o beijo forte rapidamente se desenvolveu para um delírio. Ela tinha um cheiro maravilhoso, o gosto tão doce quanto eu me lembrava, e a sensação do seu corpo pressionado ao meu era a melhor que eu já tinha sentido.

Deus, eu era um desgraçado burro. Como pude algum dia me afastar disso?

O beijo continuou por bastante tempo. Quando parou, não demorou para sua dúvida e seu medo voltarem — sem contar a raiva.

— Não pode simplesmente aparecer...

Meus lábios esmagaram os dela, interrompendo-a. Desta vez, tentou lutar contra mim. Ela deu um empurrão fraco no meu peito, o que só me fez abraçá-la mais forte. Em certo momento, sua luta parou, e ela cedeu de novo. Quando paramos de nos beijar, deixei meus lábios a milímetros dos dela como um lembrete de que eu estaria nela em menos de um segundo se ela começasse de novo.

— Só me dê um minuto antes de acabar comigo, ok?

— Sessenta segundos — ela disse.

O canto do meu lábio subiu. *Deus, senti falta dessa boca.* E não apenas da sensação dos seus lábios macios e sua língua dócil — senti falta de sua insolência. Passei dois dedos em sua face, e a fiz me olhar. Minha voz estava crua quando despejei tudo nela.

— Eu te amo.

Um sorriso esperançoso se abriu em seu rosto lindo. Mas então ela se lembrou. Lembrou-se do que eu tinha feito a ela nas últimas semanas, e seu sorriso se desmanchou.

— Você tem um jeito engraçado de demonstrar. Você me ama, então terminou comigo?

— O juiz não mudou meu horário de visita com Beck, mas permitiu que Alexa ficasse em Atlanta. Tenho que me mudar.

— Sei tudo sobre isso. Roman me contou.

— Roman?

— Sim, Roman.

— Que porra é essa?

— Não me venha com *que porra é essa*. Pelo menos, Roman teve a decência de me dizer *por que* você estava agindo como um babaca.

— Eu fiquei com medo.

— Eu também. Mas não desisti.

Olhei para baixo.

— Eu sei. Eu poderia dar um milhão de desculpas sobre por que fiz o que fiz, tentar me justificar. Mas todos esses motivos levam a uma coisa. — Pausei e, então, falei para seus olhos. — Eu fiquei com medo.

— E agora? Agora não está mais com medo?

Balancei a cabeça.

— Finalmente percebi que estava com mais medo de perder você do que me arriscar e sair magoado. Acho que pode dizer que criei um par de bolas.

Ela se acalmou. Parecia que queria acreditar em mim, mas estava cética. Não podia culpá-la.

— Como sei que não vai amarelar e sumir de novo? — Sua voz falhou. — Você realmente me magoou, Drew.

— Sinto muito. E sei que, neste momento, minha palavra não vale muito para você. Mas, juro por Deus, Em, se me der outra chance, não vou foder com as coisas desta vez.

Ela arregalou os olhos.

— Você vai morar em Atlanta, e eu estarei aqui todos os dias... Alguns dias vou trabalhar na faculdade com Baldwin. Como isso vai funcionar?

— Do jeito que você precisar. Vamos revezar. Uma semana, você vai para Atlanta; outra, eu venho para Nova York. Ou a cada duas semanas, se for demais para você. E vamos fazer um monte de sexo por mensagem e Facetime. Ainda não tenho tudo planejado, mas vamos descobrir. Não será fácil, mas vai valer a pena. Eu te amo, Emerie. Viajaria por 364 dias com sede se significasse que iria beber você em pelo menos um dia.

Uma lágrima escorreu por seu rosto, e eu a sequei com meu polegar.

— Por favor, me diga que são lágrimas de alegria, Em.

— Não acho que um relacionamento à distância vá dar certo.

— Vamos fazer dar certo. Por favor. Por favor, me dê outra chance.

Ela balançou a cabeça rapidamente.

— Não.

— Mas... — Tentei convencê-la do contrário, mas, desta, vez ela me silenciou. Emerie pressionou os lábios nos meus.

O beijo estava repleto de muitas emoções malucas que eu podia sentir pulsando em minhas veias e em nossa conexão. Quando finalmente nos separamos, ela estava arfando, e eu estava em pânico. *Ela está se despedindo.*

— Não vai dar certo à distância.

— Em, vamos fazer dar certo.

— Não. Eu vou para Atlanta com você.

— Vamos descobrir... espere... o quê? — Olhei para ela, desacreditado. — Repita.

— Eu disse que vou para Atlanta com você.

— E o emprego que está tentando na faculdade? E seus pacientes?

— Serei assistente pelo resto deste semestre. Só fiz a entrevista para a vaga de adjunta e convidada. Talvez eles nem me contratem. O semestre acaba em três meses. Vamos ficar viajando daqui para lá, e de lá para cá até lá. Com um pouco de experiência no meu currículo, talvez eu tenha mais facilidade para encontrar um emprego de professora adjunta de meio período lá. E a maioria dos meus clientes é de outro lugar... Eles estavam fazendo sessões on-line antes. Talvez eu até mantenha alguns e vá e volte enquanto você mantém seus clientes aqui. Você precisa estar perto do seu filho, e eu quero conhecê-lo também. Ele é parte de você.

— Está falando sério? Quase me fez morrer do coração dizendo que à distância não iria funcionar.

Ela sorriu.

— Que bom. Você mereceu depois do que me fez passar nas últimas semanas.

Sem aviso, eu a levantei no ar. Ela deu um gritinho, mas o sorriso em seu rosto me disse que ela estava feliz. Suas pernas em volta da minha cintura, braços em volta do meu pescoço, e apertei-a tão forte que fiquei preocupado que pudesse tê-la machucado.

— Porra, eu te amo pra caralho.

— É bom mesmo.

— Amo, sim.

Beijei-a de novo e andei com ela em meus braços até poder encontrar uma superfície vazia para colocá-la. A superfície acabou sendo o balcão da cozinha, que também acabou sendo da altura perfeita. Meu pau já estava duro, sentindo o calor dela através da calça.

De alguma forma, consegui rasgar nossas roupas enquanto nos mantinha conectados o tempo todo. Chupei o lóbulo da sua orelha, e meus dedos exploraram sua bunda enquanto ela desafivelava minhas calças. Quando caíram no chão, tirei a cueca e meu pau balançou contra minha barriga.

Olhando entre nós dois, eu disse:

— Nós sentimos sua falta.

Ela riu.

— Eu também senti falta de vocês dois.

Eu precisava muito estar dentro dela.

— A preliminar será curta, mas vou te recompensar no fim. Então vai ser uma "pósliminar". Estiquei o braço e segurei meu pau, baixando-o um pouco para que pudesse usá-lo para espalhar sua umidade por ela toda. Ela estava escorregadia e pronta, e eu estava impaciente pra caramba, então enfiei. Emerie olhou para baixo entre nós, observando meu pau desaparecer dentro dela conforme eu estocava lentamente.

Quando entrei por completo, ergui o queixo dela.

— Ver você me observando colocar o pau dentro de você é a coisa mais sexy que já vi na vida.

Ela sorriu.

— Fico feliz, porque gostei muito de ver.

Acariciei sua face com meu polegar.

— Pensando bem, este sorriso aqui, isto que deve ser a coisa mais sexy que já vi na vida.

Comecei a me mexer, devagar primeiro, entrando e saindo. De alguma forma, estava diferente desta vez, como se todas as barreiras tivessem sido destruídas, e eu finalmente estava livre para amá-la.

Beijei seus lábios com carinho.

— Eu te amo.

Ela buscou meus olhos.

— Eu também te amo, Drew. Não sabia disso até sentir de verdade, mas não tenho certeza se realmente amei alguém antes de te conhecer.

Parecia que ela tinha me dado uma coroa. Naquele instante, eu era a porra de um rei. Não sabia o que tinha feito para merecê-la, mas estava bem ávido para não me importar. Ela era minha, e eu planejava ficar com ela para sempre desta vez.

Apesar de fazer apenas algumas semanas desde a última vez em que estive dentro dela, era tempo demais. Tentei ir devagar, mas, quando ela apertou as pernas em volta de mim e sua boceta cerrou meu pau, eu soube que não ia durar muito. Ela gostava quando eu falava durante o sexo, então sussurrei tudo que queria fazer com ela em seu ouvido — como mal podia esperar para esfregar o rosto em sua boceta, como queria gozar em seus peitos e como, mais tarde, iria colocá-la de frente para o balcão em que estava sentada e a pegaria por trás, terminando tudo na bunda dela, que estaria quente e vermelha dos meus tapas.

Ela gemeu alto, gritando meu nome e implorando para eu ir mais rápido. Acelerei e, depois que seu corpo teve um espasmo, gozei forte e longamente dentro dela. Não havia como os vizinhos não terem ouvido nosso final espetacular — e eu obviamente esperava que *um em particular* tivesse gostado de ouvir.

Depois de nossa respiração se acalmar, tirei uma mecha de cabelo de sua face e olhei em seus olhos azuis satisfeitos.

— Então, vai mesmo se mudar para Atlanta comigo?

— Vou.

— Encontrei uma casinha com um quintal que está disponível para aluguel. Talvez você possa ir comigo ver, e podemos decidir se queremos algo maior.

— Fiquei morando nesta caixa de sapato por seis meses... Qualquer coisa vai parecer maior.

— Tem três quartos, uma grande banheira e o proprietário me disse que eu podia pintar, se quisesse.

— Está dizendo que vai me deixar adicionar cor à sua vida?

— Estou dizendo que já adicionou. Você é o vermelho no meu mundo branco e preto.

EPÍLOGO
Emerie

Um ano depois

— Você pegou?

Roman enfiou a mão no bolso de sua jaqueta e tirou um envelope.

— Está aqui. — Ele balançou a cabeça. — Ainda não consigo acreditar que você conseguiu isso.

Vi Drew andando pelo corredor.

— Esconda. Ele está vindo.

Roman guardou de novo o envelope em seu bolso e tirou um frasco. Abrindo a tampa, ofereceu para mim.

— Quer um gole?

— Não, obrigada.

Drew se aproximou quando Roman levou o frasco antigo de metal e gasto aos lábios.

— Ainda carrega essa coisa com você?

— Nunca se sabe quando vai precisar de um gole de Hennessy, meu amigo.

Fiquei surpresa por Drew não ter começado a beber depois dos últimos dias. Eu o tinha praticamente levado à loucura para se preparar para esta noite. Meus pais chegariam nos minutos seguintes, e meia dúzia de amigos do Beck também viriam. Apesar de estarmos morando em Atlanta por quase um ano agora, era realmente a primeira vez que estávamos recebendo pessoas. Bom, exceto por Roman, que não contava como convidado. Ele sempre foi da família para Drew e, no último ano, também se tornara minha família. Ele era o irmão irritante que eu sempre quis ter.

Às vezes, quando ele nos vinha visitar, eu o encontrava no sofá jogando videogame com Drew às duas da manhã. Outras vezes, ele fazia Drew perder o voo quando tinha negócios em Nova York porque o arrastara para uma emboscada. Mas, todas as vezes, ele estava lá para nós. A maioria das pessoas ficava com cicatrizes devido à catapora. Drew ficou com um amigo valioso para a vida toda. De alguma forma, isso fazia sentido com aqueles dois.

Beck veio correndo do quintal. Suas roupas estavam imundas, e água marrom pingava de sua cabecinha.

— Aguei o jardim!

— Hummm... você aguou o jardim ou o jardim te aguou? — Apontei para o banheiro. — Vá tomar banho antes que todo mundo chegue.

— Posso só entrar na piscina pelado? — Ele não parava de pular, segurando as mãos em um gesto de oração.

— Não, não pode entrar na piscina pelado. Os vizinhos vão te ver.

Beck fez beicinho e baixou os ombros, depois se virou e arrastou os pés para o banheiro.

— Roman e eu vamos comprar cerveja — Drew anunciou. — Precisa que traga alguma coisa? Que pegue o bolo que encomendou?

— Meus pais vão passar na padaria no caminho. É uma tradição que eles paguem pelo bolo. Não pergunte — menti.

Drew me beijou na bochecha.

— Como quiser. — Depois ele sussurrou: — Aliás, você não pareceu se importar se os vizinhos *a vissem* quando estava nua na piscina na outra noite.

Acho que ele tinha razão. Embora, em minha defesa, tínhamos acabado de ficar com Beck por três semanas enquanto sua mãe estava em lua de mel em Bali, eu tinha bebido uma taça de vinho e Drew acabara de voltar da academia, então seus músculos estavam particularmente inchados. Além disso, estava escuro e, inferno... mencionei que seus músculos estavam particularmente inchados?

Dez minutos depois, tinha acabado de preparar a salada de melão quando a campainha tocou.

Meus pais sorridentes me receberam com braços para cima.

— Feliz Dia da Recepção!

Após entrar para ir ao banheiro, fiquei parada observando da janela da cozinha a festa no quintal por alguns minutos. Tudo estava maravilhoso. Meus pais estavam conversando com o novo sócio de Drew e sua esposa, Roman estava flertando com a mãe solteira de um dos melhores amigos de Beck — talvez eu tenha mencionado o *status* de solteiro para os dois antes — e Beck estava subindo na casa da árvore que ele e seu pai passaram quatro meses construindo depois de nos mudarmos.

E aquele era o Dia da Recepção. Meus pais estavam ali, e aquele ano seria ainda mais especial.

Do quintal, Drew me flagrou observando e pediu licença da conversa com um de seus novos amigos. Ele entrou na casa e veio por trás de mim, me abraçando e também olhando pela janela.

— O que estamos observando?

— Minha vida.

— É? — Ele me virou e me deu um beijo doce. — Agora eu também estou olhando para a minha.

Meu coração suspirou.

— Amo quando você fala coisas fofas para mim.

— Ontem à noite, você amou quando te falei coisas safadas.

Coloquei os braços em volta do seu pescoço.

— Talvez eu simplesmente te ame.

— Eu sou bem maravilhoso.

Revirando os olhos, dei risada.

— Egomaníaco.

Drew me deu um beijo na testa.

— Seus pais estão ansiosos para comer bolo. Acho que sua mãe gosta de doce.

Meus pais tinham começado a me importunar com o bolo no minuto em que entraram. Só que não pelo motivo que Drew pensava. O sol começara a se pôr, e provavelmente havia passado uma hora de quando deveria ter servido o bolo, mas eu estava enrolando. Um repentino ataque de nervos me tomou, depois de mais de seis meses ansiosa esperando por essa hora.

— Prometi a Beck que ele ajudaria a carregar o bolo. Por que não vai fazer um café, e eu vou ajudá-lo?

Encontrei Beck, e ele correu para casa quando eu disse que chegara a hora. Ele sorriu de orelha a orelha, e isso me trouxe muitas lembranças da empolgação do meu primeiro Dia da Recepção. Vendo o filho dele tão animado, Drew disse:

— Esse deve ser um bolo e tanto.

— Está no meu quarto. O tio Roman disse que colocou debaixo do meu travesseiro porque ele é melhor que uma fada — Beck gritou por cima do ombro, já na metade do corredor.

Drew uniu as sobrancelhas. Estendi a mão para ele sem explicação.

— Venha.

O quarto de Beck era amarelo brilhante. Nós o tínhamos deixado escolher a cor quando nos mudamos permanentemente para Atlanta depois que o semestre acabou. Cumprindo sua palavra, Drew não reclamou de todas as cores que coloquei na casa. Cada quarto era mais colorido que o outro, exceto nosso quarto, que eu tinha pintado de um cinza apagado. Escolhera essa cor porque, quando perguntara para Drew que cor ele gostaria para o nosso quarto, ele me disse que eu era toda a cor de que ele precisava. Então, pensei em lhe dar o que gostaria para o quarto, já que era o lugar em que ele sempre me dava o que eu gostava.

Beck estava em pé ao lado da sua cama com o envelope nas costas. Parecia que ia explodir de felicidade, seu sorriso era muito grande.

Assenti para ele.

— Vá em frente.

Beck tirou o envelope de trás do corpo e jogou para seu pai.

— Feliz Dia da Recepção.

Hesitante, Drew pegou o envelope grosso e branco, depois olhou para mim.

— É para mim? Mas é seu dia, querida.

Balancei a cabeça.

— Abra.

Drew tirou os documentos do envelope e os desdobrou. Ele era advogado, então não demoraria para descobrir mesmo que o título da ordem não dissesse tudo. Ele enrijeceu ao ler o cabeçalho, depois olhou para mim em choque.

Assenti.

Recebendo a confirmação do que estava claramente escrito no topo do documento, Drew rapidamente folheou a dúzia de páginas grampeadas para chegar à última. Eu sabia o que ele estava procurando: todas as assinaturas para ver se era oficial. E lá estava em preto e branco, exatamente da forma como ele gostava das coisas. As assinaturas do juiz Raymond Clapman e de Levi Archer Bodine.

Quando ele olhou de novo para mim, seus olhos estavam cheios de lágrimas.

— Como...

— Feliz Dia da Recepção, papai! Você *me* ganhou no Dia da Recepção! Agora, você e Emerie podem comemorar no mesmo dia!

Claro que era apenas uma formalidade. Drew sempre fora o pai de Beck no coração dele e de Beck, como eu me sentia em relação aos meus pais. Mas, às vezes, oficializar as coisas amarra o laço no que já é o maior presente. Depois, eu diria a Drew que pagaríamos uma taxa adicional de pensão pelos doze anos seguintes ou mais, embora eu soubesse que ele não se importaria nem um pouco.

Quando concordamos em assumir os pagamentos da pensão por Levi em troca de ele assinar os papéis da adoção, sempre pretendi pagar a taxa com meu salário, de qualquer forma. Seria meu jeito de ajudar uma criança que também se tornara minha no último ano.

Acabou que Levi não estava muito interessado em ser o pai de Beck. Também não estava interessado em Alexa limitar seu estilo ao ir às suas corridas. Aparentemente, todas as mulheres com quem ele estava dormindo também não gostaram muito. Menos de duas semanas depois de Alexa ter feito Drew dar a notícia ao seu filho de que ele tinha um pai biológico diferente, Levi terminou com ela. Ele não queria conhecer Beck. Sua única conexão era a enorme quantidade de pagamentos que Alexa se certificara de que o estado cobrasse como pensão depois de ele tê-la irritado.

Então, alguns meses antes, enquanto Drew estava em Nova York a negócios e as corridas NASCAR estavam em Georgia, Roman e eu fizemos uma viagenzinha para conversar com Levi. Meu plano de comprá-lo era obviamente muito melhor do que o que Roman inventara, que envolvia um amigo de um amigo no departamento de polícia de Atlanta armar para Levi ser preso, então ameaçar arruinar sua carreira como piloto se não assinasse abdicando dos direitos de pai.

Achei que seria arriscar bastante que ele assinasse os papéis da adoção em troca de assumir sua pensão, mas não tinha nada a perder e tudo a ganhar para Drew. E, às vezes, os riscos compensavam. Agora que Alexa encontrara um novo vale-refeição para se pendurar, não se opôs à adoção. Lá no fundo, eu sabia que era a coisa certa e, no fim, ela não se importava, contanto que tivesse seu pagamento mensal de pensão e um homem ao seu lado.

Drew olhou para os papéis, desacreditado. Pensei que talvez ele estivesse tentando conter as lágrimas, mas, quando uma gota caiu nos papéis, percebi que ele estava chorando, e não se contendo. Abrindo os braços amplamente, ele colocou um em volta de mim e outro em volta do filho e nos levantou contra seu corpo. Então soltou nós dois. Seus ombros balançavam e seu corpo vibrava conforme ele chorava em silêncio.

Não pude evitar me juntar a ele. Foi um momento lindo, um que me lembrava muito do meu próprio Dia da Recepção e das lágrimas dos meus pais. Não tinha entendido o que era toda essa confusão na época, mas hoje tudo ficou muito mais claro.

Depois de secarmos nossos olhos, Beck perguntou se podíamos comer o bolo.

— Vá em frente, amigão. Por que não pega o bolo e leva lá para fora? Emerie e eu vamos te encontrar lá em alguns minutos.

— Ok, papai. — Beck saiu correndo do quarto, deixando apenas nós dois.

Drew me encarou com um olhar abismado.

— Não consigo acreditar que você fez isso. Ninguém nunca fez algo tão significativo para mim na minha vida inteira.

Comecei a chorar de novo.

— Roman ajudou.

Drew colocou meu cabelo para trás da orelha.

— Tenho certeza de que sim. Mas foi você quem me deu tudo que eu poderia pedir.

Apertei a mão dele.

— Só é justo porque você faz o mesmo por mim.

Ele soltou minha mão e deu um passo para trás.

— Ainda não te dei tudo. Mas pretendo, se me deixar.

O que aconteceu em seguida foi em câmera lenta. Drew enfiou a mão no bolso da frente, tirou uma caixinha preta e ficou de joelhos.

— Carreguei esta coisa no meu bolso todos os dias na última semana, tentando descobrir um jeito de te dar. Eu queria que fosse especial... pensei que hoje poderia ser o dia, mas estava esperando o momento perfeito. Não posso pensar em um mais perfeito, não é?

Uma mão voou para minha boca quando olhei para ele.

— Você tem razão. É perfeito.

Drew apertou minha outra mão.

— Emerie Rose, desde o dia em que você invadiu meu escritório, vandalizou-o e me mostrou sua bunda, senti que um pedaço de mim estava faltando quando não estava perto de você. Você é a cor no meu mundo preto e branco. Antes de te conhecer, não entendia por que as coisas nunca davam certo com outra pessoa. Mas finalmente entendo agora; é porque elas não eram você. Então, por favor, me diga que vai se casar comigo, porque já me deu todo o resto. A única coisa que falta na minha vida é que você tenha meu sobrenome.

Parecia que eu estava em um sonho. Lágrimas escorriam por meu rosto.

— Isso é real? Está mesmo acontecendo neste momento?

— Isso é tão real quanto pode ser, querida. Você, eu, Beck... talvez um em sua barriga e outro que vamos adotar algum dia. Agora torne oficial e me dê você também. Diga sim.

— Sim! Sim! Sim! — Eu estava muito animada, me joguei em Drew, fazendo-o cair para trás, e nós dois acabamos caindo no chão.

Ficamos ali por um tempo enquanto meu futuro marido beijava minhas lágrimas.

— Sua proposta foi tão doce. Ouso dizer que foi romântica. Não achei que tivesse isso em você, Jagger.

Ele nos rolou para que ficasse em cima de mim.

— Eu tinha isso em mim. Mas você vai ter em você assim que pudermos tirar essas pessoas daqui.

Sorri.

— Esse é o pervertido que conheço e amo.

— Só quero que fique feliz, querida. — Ele pausou. — E nua.

E eu ficaria. Porque, em algum lugar, entre as brigas e o sexo bravo de rasgar roupas, eu tinha me apaixonado perdidamente por um homem inesperado no momento mais inconveniente. E isso acabou sendo exatamente o que nós dois precisávamos.

AGRADECIMENTOS

Primeiro e mais importante, obrigada aos meus leitores. Nunca nos meus sonhos mais selvagens eu poderia ter imaginado aonde essa jornada me levaria quando comecei a escrever. Seu apoio e animação por meus livros são um presente que aprecio. Obrigada por me permitir contar minhas histórias e fazer parte da sua fuga!

À Penelope. Eu poderia encher este livro com a quantidade de agradecimento que você merece, mas vou resumir o melhor que consigo. Minha vida é uma aventura com você nela, e não consigo imaginá-la sem você. Obrigada pela ajuda e pelo apoio constantes, mas, mais importante, por sua amizade.

À Julie. Força a define. Obrigada por sempre estar lá para mim.

À Luna. Você dá vida aos meus livros! Muito obrigada pela amizade e o apoio maravilhosos e por manter as Vi's Violets empolgadas com seus *teasers* lindos e sua paixão por leitura. Mal posso esperar para te conhecer este ano!

À Sommer. Obrigada por permitir que eu te enlouquecesse... de novo.

À minha agente, Kimberly Brower, por ser muito mais do que uma agente. Mal posso esperar para ver para quais novas aventuras o próximo ano vai nos levar.

A Elaine e Jessica. Obrigada por turbinarem minha história para que fluísse bem!

A Lisa, de TRSOR, e Dani, de Inkslinger. Obrigada por organizarem tudo em relação ao lançamento deste livro.

A todos os incríveis blogueiros. Muito obrigada por tudo que fazem. Sou sinceramente grata pelo tempo que dedicam de forma tão generosa a ler meus livros, escrever resenhas, criar *teasers* e ajudar a compartilhar seu amor por livros! Fico honrada por chamá-los de meu apoio e meus amigos. Obrigada! Obrigada! Obrigada!

Com muito amor,

Vi

Entre em nosso site e viaje no nosso mundo literário.
Lá você vai encontrar todos os nossos
títulos, autores, lançamentos e novidades.
Acesse www.editoracharme.com.br

Além do site, você pode nos encontrar em
nossas redes sociais.

 https://www.facebook.com/editoracharme

 https://twitter.com/editoracharme

 http://instagram.com/editoracharme